無名の万葉集

高岡市万葉歴史館編

笠間書院

無名の万葉集　目次

作者未詳歌の世界——後代歌への継承序説——……大久間 喜一郎 3
一 万葉集作者未詳歌の位置 二 万葉集作者未詳歌と作者明記歌〈(イ) 作者未詳歌の数と作者明記歌の安定度 (ロ) 作者明記歌の伝承歌 (ハ) 巡遊伶人・遊行女婦の歌〉三 作者未詳歌巻の性格〈巻七について 巻十について 巻十一・十二について 巻十三について 巻十四について〉 四 勅撰和歌集における作者未詳歌の受容

巻七羈旅作の類景歌……関 隆司 27
一 はじめに 二 類歌・類句歌 三 家持への影響 四 類景歌

名もなき人々の雪の歌——巻十を中心とする作者未詳歌について——……田中 夏陽子 53
一 作者未詳歌、作者未詳巻 二 巻十概観 三 作者未詳巻の雪の歌 〈(一) 巻十春雑歌の雪歌 (二) 巻十冬雑歌の雪歌 (三) 巻十冬相聞の雪歌 (四) 巻十以外の雪歌〉四 結び

万葉集の「愛」の歌について——巻十一・十二作者未詳歌の場合——……柳澤 朗 81
一 はじめに 二 「愛」の訓の問題 三 「うつくし」の語義 四 出典不明歌の作者層

作者未詳の宮廷歌――巻十三の世界――……遠藤　宏　109
一　「宮廷歌」とは何か　二　「巻十三宮廷歌謡集」説検討（その一）　四　「巻十三宮廷歌謡集」説検討（その二）　五　巻十三宮廷歌の世界及び巻十三の世界　三　「巻十三宮廷歌謡集」説
古代地方豪族の漢字文化受容と文学……佐藤　信　139
はじめに　一　上野三碑と『万葉集』にみる漢字文化受容〈1　上野三碑　2　ミヤケと万葉歌　3　コホリ（評・郡）と郡司（評司）氏族　4　渡来人と地方社会　5　仏教と地方豪族　6　系譜と地方豪族　7　「記定」と文字の呪力　8　建碑の場と地方社会〉　二　『日本霊異記』にみる地方豪族の漢字文化受容〈1　『日本霊異記』にみる漢字文化受容　2　出土文字資料にみる漢字文化受容　3　『日本霊異記』と信濃国小県郡〉　むすびにかえて
防人歌の世界――その作者層と詠歌の場――……東城敏毅　177
一　はじめに　二　「防人歌」作者名表記の意味―「国造丁」「助丁」「主帳丁」三「防人歌」作者名表記の意味―「上丁」　四　「防人歌」詠歌の場　五　「父母思慕の歌」の発想基盤　六　おわりに
無名歌人たちの珠玉の小品――男性編――……橋本達雄　209
一　はじめに　二　巻一・二の秀歌　三　巻三・四・六の秀歌　四　巻八・九・十五・十六・十九の秀歌　五　むすび

万葉集の無名女流歌人──その珠玉の小品── ……… 小野 寛 247
一 はじめに 二 無名女流歌人の珠玉の小品 三 女王の存在
越中万葉にみえる無名歌人たち ……… 針原孝之 277
一 越中万葉の作者未詳歌 二 「作主未詳」歌について 三 作者無記名歌について 四 伝誦歌について 五 能登国歌と越中国歌 六 おわりに
歌わない萬葉びとたち ……… 新谷秀夫 307
はじめに 一 『萬葉集』にみえる《歌わない》登場人物たち 二 歌われた伝説的な人物たち 三 記録された《萬葉びと》たち 四 《歌わない萬葉びと》たち さいごに 【付表】『萬葉集』にみえる《歌わない》登場人物たち 一覧表
万葉の時代の日本と渤海 ……… 川﨑 晃 353
はじめに 一 渤海使の来朝をめぐって 〈(一) 渤海の誕生 (二) 渤海使の来朝 (三) 「渤海使」習書木簡 (四) 長屋王執政期の対新羅・渤海外交〉 二 安史の乱と万葉終焉歌 〈(一) 渤海大使らへの餞宴の歌 (二) 小野田守と小野淡理 (三) 安史の乱と万葉終焉歌〉
編集後記
執筆者紹介

無名《むめい》の万葉集

作者未詳歌の世界——後代歌への継承序説——

大久間喜一郎

一　万葉集作者未詳歌の位置

われわれは『万葉集』における作者名の脱落した諸歌を、常識的に作者未詳歌と称している。こうした作者未詳歌という名称は、言葉通りに解釈すると、目下のところは作者名は判らないが、新資料の出現などによって何時の時かは判明することもあり得るという意味の学術用語であると考える人もあるかも知れない。だが、そうした成り行きは作者を明記した諸巻の中の逸名歌にはあり得ても、いわゆる作者未詳歌巻と称される作者不明歌のみを収録した巻々にあっては、到底望み得ないことである。そうした巻々の歌は編纂時から無名作家の歌として知られていたものの集団か、さもなければ作者不詳の歌として知られていたものを収録したという可能性が高いからである。また、読者の方でもその作者が何者であるかを求め知ろうとはしなかったと思われる。われわれが名高い民謡などに、その作者を詮索する興味などは持たないということと同様だと考えられる。作者未詳歌巻の諸歌——つまり作者未詳歌は宿命として無名歌人の作なのである。

さて、この作者未詳歌という術語は平安時代に入って勅撰和歌集が撰せられ、最初の勅撰集『古今和歌集』における「詠人不知《よみびとしらず》」という術語がそれに対応する。この「詠人不知」という名称は、作者が何人であるか判らないという意味だから、一応作者への拘りを示しているので、『万葉集』に見るように始めから作者名を無視して多くの歌を列挙した体裁とは異なった扱いなのである。『古今和歌集』の詠人不知歌は特定の理由によって作者名を求めたくとも求め得ないゆえの措置からきた名称であった。その主たる理由は貫之らが編纂に従事した時代から見れば遠く隔たった過去の作者の作品であったが為と考えられている。つまり『古今和歌集』は「古」の歌と「今」の歌とに分けられ、詠人不知歌の大方は「古」の歌であったのだろうと推測されている。その中でも巻二十の「大歌所御歌」以下「東歌」に至る扱いは詠人不知の名称を持たない古風な作品群であって、この場合は万葉の作者未詳歌とほぼ類似の体裁で歌を列挙している。

こうした『古今和歌集』の詠人不知歌は、その性格上、作者名を探究しようという後代の欲求があって、現在『続《しょく》群書類従』に収載されている『古今集読人不知考』などは『古今和歌集』の詠人不知歌の総てに作者名を押し当てている。また、『毘沙門堂本古今集註』なども詠人不知歌に作者名を多く押し当てているが、両者を比較するとき、作者名は必ずしも一致していない。しかし、こうした作者不明歌に対する作業は、『万葉集』の場合には管見ながら存在しない。『万葉集』という歌集は、いわゆる歌学の対象としては、『古今和歌集』などから見るとやや異質な存在であったからと言えるが、平安末期に於ける『万葉集』評価の風潮から見て、作者未詳歌の作者に対する探究が多少は行われても良さそうなのに、そうした動きは見られないようである。この点から見ても、『万葉集』の無名歌は『古今和歌集』及びそれ以後の詠人不知歌とは異なる立場をもっていたと考えて好かろう。

二　万葉集作者未詳歌と作者明記歌

(イ) 作者未詳歌の数と作者明記歌の安定度

『万葉集』における作者未詳歌については、前記の主張によって、作者明記歌巻の中に点在する作者不明歌、例えば麻続王《をみの》に関わる巻一・二三番歌とか、同じ巻一・五〇番歌の藤原宮の役民《えのたみ》の歌・五二番歌の藤原宮の御井《みゐ》の歌とか、天智天皇の大殯《あらき》の時の巻二・一五一、一五二の二首とか、或いは巻三・四四二番歌の「膳部王《かしはでべ》を悲傷《かな》しぶる歌」とかは、普通作者未詳歌としては取り扱わない。そのようにして作者未詳歌の歌数を計算すると、それは作者未詳歌巻における歌数だけのことになり、其の数は通行本によれば、

巻七	三五〇首	(一〇六八〜一四一七)
巻十	五三九首	(一八一二〜二三五〇)
巻十一	四九〇首	(二三五一〜二八四〇)
巻十二	三八〇首	(二八四一〜三二二〇)
巻十三	一二七首	(三二二一〜三三四七)

巻十四　　　二三〇首　　（三三四八　〜　三五七七）
合　計　　二一一六首

となって、通行本の総歌数四五一六首より見る時は、作者明記歌二四〇〇首に対して作者未詳歌二一一六首となり、作者明記歌53％、作者未詳歌47％となるのだが、これにはまだ問題がある。まず巻九の体裁である。

巻九は、これも通行本で一四八首を収めている。その中で、作者名を明確に示した作品は五十五首に過ぎない。爾余の作品九十三首は、作歌事情あるいは作歌状況は記載されていても作者名を欠いている。しかし、これがそのまま作者未詳歌だと言うのではない。とくにかく、この巻九が作者未詳歌巻と異なる点は、出典が柿本朝臣人麻呂歌集を別としてその大部分もしくは全部が私歌集からであるという点である。

何故、柿本朝臣人麻呂歌集を別にしたかと言えば、巻七から巻十三に至る作者未詳歌巻には「古歌集」などと共にこの人麻呂歌集が多く引かれている。そして其の実作者は不明であるというのが、かなり以前から万葉研究者の常識と考えられてきた。ところが巻九の資料となった私歌集には、柿本朝臣人麻呂が歌集・高橋連虫麻呂が歌集・笠朝臣金村が歌（歌集）・田辺福麻呂が歌集の四歌集があり、その中で虫麻呂・金村と福麻呂の歌集を出典とする作品の場合は、作者名を欠いた作品は、歌集名本人自身の作品だと考えられている。そうした観点から巻九の真の作者未詳の作品を整理すると、

斉明天皇の紀伊行幸の時の歌　　　　2首

柿本朝臣人麻呂歌集（一六八〇～一七〇九）		27首
筑波山の月の歌・吉野離宮行幸時の歌		3首
丹比真人の歌に和した歌		1首
七夕の歌（長反歌）		2首
柿本朝臣人麻呂歌集	（一七七三～一七七五）	3首
〃	（一七八二～一七八三）	2首
〃	（一七九五～一七九九）	5首
合　計		45首

となる。これらは一応作者未詳歌に準ずるものと考えられる。いま、この合計値を前掲の作者未詳歌の総数二一一六首に加え、またその分を作者明記歌から差し引くと、

作者未詳歌の総数　二一六一首
作者明記歌の総数　二三五五首

となる。しかし、この数値は必ずしも厳密なものではない。それはこの他に巻十五の遣新羅使人の歌群の中の作者不明の古歌、巻十六の物語歌・諸国の国風歌《くにぶりうた》など数多くの作者不明歌がある。家持歌巻にもある。これらの大方は作歌状況や作者の身分などが判っているものも多い。作者明記歌巻中のそうした作品は作者未詳歌には数えない方針が、この様に作者未詳歌の数を少なくしたのである。また、僅かではあるが、作者未詳歌巻の巻七には、七首の作に作者名を押し当て、また巻十三では反歌

一首の作者名を伝えている。何れも左注の記事であって、考慮外の扱いをしたことにより、多少の厳密性を欠いた結果となった。

次は作者名明記歌の安定度について述べて置きたい。安定度という語を使ったのは、作者名にブレのある場合が有るからである。幾つかの例を挙げてみよう。

巻一・三四番歌の作者　川島皇子　（山上臣憶良という説）
巻三・四二三番歌の作者　山前王　（柿本朝臣人麻呂という説）
巻六・九七三、九七四の作者　聖武天皇　（元正天皇という説）
巻八・一六一三の作者　賀茂女王　（笠縫女王という説）
巻九・一六六四の作者　雄略天皇　（舒明天皇という説）
巻十六・三八六〇～三八六九　志賀の荒雄の妻子　（山上憶良臣）

こうした作者に関する異説は、公的な行事として記録されたもの以外には作者名に変動の起こることは避けられないと思われる。それはその作品を伝誦したり記録したりする人物と混同される場合もあろう。また、例証の最後に掲げた志賀の白水郎《あま》荒雄の歌群などは、荒雄の妻子が詠んだ歌とするには整い過ぎていて、その物語的構成から見て憶良の作とする異説の方が正しいと思われる。こうした作者に関する異説は作歌年代が古くなるほど多くなる筈で、万葉の巻頭歌に見るように、作者を雄略天皇とする作品など、伝承歌と言われる作品の場合は、作者名に異説は無くても殆ど信憑性は無いと言える。

こうした観点から作者名明記歌を考える時、古い伝承歌の場合は作者未詳歌との実質的な差異は殆ど無いと言ってよい。

前述した雄略天皇御製などは、万葉集時代の幕開けを舒明天皇に設定することが妥当であるならば――『万葉集』の核となったと考えられる巻一・巻二において、万葉歌史形成の嚆矢《こうし》となった舒明天皇の御製をもって万葉時代の始まりとすることに異議はないと思われるが――雄略天皇は余りにも遠い存在である。『宋書倭国伝』に見える倭王武《わおうぶ》に比定される雄略天皇の没年は、五世紀の末の頃であったろうとされる。一方、舒明天皇の即位は六二九年である。万葉巻頭歌の作者雄略天皇と第二番歌の作者舒明天皇との年代差は一三〇年を越える。この間にいわゆる継体王朝の開基ということがあり、文運も著しく変化を遂げた形勢がある。雄略天皇の御製で実存するものがあったとしても、文字表記は想定外のこととして、口頭伝承すらそうした変革に耐えられようとは思われない。記紀が伝える雄略御製なるものも、否それのみならず記紀歌謡中の古態の短歌形歌謡すら推古朝・舒明朝を遡るものでは有るまい。なお万葉第二番歌の舒明天皇の国見歌なども更に後世の作であろう。こうした視点から、万葉巻頭歌の雄略天皇の御製も伝承歌として作者未詳歌の類いなのである。

(ロ) 作者明記歌の伝承歌

作品が伝承歌である場合、作者明記歌の作者名が如何に頼り無いものであるか、という恰好の例を『万葉集』巻二の巻頭に置かれた「磐姫皇后《いはのひめのおほきさき》、天皇を思《しの》ひて作らす歌四首」に見ることが出来る。

以下、その四首及びそれに関わる類句歌等を、万葉集が記載するままに挙げてみる。

難波《なには》高津宮《たかつのみや》に天《あめ》の下《した》知《し》らしめしし天皇の代《みよ》

　磐姫皇后、天皇を思《しの》ひたてまつる御作歌《みうた》四首

君が行き日長《けなが》くなりぬ山たづね迎へか行かむ待ちにか待たむ（八五）

　右の一首の歌は、山上憶良臣《おみ》の類聚歌林《るいじゅかりん》に載《の》す。

かくばかり恋ひつつあらずは高山の磐根《いはね》し枕《ま》きて死なましものを（八六）

ありつつも君をば待たむ打ち靡くわが黒髪に霜の置くまでに（八七）

秋の田の穂の上《へ》に霧《き》らふ朝霞何処辺《いづへ》の方《かた》にわが恋ひ止まむ（八八）

　或る本の歌に曰はく

居明《ゐあ》かして君をば待たむぬばたまのわが黒髪に霜はふれども（八九）

　右一首、古歌集の中に出づ。

　古事記にに曰はく、軽太子《かるのひつぎのみこ》、軽太郎女《かるのおほいらつめ》に奸《たは》く。故に、その太子を伊予の湯に流す。この時、衣通王《そとほりのおほきみ》、恋慕《こひ》に堪へずして追ひ往く時の歌に曰はく

君が行き日長くなりぬ山たづの迎へを往かむ待ちには待たじ（九〇）

　ここに山たづと云ふは、今、造木《みやつこぎ》といふぞ

（以下、左注を略す）

この磐姫皇后歌群を形成している磐姫とは仁徳天皇の皇后である。『古事記』の語るところに依れば、極めて嫉妬深い女性であったとされる。自分の夫である仁徳に近づく后妃たちに対する警戒心が極めて強かったと伝える。そうした伝えは、その頃やや斜陽の立場にあった旧名族葛城氏の出身で、葛城の曽都毘古《そつびこ》の女であった。それ故、嫉妬深いという伝えも、己れの出自である氏族を守らねばならなかったからだと説く人もある。その磐姫皇后が夫の仁徳天皇への深い愛情を披瀝した歌という形で、『万葉集』はこの四首を巻二の巻頭に据えている。

磐姫皇后の夫、仁徳天皇は記紀では聖帝として描かれている。いわゆる応神王朝・応神仁徳王朝または仁徳王朝と様々な見解によって異なる呼称を持つこの王朝の始祖は応神天皇ではなくてやはり仁徳天皇でなければなるまい。『古事記』応神天皇記に記された応神の事績は、殆どが仁徳に関わる事績である。(注1) ところが、その仁徳天皇在位の時代が明確でない。『宋書倭国伝』に見える「倭の五王」の最初の王の名は倭王讃《わおうさん》である。倭王讃は第十七代の履中天皇であるとも、また十六代の仁徳天皇であろうとも言われる。今、仮にそれを仁徳に比定するなら、中国南北朝の開基、劉宋の武帝へ入貢を果たしたとあるから、西暦四二一年の頃の天皇であった。それは先に述べた雄略天皇よりも更に七・八十年の昔に遡る。その頃の和歌の姿を思い見ることは困難である。『万葉集』八五番歌を含む以下四首のような作品が存在したとは到底考えられないことであって、それだけでもこの作品の作者が疑われるのに、巻頭の八五番歌にあっては九〇番歌に見るように、『古事記』に記すところでは、衣通《そとほりの》王の作と伝えるものの異伝歌であることが明白である上に、実際の作者名が衣通王であることが疑わしいのも時代的に見て当然の(注2)ことながら、真の作者を何れに押し当てても納得し得る答えは出そうにもない。この歌も作者未詳の宿命を負うた作品なのである。われわれは只、嫉妬深い女性であったとする伝承上の磐姫皇后の俤を、悲しい不倫の恋ながら情熱に身を委ねた軽太郎女《かるのおほいらつめ》（衣通王）のイメージへと塗り替えた、この伝承歌の改訂者の心情を嗟嘆するばかりである。この磐姫皇后の八五番歌から「或る本の歌」（八九番歌）までの五首は同じ心情の歌である。

（八）巡遊伶人・遊行女婦の歌

巡遊伶人とは漂泊民・遍歴者といった生活形態をとる人々で、生業として歌曲を歌い、時には物真似の所作などを交えたかも知れない形で諸国を流浪した人々である。『万葉集』巻十六に見える乞食者《ほかひびと》などはその一種と思われる。また、遊行女婦は「うかれめ」と言われて、これも本来は諸国を遍歴して、歌曲をもって生計のよすがとした女性であった。この遊行女婦は万葉時代では貴人の宴席などに呼ばれ、今日の芸妓のように座を取り持ったことが知られている。その起源は、人の死に伴う殯《もがり》の行事に招かれて、死者の鎮魂に奉仕する遊部《あそびべ》に所属する女性であったという説(注3)がある。「遊び」という語の意味は、平安時代には音楽の催しを言い、或いはそれに舞を加えて広く歌舞の催しを指した。それがこの語の根本的な意味であろうが、一方、『古事記』の天若日子の条に見るように、殯を遊びと称している理由は、やはり鎮魂には音楽が大きな役割を担った故と考えられる。そうだとすれば、遊部の女性たちが零落して遊び女《め》になったという説は必ずしも荒唐無稽な説として捨て去る訳には行くまい。何といっても遊び女の本来の性格は音楽をもって世渡りすることにあった筈だからである。

巡遊伶人であろうと言われる人には、『万葉集』では若宮年魚麻呂《わかみやのあゆまろ》があり、『日本書紀』では、清寧天皇紀に忍海《おしぬみ》の角刺宮《つのざしのみや》の有様を歌った作者を「当世の詞人《ときのうたつくりびと》」と称しているが、この人物なども巡遊伶人であったろうと思われる。

若宮年魚麻呂の名は、巻三の三八七～三八九番歌、巻八の一四二九・一四三〇番歌に見え、その殆どは作者不詳の誦詠歌である。その中三八七番歌のみが年魚麻呂の実作だとあるが、その根拠は不明である。この年魚麻呂は作者未詳歌を誦詠して生活の糧を得ていた人物であろう。また、名を欠いているが、巻十六に見える「乞食者《ほかひびと》の詠二首」などは、在地の支配者を称賛する歌で、一定のパターンを持った讃歌で、この乞食者なるものが代々伝えてきた歌詞かも知れない。作者未詳の歌と言って好かろう。

遊行女婦については児島・蒲生《がまふ》・土師《はにし》・そのほか逸名の女性の作品がある。その中で自作の歌として万葉に見えるものは、児島の作品三八一・九六六番歌、蒲生の四二三二番歌と土師の四〇四七・四〇六七番歌などがあるが、児島の作の二首を除いては宴席歌として申し訳に作ったような駄作ばかりである。恐らく彼女たちの本領は天平勝宝三年（七五一）一月三日内倉忌寸縄麻呂《くらのいみきつなまろ》の館での宴席で、蒲生が披露した作者未詳の伝承歌（四二三六・四二三七の長短歌）の如き作品を多く記憶していて、宴席などで披露することにあったのではないかと思われる。したがって彼女たちの自作の歌も文学的動機が根底に有ってのことではなく、記憶された作品の真似事に過ぎなかったのであろう。

三　作者未詳歌巻の性格

巻七・巻十・巻十一と巻十二・巻十三・巻十四を作者未詳歌巻とすることに異論は無いと思われるが、これらの巻々はそれぞれが異なった時期、異なった意図の下に編纂されたものだろうということは、一見して明らかだと言えよう。

＜巻七について＞

編纂形態から言えば、巻七は部立として①雑歌・②譬喩歌・③挽歌の三部立とし、相聞を欠いているのが特色となっている。そして歌体としては短歌と旋頭歌の二種より成る。題詞は制作事情には触れず、詠歌対象あるいは詠歌状況を簡略に示すのみである。

筆者はかつて昭和四十五年に「万葉類句歌考――作者未詳歌を中心として――」、昭和四十八年「万葉類句歌より見た作者未詳歌巻の性格」という小論(注4)を発表したことがある。その詳細を今は述べることは出来ないが、かい摘んで言えば、二句以上の類句を共有する歌は二七一群有りとして、作者明記歌の作者については、和銅の頃までを前期作者とし、以後を後期作者とした。そしてこの論考の狙いは作者未詳歌の時代解明に資するものが有るならばということに在ったから、前期作者と作者未詳歌との類句歌関係、後期作者と作者未詳歌との類句歌関係表などの他に、作者未詳歌巻それぞれの類句歌関係表も作製された。そしてそこから何が帰納されるかということであった。

さて、話を元に戻して巻七についてその結論を「万葉類句歌考」(改訂版)から摘記することにする。

①大伴家持およびその周辺の人々の作品は、作者未詳歌巻の巻十・巻十一・巻十二・巻十三とは深い関係をもっているが、巻七・巻十四とは極めて関係が薄い。また、大伴旅人・山上憶良の作品とも交渉を持たない。

②柿本人麻呂と作者未詳歌巻との関係は巻七において最も密接である。人麻呂の作品と類句歌の関係をもつ作者未詳歌は11首あるが、その中の6首は巻七の所出歌である。

万葉歌における類句歌関係を親近関係に置き換えることが何処まで妥当性が有るかということに問題はあるが、偶然の一致ということはあり得ないだろうから、類句歌同士相互に親近関係を認めることは誤りでは無いと思われる。その意味から言えば、作者未詳歌巻の巻七が人麻呂と密接な関係を持っていて、後期作者の大伴家関係の人々とは関係が薄いということは、巻七という作者未詳歌巻は万葉第二期の歌人、柿本人麻呂時代の作品を収録したものではないかと想像されるのである。集中に柿本朝臣人麻呂歌集所出歌が多いのも勿論それに由来する。

＜巻十について＞

巻八は作者明記歌の集である。それを春夏秋冬の四季節に歌を分類し、それらをそれぞれ雑歌と相聞の二種に分けたという形で、季節分類への最初の試みであったろうかと推測させる編纂形態である。その巻八の編纂形態によって作者未詳歌を収集編纂した形式を取っているのが巻十の作者未詳歌巻である。その意味からも巻八との関連性は考えられて好い。それ故、巻七で見てきたように類句歌関係から考察すると、以下の様なことが考えられる。

巻十の類句歌で作者明記歌は25首あり、その中で前期作者の作品は6首、後期作者の作品は19首である。この数値だけでは後期作者との関連が深そうだが、後期作者の作品数は前期作者のそれの約七倍である。それを考えると、圧倒的に前期作者との関連が深いと言える。

前記の巻七の場合も前期作者との関連は深かった。しかし、巻十の場合と比較するとどうであろうか。巻七における作者明記歌との類句歌は、21首である。その内の8首が前期作者との類句歌である。後期作者との類句歌は13首である。この前期作者の8首も前述の理由によって七倍して計算すると、巻十の場合よりも前期作者の作品への傾斜度が大きい。そして大きな特色としては巻十の類句歌52群中巻八との類句歌が13首有るということである。巻十と巻八との親縁関係ということが考えられる。

＜巻十一・十二について＞

この二巻の作者未詳歌巻はその部立の形式から見て同じ理念によって編纂された歌集であると見られる。それは「万葉集目録」にもこの二巻は「古今相聞往来の歌」の上・下とされていることによっても言えるのだが、部立名にも「正述心緒」「寄物陳思」という他巻に見られない名称が巻毎に二回ずつ繰り返される。問答がそれぞれの巻にあり、譬喩（巻十一）・悲別歌・羈旅発思（巻十二）といった構成である。なお、歌体としては巻十一には旋頭歌17首が有って、他はすべて短歌である。

作品配列の形の特色として、旋頭歌・正述心緒・寄物陳思・問答・羈旅発思などの部立の冒頭に柿本人麻呂歌集所出歌を連続掲出していることである。その旨は左注に記されているが、編者が人麻呂歌集を参照することによってこうした現実を発見したと解釈するべきではない。連続掲出されているのは、資料として意図的に採取された結果なのである。こうした現象はこの巻ばかりではない。歌集の原撰者を想定した場合、人麻呂歌集を根幹に置いた歌集形成なのである。それはこれらの巻が古歌の収集であることを示している。

筆者は昭和四十二年の昔、万葉集における呪的作品を調査した(注5)ことがあった。それは呪的目的歌と呪的素材歌を万葉集から摘出することであった。呪的目的歌はともかくとして、呪的素材歌は呪的宗教的儀礼を古代の精神文化として捕らえて、それが万葉にどの様な表現となって歌中に取り入れられているか調査したものであった。それが大方を納得せしめたか否か、甚だ心もとない次第であったが、その時作製した一覧表によれば、巻十一は490首中47首、巻十二は380首中50首ということで、他巻に比べて圧倒的多数を示していた。これは参考までに記して置く次第である。

また、これまで扱ってきた類句歌調査の結果から見れば、巻十一の類句歌群は89群、巻十二の類句歌群は90群である。両巻の類句歌群の内、前期作者の作品と類句歌の関係を持つものは、巻十一が5群5首、巻十二が6群6首である。それに対して、後期作者の作品との類句歌関係は、巻十一が25群25首、巻十二が19群25首である。巻十一・十二の類句歌群全体から見て、約四分の一が後期歌人との類句歌関係を持つと言える。前期歌人と後期歌人との比率は既に試みたように、前期歌人との類句歌数を七倍して対比するべきだと考えられるから、やはりこの両巻における前期歌人作品への傾斜は見て取れるものの、後期歌人作品との類句歌関係が意外に多いことは、この両巻の類句歌群に関係のある後期歌人たちは、この二つの未詳歌巻と親縁関係を持っていて、その作品群が彼らの作歌に資するところが多かった為ではないかと思われる。

改めて今、この二つの未詳歌巻を見ると、ある程度の類題性といったもので作品を並べていることが判る。或いは類題性とまでは行かなくてもキーワードによる配列を心掛けた趣がある。そしてこの二巻の全歌群を通して言えることは、政治性・歴史性・地理性を超えて総てが恋の歌・愛の歌群であるという印象である。古い作者未詳歌870首というこれだけの数を後世に残したという理由も、それが愛の歌群であったからであろう。

＜巻十三について＞

賀茂真淵はこの巻を奈良時代初期までの作と考え、巻一・二に次ぐ古体の歌を集めた巻であると考えていた。記紀歌謡に見るように古体の歌謡には反歌は存在しない。その記紀歌謡の流れを汲むと考えてよいのが万葉の長歌である。それは『古事記』允恭天皇記に見える木梨軽太子が、流謫の地において妹であり妻である衣通王と共に自ら命を断った時の作と伝える（古事記歌謡・90）の少異歌が巻十三の三二六三番歌であることからも、記紀歌謡から万葉長歌への流れは自明のことと言えよう。

しかしながら、記紀歌謡には反歌というものは全く存在しない。ところが巻十三の三二六三番歌は反歌を伴っている。しかも内容が全く異なる「或書の反歌」というものまで収録されている。その上、これらの反歌は本歌を誤読しているのではないかと疑われるほど掛け離れた歌の場と雰囲気とを持っている。これらの反歌は言うまでもなく、後人が『古事記』の伝承とは別の見立てによって制作したものであるに相違ない。筆者の見解を述べさせて頂けるなら、反歌というものは『万葉集』の時代に至って、長歌の衰退を打開する為の新機軸であったと考えている。(注6) そして巻十三全体を通して反歌は新たに制作されたものではなかったかと考えている。

巻十三と関わる類句歌を検討すると、巻七・巻十・巻十四とは全く関係が無いと言ってよい。ただ、後期作者の中で大伴家持の作品と類句歌関係を持つものが5首あるということが目立つ程度である。ただし、その中で二首は後人の作と推定される反歌である。つまり大雑把に言えば、巻十三は類句歌関係から見れば、他の巻々と殆ど交渉を持たない巻であるらしい。

＜巻十四について＞

これは東歌を収めた巻である。東歌というものは、以前は東国の民謡を集めた巻であると考えられていたが、今ではそのように単純に考える人は少ない。東国に興味を覚えた人が東国の地名を読み込んで作った歌とか、東国方言の片言を使って作った歌が東歌の中に数えられるようになっているかも知れない。

(1) 信濃道は今の墾《は》り道刈《か》りばねに足踏《ふ》ましなむ沓《くつ》はけ我が背《せ》 (三三九九)
(2) 会津嶺《あひづね》の国をさ遠み逢はなはば偲《しの》ひにせもと紐《ひも》結ばさね (三四二六)
(3) ま遠くの雲居に見ゆる妹が家にいつか至らむ歩め我が駒 (三四四一)

(1)は「信濃道」という地方性をもった固有名詞を除けば東歌であるとする根拠は何処にもない。

(2)は会津嶺の聳える国へ赴任してゆく男の歌だと解釈すれば、東歌だとするのは誤りだと言うことになる。「紐」というのはいわゆる下紐のことであろうから、それは妻が夫の身体に直《じか》に結ぶ紐であるのが普通だから、旅立つのは男の方である。そしてこの歌が会津で歌われたとするのは無理である。「会津嶺の国」を目標物として「を」という助詞を使っているのである。会津の住人だったら「会津嶺の国」などというランドマーク的な言い方はしない筈である。

(3)は、左注に柿本人麻呂歌集の次の歌を引いて、その異同を注している。

遠くありて雲居に見ゆる妹が家に早く至らむ歩め黒駒（巻七・一二七一）

左注に引用されたこの人麻呂歌集歌が原拠で、口誦の過程で誤ったのが東歌の形なのであろう。それならばこの歌を東歌とする根拠は何処にも無いのである。

これらは今一例を挙げたに過ぎない。『古今和歌集』にも東歌は僅かに存在するが、『万葉集』では230首の東歌が一巻を成している。大和政権にとって東歌は重要な意義を持っていたと考えられる。天武天皇が壬申の乱というクーデターを起こした時、天武天皇を支持したのは東国の豪族たちであった。また、辺境防備に当たった防人も、天智天皇の三年の頃から始まったものと思われる。その防人は聖武天皇の頃までは東国から徴集されるのが原則であった。こうした大和政権と東国との結び付が東歌というものを纏めさせたのではないかと思われる。

この東歌の一巻は、類句歌調査の結果も、230首の歌数に対して僅か17群であり、巻十四内部での類句歌は11群存在するという点を除いては、その他の作品及び他の未詳歌巻との類句歌も僅少である。要するに未詳歌巻の中でも孤立した立場にある。その上、東歌内部の非東歌と思われる作品を除外した上での類句歌調査をしていないから、数値は出ても疑問の多い結果となったと言える。

四　勅撰和歌集における作者未詳歌の受容

『万葉集』という詞華集における和歌の在り方は、記紀歌謡など前代の歌謡の余韻を受けている一方、後代和歌の世界に深い影響を持っている。『万葉集』を孤立した歌集として扱い、通説に従って天平宝字三年（七五九）の家持歌四五一六番歌をもって万葉の終焉と考えることは、大きな誤りであろう。中西進氏がかつて『万葉史の研究』の中で述べたように、「後代和歌と万葉集とを結ぶものは、作者未詳歌だといってよい」（「万葉歌の終焉」）という一文を思い起こすだけでも、後代に於ける勅撰和歌集などが万葉歌をどの様に受容してきたかという問題の中から、『万葉集』のその後の行方を探究するのも研究者の勤めかも知れない。

『古今和歌集』仮名序の中で紀貫之は、「万葉集に入らぬふるき歌、みづからのをも奉らしめたまひてなむ」と述べている。万葉集に存在しない古歌や自分たち撰者の歌を奉らせなさったというのである。その言葉を信ずれば、貫之は万葉集が当時自在に読めたということになる。それならば、その後

『後撰和歌集』撰進作業の中で、撰者たちが撰和歌所において万葉集の解読作業を行う理由はなかったのである。因みに『万葉集』のこの解読作業によって読み得た万葉歌の訓読が万葉古点と言われるのは誰もが知悉している。

『後撰和歌集』には万葉の歌が詠人不知として二十首余り混入しているが、それは万葉歌の価値を認めたからでは無いと思われる。それは恐らく伝誦歌として伝来されていた歌を採録したもので、万葉古点としての成果であったかどうかは疑わしい。

その後また四十年以上を経て撰ばれたとされるのが『拾遺和歌集』であるが、ここでは人麿・赤人・家持・湯原王など比較的多くの万葉歌人の作が取られている。殊に人麿作とされた104首の作品があり、その中で万葉集を出典とする作品は82首を数えるが、人麿の実作は13首に過ぎない。他は柿本朝臣人麻呂歌集或いは作者未詳歌から出たものである。何にせよ『拾遺和歌集』の万葉集採取の姿勢は、『後撰和歌集』撰者の万葉解読作業がもたらした万葉古点の結果なのであろう。

こうした勅撰和歌集における『万葉集』への認識が次第に高まってゆく傾向は見えるものの、一方、勅撰第四歌集の『後拾遺和歌集』では、撰者の藤原通俊は保守的歌人として知られているが、その通俊の書いた序文は『万葉集』を次のように評価している。

　世にある人、聞く事を畏《かしこ》しとし、見る事を卑《いや》しとすることわざによりて、近き世の歌に心をとどめむこと難くなむあるべき。しかはあれど、後みむ為に、吉野川よしといひながさむ人に、あふみのいさら川いささかにこの集を撰べり。このこと今日に始まれるにあらず。奈良の帝は万葉集二十巻を撰びて、常の玩《もてあそ》びものとしたまへり。かの集の心は、易《やす》きことをかくして、難《かた》き事を現はせり。そのかみのこと今の世に叶はずして、惑へる者多し。

世間の人は伝聞を貴いと考え、現在の体験を卑しいとして低く考えている。それ故、近頃の歌に注目することはあり得ない筈であるが、後世の人の為に、好いと思われる歌をいささか集めたのである。こうした企ては今始まったことではない。奈良の帝（平城天皇）は『万葉集』二十巻を編纂して、日頃愛読して居られた。その歌集の歌の内容は判りやすい表現を避けて、判りにくい表現をしている。その昔の歌は今の世の中の歌と食い違っているので、理解しがたい人が多い。

といった趣旨である。これによれば、撰者の通俊自身が万葉の歌を理解しようとしていないのだということが判る。このように万葉に対して否定的な見解もあるが、第五・第六勅撰和歌集である金葉・詞花の二つの集を経て、第七勅撰集の『千載和歌集』の撰者は藤原俊成であるが、それには万葉の俤は見られない。集中の詠人不知歌も極めて少なく、記名歌と同様に『後拾遺和歌集』が撰び残した作として、反後拾遺的な抒情味の濃い歌が拾われた。詠人不知歌も同様な俤を持っていて、万葉調といった傾向は一切見られない。しかし、撰者の俊成には別に『古来風躰抄』という歌論書がある。そこには『万葉集』が第一巻より第二十巻まで、作者未詳歌巻も含めて191首が抄出された。作者未詳歌についても、巻七から11首、巻十から18首、巻十一から22首、巻十二から10首、巻十三から2首、巻十四の東歌から16首が抄出されている。

こうした『万葉集』の評価は、子息の藤原定家においては一層高められた。定家が編者の一人として撰進した第八勅撰集の『新古今和歌集』には、それまでの勅撰集には見られなかった多くの万葉作品が万葉歌人名を伴って登場してくる。巻頭の仮名序には次のように記されている。

難波津《なにはづ》の流を汲みて、澄み濁れるを定め、浅香山《あさかやま》の跡を尋ねて、深き浅きを別《わか》てり。万葉集に入れる歌はこれを除かず。古今よりこの方、七代の集に入れる歌をばこれを載することなし。

「難波津に咲くやこの花」という歌の流れを受けて、歌の清濁を定め、「浅香山影さへ見ゆる」という歌の昔を尋ねて、歌心の深浅を区別した。そして万葉集に存在する歌を除外せず、古今より千載に至る七代の勅撰集の歌は取らなかったと言うのである。

こうした『新古今集』の方針は、『古今集』の撰者が万葉を読めたか読めなかったは別として、万葉集の歌を意識的に避けたのと比べると全く逆であった。また、この集に見える人麿作とされた歌には『万葉集』の作者未詳歌が多いことは、『拾遺和歌集』の場合と同じであり、詠人不知の作には『万葉集』所出歌も多く、それが万葉の作者明記歌であったり作者未詳歌であるというのが、『新古今和歌集』の『万葉集』受容の一面であった。

注1　拙稿「仁徳王朝創業期の伝承をめぐって」（平成十一年刊、「上代文学」八十三号）拙稿「応神天皇記の解釈とその伝承」。拙著『古代歌謡と伝承文学』（平成十三年、塙書房刊）所収、参照。
2　拙稿「磐姫皇后歌群の素顔」（高岡市万葉歴史館論集『伝承の万葉集』平成十一年、笠間書院刊、所収）48頁以降、参照。
3　中山太郎『売笑三千年史』参照。
4　文中の論考2編は、昭和五十三年、笠間書院刊の拙著『古代文学の伝統』の中に改訂版を作って1編に纏めて収録した。本論考はその改訂版に拠っている。
5　拙稿「万葉の呪歌と万葉集」（昭和四十二年、「明治大学教養論集」第43号）所収。この小論は後に拙著『古代文学の構想』（武蔵野書院刊）に収められた。
6　拙稿「記紀歌謡と万葉との間」（昭和五十三年、「上代文学」第四十号）参照。なお、前記の『古代歌謡と伝承文学』にも収録。

＊文中に引用した万葉集の諸歌は、「日本古典文学大系」本の本文を基準としたが、私意によって改めた部分もある。その他の引用文などは流布の諸本に拠った。

巻七羈旅作の類景歌

関　隆司

一　はじめに

巻七は、雑歌・譬喩歌・挽歌の部立を持ち、雑歌に短歌二百三首・旋頭歌二十五首、譬喩歌に短歌百七首・旋頭歌一首、挽歌に短歌十四首の合計三百五十首を収めている。万葉集中で、もっとも多くの旋頭歌を収め、長歌を一首も載せない巻である。

歌の作者に関しては、一一九五番歌左注に「右七首藤原卿作　未審年月」とあるだけで、作者名を記さない。

伊藤博氏は、万葉集二十巻のうち、末四巻を除いた十六巻の構造と成立を詳細に論じる中で、人間の有為転変や歌の歴史を知りたければ、巻一〜六の記名歌巻の部分を任意に開けばよい。四季の歌について関心を持つときは、巻八と十をひろげればよい。寄物陳思と正述心緒は巻十一と十二。古謡長歌集は巻十三、都のてぶりとは異質な夷ぶりに心を安らげようと思えば巻十四、悲劇的な長篇歌語りに心寄せるときには巻十五を紐解けばよい。そして、付録（巻十六）には、寝ころんで味わってもよいような歌が並んでいる。

と、それぞれの巻の性格の違いについて、わかりやすく説明しているのだが、巻七と巻九には触れていない。[注1] それはこの二巻が複雑な性格の巻だからである。

その複雑さについて、小学館新編古典全集の巻七概説は、

> 歌一首一首の質の優劣とは別に、まとまりの悪さの点で類がない。雑纂《ざっさん》篇と言えば聞えは良いが、要するに、万葉集の吹溜《ふきだま》り、皺寄《しわよ》せの先取りと言われかねない。／この短所はまた長所でもあり、多少、語弊ある言い方を許されるならば、どこから読み始めてもよい、とっつき易さが利点とも言える。作者が不明、したがって作歌事情もほとんど未詳であることは、読む人の想像力を自由ならしめる。

と上手にまとめていて、

> 要するに、この巻の特色は、都鄙《とひ》混淆《こんこう》・雅俗《がぞく》雑居《ざつきょ》する変化の妙、と言うことができよう。

と結んでいる。

巻七は、万葉集の中で少し不思議な巻なのである。

その巻七を代表する歌群は、「羈旅作」九十首（一一六一～一二五〇）である。

その「羈旅作」を含む巻七の雑歌は、「天を詠む」と題する一〇六八番歌から始まる。以下、「××を詠む」などの題詞のもとに歌が並べられ、

芳野作　五首　（一一三〇～一一三四）
山背作　五首　（一一三五～一一三九）
摂津作　二十一首　（一一四〇～一一六〇）
羈旅作　九十首　（一一六一～一二五〇）

と続く。「芳野作」までを含めれば、百二十一首が旅の歌ということになる。

全三百五十首のうち百二十一首の旅の歌が題詞を立てて収められていることは、巻七の大きな特色といってよい。

その百二十一首のうち、山背作にはすべての歌に宇治の地名が詠まれているのだが、芳野作、摂津作にはそれぞれ一首づつ地名のない歌が含まれている。このことから、少なくともその地名のない歌の前後、多く見れば題詞以下全部の歌が、巻七編纂の段階で、すでにまとめられていたのだろうと考えられている。

一方、羈旅作九十首内で地名の詠まれていない歌は二十八首ある。残りの六十二首の地名を調べると、近江・紀伊など、題詞を立てて分類することが可能な国もあることがわかる。しかし、実際に分類されていない理由は、羈旅作九十首が、巻七編纂時に、すでにこの題詞のもとに今の順番で並べられており、巻七編者がそのまま採用したからとしか考えられない。

実は羈旅作九十首内には、

（一一八七）

右一首柿本朝臣人麻呂之歌集出

(一一九五)

右七首者藤原卿作　未審年月

(一二四六)

右件歌者古集中出

(一二五〇)

右四首柿本朝臣人麻呂之歌集出

と四カ所に左注が入っている。

問題になるのは、一二四六番歌左注の「右件」の指す範囲のあいまいさである。一般的には「羈旅作」の題詞以下八十六首を指すと考えられている。先に触れたように、羈旅作内の歌はさらに細かく分類できたはずなのにされていない上に、実は、摂津の歌も含まれているので、「摂津作」の一一四〇番歌まで遡らないと考えられているのである。

通説通り「右件」が一一六一番歌までを含むのであれば、巻七に収められた三百五十首のうち、柿本人麻呂歌集や古歌集・古集といった先行歌集から採録された歌が、少なくとも百六十五首もあり、そのうちの約半数にあたる八十六首は、羈旅作に収められた歌ということになる。

本稿は、巻七を代表する羈旅作歌の影響について考えてみようと思う。

二　類歌・類句歌

羇旅作九十首中の一二三四・一二三八・一二三九・一一七六の四首について、万葉集中に次のような関係歌がある。

①
大葉山《おほばやま》霞たなびきさ夜更《よふ》けて我が舟泊てむ泊まり知らずも　（一二三四）
祖母山《おほばやま》霞たなびきさ夜更けて我が舟泊てむ泊まり知らずも　（巻九・一七三二、碁師）

②
風早の美保の浦廻《うらみ》を漕ぐ舟の船人騒く波立つらしも　（一二三八）
葛飾の真間の浦廻を漕ぐ舟の船人騒く波立つらしも　（巻十四・三三四九、東歌）

③
我が舟は明石の湊《みなと》に漕ぎ泊《は》てむ沖辺な離《さか》りさ夜更けにけり　（一二三九）
我が舟は比良《ひら》の湊に漕ぎ泊てむ沖辺な離りさ夜更けにけり　（巻三・二七四、高市黒人）

④
夏麻引《なつそび》く海上潟《うなかみがた》の沖つ渚《す》に鳥はすだけど君は音もせず　（一一七六）
夏麻引く海上潟の沖つ渚に舟は留めむさ夜更けにけり　（巻十四・三三四八、東歌）

一般的に、①のような関係にある歌を「重出歌」と呼び、②③④のような関係の歌を「類歌」と呼び慣わしているが、伊藤博氏は、重出歌は編纂に関わる呼び名であるとして「同形歌」と命名し、同形歌も類歌も、編者がそれぞれの歌を尊重して収録したものと論じた。

つまり、①は同じ歌であっても、歌われた時が異なっているのであろうと考え、②は「風早の美保」と「葛飾の真間」、③は「明石」と「比良」という地名が異なるのは、その土地その土地で臨機応変に詠み代えられた「今様」であると考えるのである。

ただし、①の一七三二番歌初句原文は、諸本に「母山」とある。「祖母山」は、『万葉集略解』に引かれた本居宣長説によるもので、一二二四番歌に「大葉山」とあることを傍証にして作られた本文である。古写本通り「母山」を採れば、①もまた②③と同じく地名が異なる歌となるが、今は通説に従って祖母山を採り、歌われた時が異なる同じ歌と考えておく。

一方、④は類歌とは言いながらも、上三句は同じものの、下二句の違いによってまったく違う内容の歌になっている。

そもそも類歌とは、同類・類似の歌という意味で、題材が同じで発想も同じ歌や、題材は異なるものの発想が同じ歌を指すのであって、④のような場合は、確かに表現や発想は似ているかも知れないが歌の趣旨は異なるのであり、類歌とは違う呼び方をした方が良いのではないかと思われる。そこで思い出されるのは、大久間喜一郎氏が詳細に論じた「類句歌」という分類である。(注2)

大久間氏は、類歌という考え方は認めながらも、歌の表現からできる限り作者の恣意を排除しようと考えて、「二句あるいは三句の同一句または類句を共有するものを類句歌と定める」という方針を立て、「類句歌」という分類で作者未詳歌巻を論じている。

この大久間分類については、水島義治氏の詳細な批判があるが、(注3)ここで問題にしたいのは、大久間分類の正誤ではなく、類句歌という分類によって見えてくる類歌という定義の意義と限界についてである。

①②③の類歌は、違う場で歌われた同じ歌と見、④の類句歌は、片方の表現を学んで詠まれた別の作品と見ればよいのではないか。

例えば、同形歌である①の類歌として、

大葉山霞たなびきさ夜更けて我が舟泊てむ泊まり知らずも　（一二二四）
祖母山霞たなびきさ夜更けて我が舟泊てむ泊まり知らずも　（巻九・一七三二、碁師）
照る月を雲な隠しそ島影に我が舟泊てむ泊まり知らずも　（巻九・一七一九、春日蔵）

と、巻九の一七一九番歌も指摘されているが、これは下二句が同じ類句歌とすればよい。

同じ羈旅作内には、他にも、

⑤
大き海の水底とよみ立つ波の寄せむと思へる磯のさやけさ　（一二〇一）
大き海の磯本《いそもと》揺すり立つ波の寄せむと思へる浜の清けく　（一二三九）

⑥
妹がため玉を拾ふと紀伊の国の湯羅の岬にこの日暮らしつ　（一二二〇）
妹がため菅の実摘みに行きし我山路に迷ひこの日暮らしつ　（一二五〇）

のような例がある。⑤も⑥も二句以上同じで、発想も似ているのだが、残る部分の表現が明らかに異なっている。恐らくそのためにそれぞれ独立した一首として扱われているのだろうと思われるが、このことは、同じ羇旅作九十首中の、

⑦　印南野は行き過ぎぬらし天伝《あまづた》ふ日笠の浦に波立てり見ゆ　（一一七八）
一云　飾磨江は漕ぎ過ぎぬらし…

⑧　沖つ波辺つ藻巻き持ち寄せ来とも君にまされる玉寄せめやも　（一二〇六）
一云　沖つ波辺波しくしく寄せ来とも…

という異伝注記のある二首と比較してみれば、より明確ではないか。
⑦は地名が異なるだけではない。印南野から日笠の浦は西行きで、飾磨江から日笠の浦は東行きとなり、進行方向が逆になる。明らかに別の歌になってしまうのであるが、歌の表現上では進行方向はわからず、大きく異なるのはその地名に関する部分だけに見えるわけである。
⑧も、「辺つ藻巻き持ち」と「辺波しくしく」の語句の違いは明らかだが、歌意に違いはなく、辺つ藻と辺波の違いは、それがその場の話題になったためかとも想像され、その場に合わせて変えられたものと考えられよう。つまり、⑦⑧は同じ歌だから異伝注記であると考えられるのに対して、⑤⑥は、編者が二首を違う歌とみなしたということなのではないか。

ちなみに、異伝歌の注記を芳野作まで遡ってみると、摂津作にだけ、

⑨ しなが鳥猪名野《ゐなの》を来れば有間山夕霧立ちぬ宿りはなくて　（一一四〇）
　一本云　猪名の浦廻を漕ぎ来れば…

⑩ 梶の音そほのかにすなる海人娘子沖つ藻刈りに舟出すらしも　（一一五二）
　一云　夕されば　梶の音すなり…

の、二例が確認される。⑨は場の違いによって歌句を変えられた歌と見、⑩も、時間の違うその場に合わせた歌句の変更と見てよいのではないか。

どちらにしても、⑤⑥が類歌・類句歌ではあるものの、同じ題詞内に独立して掲載されているのに対して、⑦⑧⑨⑩が異伝歌としてしか示されない理由は、語句の差ではなく、歌全体の趣旨の差ということではないか。

それにしても、右に掲げたそれぞれの類歌・類句歌・異伝歌は、間違いなくどちらかの歌が先行したのだろうが、それぞれの作歌時を特定するのは難しく、また表現の差異や作者などからもどちらが先に作られたのかを確実に決めることはできない。しかし、地名だけを入れ替えれば別の歌として成り立ち、発表できたはずなのであるから、この種の同形歌・類歌・類句歌がもっとたくさんあってもいいように思うのだが、実際にはない。

三　家持への影響

羈旅作に収められた、

黒牛《くろうし》の海　紅《くれなゐ》にほふももしきの大宮人しあさりすらしも　（一二一八、藤原卿）

が、天平二十年の大伴家持の、

礪波郡の雄神の河辺にして作る歌一首

雄神川《をかみがは》紅にほふ娘子《をとめ》らし葦附《あしつき》採ると瀬に立たすらし　（巻十七・四〇二一）

に影響を与えているとの説がある。

右の歌は、天平十八年に越中国守として赴任した大伴家持が、天平二十年に始めて春の出挙で越中国諸郡を巡行した「当時当所にして、属目し作る（四〇二九左注）」歌九首（四〇二一～四〇二九）の第一首目に当たる。第二首目の、

婦負郡の鸕坂の河辺を渡る時の歌一首

鸕坂川《うさか》渡る瀬多みこの我《あ》が馬《ま》の足掻《あが》きの水に衣《きぬ》濡れにけり　（四〇二二）

も、摂津作に収められた、

武庫《むこ》川の水脈《みを》を速みと赤駒《あかごま》の足掻く激《たぎ》ちに濡れにけるかも　（一一四一、作者未詳）

との類歌性が指摘されている。

井上通泰『万葉集新考』は、四〇二一番歌の注に「此歌は巻七なる（歌略）を学びたるなり」と記すだけだが、鴻巣盛廣『万葉集全釈』は、

〈四〇二一注〉

巻七の（歌略）（一二三八）に酷似してゐて、模倣の跡が明瞭なのは、作者の為に惜しむところである。

〈四〇二二注〉

併し巻七の（歌略）（一一四一）に似てゐるのは惜しい。

と、「酷似・模倣・似てゐる」と家持の歌に否定的である。窪田空穂『万葉集評釈』は、

〈四〇二一注〉

巻七（一二一八）（歌略）に依つてゐることは明らかである。形は似てゐるが、味ひはさすがに距離がある。巻七の歌は、人の方が中心になつてゐるが、この歌は自然の方が中心になつてゐ

て、作者自身の気分が濃厚に出てゐる。その意味で、面目のある歌と云へる。

〈四〇二二注〉

此の歌も巻七〔一一四一〕(歌略)を思はせるものである。しかしこの歌は、佗しいながらに明るさを持つたものである。そこに家持の風格がある。

と肯定的であり、佐佐木信綱『評釈万葉集』も、

〈四〇二一注〉

印象頗る鮮明であるが、その表現法は、「一二一八」に似てゐる。しかし、地方色の豊かな点で、情趣は家持の作がまさつてゐる。

〈四〇二二注〉

「一一四一」の作に類していゐるが、それとは風趣を異にしてをり、三四句の調子もよい。

と、家持歌が優れていると言う。

一方、家持に厳しい土屋文明『万葉集私注』は、

〈四〇二一注〉

実地の歌ではあるが、巻七、(一二一八)の「―歌略―」の形に引きつけられた歌であらうから、クレナヰニホフのあたりは事実か虚構か分らない。タタスラシと丁寧な言葉づかひも、形の上からの模倣と見える。一首の力ない所以であらう。

〈四〇二二注〉

単純であるが嫌味のない作である。巻七、（一一四一）の「―歌略―」が先に存したとしても、
これはこれで或る程度認めてよいだらう。

と、四〇二二番歌は評価している。

岩波古典大系本は、四〇二一注に「類歌。巻七、一二一八」とだけあり、澤瀉久孝『万葉集注釈』は、四〇二一番歌に「模したもの」、四〇二二注に「似てゐるが、この作には家持の風格が出てゐる」としか記していない。小学館古典全集本・新編古典全集本も、四〇二一注に「類歌一二一八」とあるのみで、新潮社古典集成本や講談社文庫本には指摘がない。

橋本達雄『万葉集全注　巻十七』は、

〈四〇二一注〉

清らかな川を紅に彩る珍しい光景に興を覚え、あの光景はいったい何だと傍に問うたのでもあろう。それと同時に家持の脳裏には諸注が指摘するように、「―歌略―」（7・一二一八）の歌がただちに浮かんできたのである。表現の型をそれにならいつつも、地方色豊かな光景が印象鮮明に歌われたゆえんであろう。

〈四〇二二注〉

類歌「（歌略）」（7・一一四一）もまたこの趣に近い。これを念頭に歌っているからか。

とある。伊藤博『万葉集釈注』は、四〇二一注に一二一八番歌ばかりではなく、巻九・一六七二番歌をも想起したにちがいないと言い、四〇二二番歌の「類想歌」として一一四一番歌を引いている。

岩波新古典大系本は、四〇二一注に「(一二一八)に学んだか」とし、四〇二二注には「類想歌―歌略―(一一四一)」とだけある。

以上のように、酷似・似ている・模倣・類歌・類想歌といろいろに批評されているが、前節までにとりあげた類歌のあり方とは異なっている。

巻七との関係歌として次の通りである。

⑪
黒牛の海紅にほふももしきの大宮人しあさりすらしも　(一二一八、藤原卿)
雄神川紅にほふ娘子らし葦附採ると瀬に立たすらし　(巻十七・四〇二一)

⑫
武庫川の水脈を速みと赤駒の足掻くたぎちに濡れにけるかも　(一一四一、作者未詳)
鸕坂川渡る瀬多みこの我が馬の足掻きの水に衣濡れにけり　(四〇二二)

伊藤『釈注』は、⑪に巻九の一六七二番歌をも想起したとあったが、その歌は、

黒牛潟《くろうしがた》潮干《しほひ》の浦を紅の玉裳裾引《たまもすそひ》き行くは誰《た》が妻　(大宝元年紀伊行幸歌、作者未詳)

である。万葉集歌の類歌・類句関係について、もっとも広くまとめた佐佐木信綱『万葉集の研究　第三―万葉集類歌類句攷』(岩波書店・昭和二十三年)も、大越寛文『大伴家持の類歌類句』(私家版・

昭和四十四年）も、⑪⑫の四首はそれぞれあげているが、この巻九の歌はあげていない。⑪に巻九の歌も並べて、語句を対比してみよう。

A黒牛の海紅にほふももしきの大宮人しあさりすらしも
B雄神川紅にほふ娘子らし葦附採ると瀬に立たすらし
C黒牛潟潮干の浦を紅の玉裳裾引き行くは誰が妻

AとBの語句の類似は明白である。一方Cは、Aと同じ地で詠まれたもので、紅のイメージという面ではABと共通すると言えるが、結句「誰が妻」と女性に向ける眼差しが明らかに違っている。CとAを類歌とするには共通点が乏しい。

ところでCは、この歌を含む歌群の題詞に「大宝元年辛丑の冬十月、太上天皇大行天皇、紀伊国に行幸せる時の歌十三首」とあり、その作歌時期が判明している。一方Aは、先にも触れたように古集から採られた藤原卿の年月未審歌である。

藤原卿の七首は、巻七の写本はこの前後に本文の乱れがあり、写本の調査によって、一一九四番歌から一二〇七番歌までが一二二二番歌の後ろにあったことが判明している。つまり、一九九五番歌左注の「右七首」の指す歌は、通番通りの一一八九～一九九五ではなく、一二一八・一二一九・一二二〇・一二二一・一二二二・一一九四・一一九五の七首なのであり、それは次のように、

黒牛の海紅にほふもしきの大宮人しあさりすらしも　（一二一八）
和歌の浦に白波立ちて沖つ風寒き夕は大和し思ほゆ　（一二一九）
妹がため玉を拾ふと木の国の湯良の岬にこの日暮らしつ　（一二二〇）
我が船の梶はな引きそ大和より恋ひ来し心いまだ飽かなくに　（一二二一）
玉津島見れども飽かずいかにして包み持ち行かむ見ぬ人のため　（一二二二）
木の国の雑賀の浦に出で見れば海人の灯火波の間ゆ見ゆ　（一一九四）
麻衣着れば懐かし木の国の妹背の山に麻蒔く我妹　（一一九五）

全歌が紀伊の歌である。

作者が藤原卿であり、大宮人や大和が歌われていることなどから行幸従駕歌と考えられ、時期は、大宝元年（七〇一）の次の、聖武天皇による神亀元年（七二四）十月の行幸と考えられている。そうであれば、この藤原卿は、藤原武智麻呂・房前・宇合・麻呂の四兄弟の一人と推測されるのだが、確実な根拠になるような手がかりはなく、例えば伊藤『釈注』は、大宝元年の行幸での不比等作を想像している。伊藤説を採れば、ACは、同じ光景を見て詠まれた作品ということになる。

村瀬憲夫氏（注4）は、一一九五番歌に詠まれた紀伊の妹山が、大宝元年の行幸以降、神亀元年の行幸までに命名されたものと考察している。とすれば、少なくともAを大宝元年行幸時の歌とは考えにくい。大宝元年にCが詠まれ、二十数年後ぶりの行幸時にAが詠まれたとするのが穏やかなところであろうか。

問題は、AがCの影響を受けているかどうかの判断なのだが、類歌とも類句歌とも認定されない二首の影響を論じることは難しい。また、類句歌とはっきり言えるBの家持歌が、Aの影響を受けているかを論じるのも難しい。

ただ、窪田『評釈』に「形は似てゐるが、味ひはさすがに距離がある」と評価されたように、Aの歌の「紅にほふ」理由が、「ももしきの＋大宮人」が「あさりすらし」としか表現されていないのに対して、家持歌は、「娘子ら」が「葦附採る」と「瀬に」「立たすらし」と言葉多く描写されていることは、模倣や類想というレベルではなく、新古典大系が「学んだか」と注したように、学んで、そこに新たな表現を付け加えた関係とでも言うしかない。

改めて⑫の二首も見てみれば、

武庫川の水脈を速みと赤駒の足搔く激ちに濡れにけるかも
鸕坂川渡る瀬多みこの我が馬の足搔きの水に衣濡れにけり

語句の一致はそれほどなく、歌のイメージは似ているようでありながら、よくよく解釈してみれば、前者は川の流れが速くて、馬の足さばきによって水しぶきがあがって衣が濡れたのに対して、後者は、川幅広く渡り瀬が多いため、何度も川を横切ったために濡れたというのであり、歌全体から受け取る川へのイメージや、渡っている作者のイメージは、佐佐木『評釈』が「風趣を異にしてをり」と言っているようにまったく異なるものである。

⑫は、類歌の問題としても、家持が学んだ先行歌としても、論じる必要はないのではないか。

他にどのような例が指摘されているのかも見ておこう。

大久間氏の類句歌分類によれば、家持歌と巻七全体との類句歌は、

⑬ 君に似る草と見しより我が標めし野山のあさぢ人な刈りそね　（一三四七、寄草）
妹に似る草と見しより我が標めし野辺の山吹誰か手折りし　（巻十九・四一九七）

だけである。これは佐佐木氏も類歌として挙げているが、この四一九七番歌は、都から家持の妻の元へ届いた「山吹の花取り持ちてつれもなく離れにし妹を偲ひつるかも」（四一八四）への返歌を、家持が妻に代わって作った歌である。四一九七番歌結句に「山吹誰か手折りし」とあるのは、届いた四一八四番歌の語句を受けているのであり、あくまで代作なので巻七歌に簡単に手を加えただけなのかも知れない。その点で、⑪を「模倣の跡が明瞭なのは、作者の為に惜しむ」と評していた鴻巣『全釈』が、

これらは模倣といふよりも、後世の本歌取のやうな態度で、詠んだものと見るのが当つてゐるであらう。

とするのは興味深い。

一方、佐佐木氏の類歌分類によれば、家持歌と巻七全体との類歌は五首である。すでに掲げた⑪一二一八と四〇二一、⑫一一四一と四〇二二、⑬一三四七と四一九七の三組を除くと、

⑭ はねかづら今する妹をうら若みいざ率川《いざかわ》の音の清《さや》けさ　（一一一二、詠河）
　はねかづら今する妹を夢に見て心の内に恋ひ渡るかも　（巻四・七〇五）

⑮ さ夜更けて堀江漕ぐなる松浦舟《まつらぶね》梶の音高し水脈《みを》速みかも　（一一四三、摂津作）
　堀江漕ぐ伊豆手の舟の梶つくめ音しば立ちぬ水脈速みかも　（巻二十・四四六〇）

である。

⑭は上二句だけが同じで、「はねかづら今する」は「妹」を修飾している。「はねかづら」がどのような物か不明なのだが、恐らく髪飾りのようなものであろう。この表現は、巻十一にも、

はねかづら今する妹がうら若み笑みみ怒りみ付けし紐解く　（巻十一・二六二七）

と見える。三首とも「はねかづら今する妹」は同じだが、歌の趣旨は異なる。巻七歌の上三句は、「率川」を導く序詞として使われているだけなのに対して、家持歌と巻十一歌は実際の女性を賛美す

る表現である。家持歌が巻七歌に影響を受けたと、簡単には言えない。
⑮も、⑫のように語句の対応を認めるのは微妙である。井上『新考』に「はやく巻七に―歌略―とあり」と簡単に触れられ、鴻巣『全釈』に「巻七の―歌略―（一一四三）に似て、少しく劣つてゐる」と見え、佐佐木『評釈』に「構想を巻七の―歌略―（一一四三）から取つたことが明かである」とあるぐらいで、あまり注目されていない。
堀江の流れが速いのだろうと推定した根拠が、どちらも梶の音によるという点は似ているが、武田『全註釈』は、

船の楫の音を詠んだ歌も多いが、これは特殊の楫を詠んで、水流の早い堀江の特色を、よく描いている。描写のできている作である。

と、家持の表現が他に類のないものであり、優れているという。
松浦舟の通る堀江の流れが速いというのは、巻十二にも、

松浦舟騒く堀江の水脈速み梶取る間なく思ほゆるかも　（巻十二・三一七三）

と見える。この歌と巻七歌は類歌とされていないのだが、「梶取る間なく」の関係で、

白波の寄する磯廻を漕ぐ舟の梶取る間なく思ほえし君　（巻十七・三九六一、家持）

香島より熊木を指して漕ぐ舟の梶取る間なく都し思ほゆ　（巻十七・四〇二七、家持）
防人の堀江漕ぎ出る伊豆手舟梶取る間なく恋は繁けむ　（巻二十・四三三六、家持）

と、家持歌との類歌が三例も指摘されている。三首目の四三三六番歌にも、⑮の四四六〇と同じ「伊豆手舟」が詠まれているが、作歌時は、四三三六番歌の方が先である。⑮も⑪と同様、ただの類歌・類句歌ではなく、学んだ上に家持ならではの創作を加えた関係ということになるだろう。

以上、例は少ないのだが、家持は巻七を学んでいるようである。しかし、越中赴任以後の歌がほとんどで、赴任以前の歌は、⑭の一首だけであることは気になる。

四　類景歌

小野寛先生は、家持の越中赴任以前の一五七首とその類歌を精細に比較して、

家持は、自然詠は巻十に学び、相聞歌は巻十一・十二に学んだ。

と考察している。(注5)越中赴任以前の家持は、巻十・十一・十二に歌を学んだ痕跡が顕著なのである。では、巻七はどのような位置にあるのだろうか。小野先生が巻七との類歌関係を指摘している歌が、三首ある。

一例はすでに掲げた⑭である。巻十一にも同じ表現があることはすでに確認した。巻七から学んだと考えなくてもよいかも知れない。

残る二首のうち、相聞の一例は、

⑯かくしてやなほや老いなむみ雪降る大荒木野の篠にあらなくに　（巻七・一三四九）
かくしてやなほや退らむ近からぬ道の間をなづみ参来て　（巻四・七〇〇）

だが、これもまた巻十一に、

かくしてやなほやなりなむ大荒木の浮田の杜の標にあらなくに　（巻十一・二八三九）

との例がある。やはり巻七を考えなくてもよいのかも知れない。
残る一例は、雑歌の「詠鳥」三首のうちの第一首目で、

⑰山の際に渡る秋沙の行きて居むその川の瀬に波立つなゆめ　（一一二二）
雲隠り鳴くなる雁の行きて居む秋田の穂立繁くし思ほゆ　（巻八・一五六七）

である。秋沙《あきさ》も渡り鳥である。「行きて居む」のみが等しいが、この語は万葉集全体でもこの二例しかない。しかし下句はまるで異なっている。

井上『新考』には、一五六七番歌に注して「上四句はシゲクにかゝれる序なり。辞の例は巻七に――歌略――とあり」と指摘されており、武田『全註釈』は、序詞と見ることを否定した上で、巻七歌の「骨法を学んだ歌であろう」と言う。渡り鳥の動きを詠んだ上句と、その着地地点を代えてはいるが、『全註釈』が「骨法を学んだ」と言うように、渡り鳥の行き先から思いに至るという表現の流れは同じである。

この歌一首のみが、家持が越中赴任以前に巻七から影響を受けた歌ということなのだろうか。しかしながら、この家持歌には⑮に見たような巻七歌に対する新たな創作がない。

実は、⑰の家持歌は「秋歌」と題された四首一連のうちの二首目の歌である。その第一首目は、

ひさかたの雨間もおかず雲隠り鳴きそ行くなる早稲田雁がね　（一五六六）

という歌で、この一首目の表現を受けて、二首目は「雲隠り鳴くなる雁の行き」と歌い起こしたのである。確かに「行きて居む」は万葉集に二例しかない珍しい表現ではあるが、「雁の行く」まで詠んでいるのであるから、巻七歌とは関係なく「行きて居む」と詠んだ可能性は十分にある。

言い換えれば、越中赴任以前の家持歌と巻七歌の類歌は、なんとか説明をつけて右の例しか見つからないということになる。それが、越中赴任以後は巻七歌を学んだと思われる歌が並んで作られるようになったのはなぜか。

恐らくそれは、かつて巻七を読んだ時には興味の湧かなかった羈旅歌の多くに描かれていた景を、越中で目の当たりにしたからではないか。

事実、すでに触れてきた類歌以外にも、

東風《あゆのかぜ》いたく吹くらし奈呉の海人の釣りする小舟漕ぎ隠る見ゆ　（巻十七・四〇一七）

天の海雲な波立ち月の舟星の林に漕ぎ隠る見ゆ　（巻七・一〇六八、詠天、人麻呂歌集）

湊風《みなとかぜ》寒く吹くらし奈呉の江に妻呼び交《か》はし鶴多《たづさは》に鳴く　（四〇一八）

的形《まとかた》の湊の渚鳥《すどり》波立てや妻呼び立てて辺《へ》に近付くも　（一一六二、羈旅作）

あさりすと磯に住む鶴《たづ》明けされば浜風《はまかぜ》寒み己妻《おのづま》呼ぶも　（一一九八、羈旅作）

などの類似も指摘されている。

ただし注意すべきことがある。これらの歌は、あくまで類似しているのであって、細かく見れば類歌や類句歌とは呼べないような微妙な点である。

そもそも表現された歌を比較するには、語句を並べてみて、類歌・類句歌などと分類するしかない。しかしそれでは表現の類似しか指摘できない。そこで類想という用語を用いて、歌に描かれた世界の類似も分類するわけだが、類想とは、作者の発想が類似しているということであり、それは結局語句の類似になる。当然のことだが、類歌・類句歌・類想歌という分類は、それぞれが独立しているわけではなく、重なり合う部分がある。

しかし、それはあくまで表現された歌の比較でしかない。むしろ右に見てきた類歌・類句歌の問題からすれば、表現された歌の比較よりも、歌に表現された光景に踏み込んで比較してみるべきと思われる。

作者が見て感動した光景が類似している、という視点である。作者が見た光景が似ていれば、表現も似てくるであろう。そのような歌の類似を、類歌・類句歌という用語をまねて「類景歌」と分類してみたい。

黒牛の海紅にほふももしきの大宮人しあさりすらしも　（巻七・一二一八）
黒牛潟潮干の浦を紅の玉裳裾引き行くは誰が妻　（巻九・一六七二）
雄神川紅にほふ娘子らし葦附採ると瀬に立たすらし　（巻十七・四〇二一）

の三例は、まさにそれである。それぞれの作者が見たそれぞれの光景は、時や場所が違うのだが、似ているのである。歌が似ている以前に、作者が歌にした光景が似ていたのである。

そして、家持にはそのような経験が他の歌人に比べて多かったと想像される。なぜならば、家持には、歌を読んで頭の中に描いた情景がたくさんあると思われるからである。

家持が越中で見た情景は、確かに初めてのものではあったが、古歌に詠まれた情景の追体験だったものも多いのではないか。そして、その古歌の多くが、越中赴任まではあまり参考にならなかった巻七の旅の歌だったのではないか。

どこから読み始めてもよいような、都鄙混淆・雅俗雑居する巻七に収められた旅の歌は、巻八・十のように四季に関心をもって古歌を調べたり、巻十一・十二のように相聞歌の手本にすることのできる巻の歌とは異なって、歌学びにはあまり役立たなかったということなのだろう。

注1 伊藤博『万葉集の構造と成立 下』(塙書房・昭和四十九年)
2 大久間喜一郎「万葉類句歌考〈改訂版〉」(『古代文学の伝統』笠間書院・昭和五十三年)
3 水島義治「万葉集東歌類歌攷序説」(『万葉の発想』桜楓社・昭和五十二年)
4 村瀬憲夫『万葉の歌—人と風土—⑨和歌山』(保育社・昭和六十一年)
5 小野寛「大伴家持—その類歌を考える—」(『万葉の歌びと』笠間書院・昭和五十九年)

名もなき人々の雪の歌
——巻十を中心とする作者未詳歌について——

田中夏陽子

一　作者未詳歌、作者未詳巻

『万葉集』全二十巻のうち、巻七・十・十一・十二・十三・十四の六巻を、「作者未詳巻」と呼ぶように、これらの巻は、歌の作者を記さない作者未詳歌（無記名歌・作主未詳歌・無名歌）で構成されている。もちろん『万葉集』には、作者未詳巻以外にも、作者を記さない作者未詳歌は存在する。そうした作者未詳巻以外の巻、すなわち巻一・二・三・四・五・六・八・九・十五[注1]・十六・十七・十八・十九・二十においては、作者がわからない場合、「右歌、作者未詳」（巻一・五二、五三左注）、「作主未詳歌一首」（巻十六・三八三四題詞）といった類の注記を付すことになる。しかしながら、作者未詳巻における作者未詳歌は、単なる不特定多数の歌というレベルでしかない。

こうした作者表記のある巻と作者未詳巻とにみられる作者未詳歌の差については、伊藤博氏が前者にみられる伝誦性・集団性といった特性が、後者においては薄められており、ひと口に作者未詳歌といっても、作者が不明という歌の状況は、『万葉集』の内部において多様なレベルがあると評された(「記名意識と万葉集――〝作主未詳〟の問題をめぐって――」『万葉集研究』十三・一九八五年九月)。

さて、そうした作者未詳歌の歌数については、諸本の異同や、左注に付された「右件歌」がどの歌までを指すと解釈するかによって異なる。さらに、作者が判明している歌についても、「娘子」「童女」とだけ注がある歌や、遣新羅使人歌のように、身分がわかっても氏名まではわからない歌なども ある。このように、「作者未詳」という言葉の定義の幅によっても、その歌数は変動してくるため、確定することは不可能だが、おおよその数は次の表の如くである。

巻＼型	長	短	旋	計
一	2	7	0	9
二	1	2	0	3
三	2	9	0	11
四	0	11	0	11
五	0	2	0	2
六	1	8	1	10
七	0	285	2	287
八	2	12	0	14
九	1	26	0	27
十	2	466	2	470
十一	0	334	0	334
十二	0	356	0	356
十三	63	56	0	119
十四	0	241	0	241
十五	2	108	2	112
十六	7	69	2	78
十七	0	9	0	9
十八	0	2	0	2
十九	2	4	0	6
二十	0	2	0	2
計	85	2009	9	2103

＊古歌集所収の歌は含まれていない。柿本朝臣人麻呂歌集・個人歌集所収の歌は含まれていない。

（『日本古典文学大系　万葉集三』岩波書店より）

表には、集中の作者未詳歌は二一〇〇首余りであるが、遠藤宏氏は、磐姫皇后歌（巻二・八五〜八八）や額田王歌（巻一・八）といった作者未確定歌も作者未詳歌に含め、二一七〇首と試算された（『古代和歌の基層』第一章・笠間書院・一九九一年）。こうした数値に、人麻呂歌集歌を加えれば、ほぼ集中の半数となる。さらに高野正美氏は、それらを部立をもとに大別され、雑歌が約六六〇首、相聞が一三四〇首、挽歌が約四〇首と、恋歌が圧倒的に多いことを述べられた（「作者未詳歌とその性格」和歌文学講座3『万葉集II』勉誠社・一九九三年、『万葉集作者未詳歌の研究』笠間書院所収）。

このように『万葉集』の中で過半数を占めている作者未詳歌については、作者判明歌と対比させながら、上代文学の中において記紀歌謡に次ぐ古さをもつ歌と位置付けられ、民謡的（口誦的）、地方的な性質を持ち、素朴で類型的な代表的感動によって支えられているとする解釈が広く通行していた。(注2)そうした『万葉集』の歌に対して民謡性を高らかに唱い上げる戦前の解釈や研究は、品田悦一氏によって提唱されているように、『万葉集』が明治以降の国民国家の文化装置として、近代国家のアイデンティティー形成を担うことを要請され、半ば意図的に志向された結果だろう。(注3)とはいうものの、無論、作者未詳歌には、たとえば次の巻十六の越中国の歌謡のように、地方の民謡を採集したと思われるものも存在する。

越中国の歌四首

大野路は　繁道茂路《しげちもりみち》　繁くとも　君し通はば　道は広けむ　（巻十六・三八八一）

渋谿《しぶたに》の　二上山に　鷲《わし》そ子産《む》といふ　さしはにも　君がみために　鷲そ子産《む》といふ　（三八八二）

弥彦《いやひこ》　おのれ神《かむ》さび　青雲の　たなびく日すら　小雨そほ降る　一に云ふ「あなに神さび」（三八八三）

弥彦　神の麓に　今日らもか　鹿の伏すらむ　裘《かはごろも》着て　角《つの》つきながら　（三八八四）

こうした『万葉集』の作者未詳歌における民謡性の有無を重視する研究傾向は、現在、天平期の貴族・官人層を中心とした知識人の作であることが定説化した巻十一・十二の歌についてさえ、昭和四十年代に森脇一夫氏、中川幸広氏らによって、語句のレベルからの解明がなされるまでは根強く続いていた。（注4）

しかしながら、巻十については、「歌風は巻七などに比べると、ますます優美の風が増し、題詠的な趣味が濃くなり、後代の歌集に近づいてゐるから、巻七よりも稍後の時代、奈良朝期の作が多いであらうと思はれる」（佐佐木信綱『上代文学史』下巻・東京堂・一九三六年）と、作者未詳歌ながら、早くから、民謡性とは対極的な、洗練された宮廷圏における風雅な歌を集めた巻と目されてきた。その結果、歌の風雅さ・技巧性よりも、リアリティや民謡性を重んじるアララギ派的な表現をあがめる近現代の時流の中で、巻十の歌の評価は低かった。しかしその反動もあって、戦後、『万葉集』の編纂論や人麻呂歌集の表記論、季節歌論が盛んな中で、巻十は脚光を浴びるようになる。

その巻十の季節歌として歌の表現については、繊細、風雅、類想、擬人化、中国文化の影響といった特徴(注5)があげられることが多く、特に自然の推移をそうした特徴の中でよみ込もうとしていることが指摘されている。さらに、阿蘇瑞枝氏は、作者が判明している巻八の季節歌と、柳や鶯といった頻出する景物を基準に比較され、巻十の季節歌の方がより繊細で風雅な傾向が多い反面、すべての歌がそうした趣味的文学的な美意識で支えられた歌で占められているわけではないと細やかな評価をされた(注6)。

このように、巻十の季節歌の表現上の特性に対する評価が確定していく一方で、こうした歌々は、人口十万とも二十万ともいわれる平城京という大都市において、人工的な自然美が造営された庭園という空間と、七世紀の貴族社会の出現を契機に貴族圏との接触のあった中下級の官人たちがその担い手となって出現したものだとされる。また、季節歌を含めた作者未詳歌の多くが、都市化した空間における宴や野遊びなどの集団行事で、親和や贈答といった社交的機能をもって大量生産された歌であり、そうした都市における歌の需要を背景に、歌の類聚的手引き書・規範集としてまとめられたのが作者未詳巻だと考えられるようになった(注7)。

二　巻十概観

では、具体的にみていく。巻十は、『万葉集』で最も歌数が多い巻で、短歌五三二首、長歌三首、旋頭歌四首、合計五三九首の歌が収録されている。それらは、春・夏・秋・冬の四季分類のもと、

「春雑歌・春相聞・夏雑歌・夏相聞…」というように、季節ごとに雑歌と相聞の部立にわかれている。巻八も四季分類されているが、巻八が作者の明らかな歌が部立ごとにほぼ年代順に配列されているのに対し、巻十は作者未詳歌を集めている。巻十の作者未詳歌の中には、「右、柿本朝臣人麻呂歌集に出づ」「右、古歌集の中に出づ」といった具合に、柿本朝臣人麻呂歌集・古歌集に所収されていたことを注記している歌もふくまれる。ただし、例外的に、人麻呂歌集歌二三一五番歌には、「或本に云はく、三方沙弥の作といふ」と作者名の異伝が左注にみられる。

巻十の歌はどのような歌が配列されているか、題詞とその歌数をあげてみてみたい。

【巻十の歌の配列一覧】

春雑歌〔78首〕	小題ナシ7（人麻呂歌集） 詠鳥13 詠雪11 詠霞3 詠柳8 詠花20 詠月3 詠雨1 詠河1 詠煙1 野遊4 嘆旧2 懽逢1 旋頭歌2 譬喩歌1
春相聞〔47首〕	小題ナシ7（人麻呂歌集） 寄鳥2 寄花9 寄霜1 寄霞6 寄雨4 寄草3 寄松1 寄雲1 贈縵1 悲別1 問答11
夏雑歌〔42首〕	詠鳥27（冒頭2首古歌集） 詠蟬1 詠榛1 詠花10 問答2 譬喩歌1
夏相聞〔17首〕	寄鳥3 寄蟬1 寄草4 寄花7 寄露1 寄日1

秋雑歌（243首）	七夕98（冒頭38首人麻呂歌集） 詠花34（冒頭2首人麻呂歌集） 詠雁13 詠鹿鳴16 詠蟬1 詠蟋3 詠蝦5 詠鳥2 詠露9 詠山1 詠黄葉41（冒頭2首人麻呂歌集） 詠水田3 詠河1 詠月7 詠風3 詠芳1 詠雨4（冒頭1首人麻呂歌集歌） 詠霜1
秋相聞（73首）	小題ナシ5（人麻呂歌集） 寄水田8 寄露8 寄風2 寄雨2 寄蟋1 寄蝦1 寄雁1 寄鹿2 寄鶴1 寄草1 寄花23 寄山1 寄黄葉3 寄月3 寄夜3 寄衣1 問答4 譬喩歌1 旋頭歌2
冬雑歌（21首）	小題ナシ4（人麻呂歌集） 詠雪9 詠花5 詠露1 詠黄葉1 詠月1
冬相聞（18首）	小題ナシ2（人麻呂歌集） 寄露1 寄霜1 寄雪12 寄花1 寄夜1

※春雑歌の「詠雪」は紀州本による。　※小題の下の数字はその歌数。

八つの部立の内部は、鳥、花といった景物ごとに類聚的なまとまりで歌が配列されている。秋雑歌が二四三首と一番多く、それに続くのが春雑歌七十八首であり、かなりの差がある。四季の中では、冬の歌（冬雑歌二十一首、冬相聞十八首）が一番少ない。ただし、八部立の中でみると、夏相聞が十七首と最も少ないことになる。秋雑歌が多いのは、七夕・黄葉、そして花をよんだ歌が多いことによる。

また、最も歌数が少なかった夏相聞を除き、部立の冒頭に人麻呂歌集や古歌集の歌を掲げている。こうした出典不明歌群の前に人麻呂歌集ないし古歌集の歌を配置する構造は、伊藤博氏が指摘されたように、人麻呂および人麻呂的時代が、この巻が編纂された奈良朝初期以降の人々にとってすでに古典的権威として意識された結果であろう（『万葉集の構造と成立　上』・第四章第二節・塙書房・一九七四年）。

このように、巻十の中で重要な位置をしめる人麻呂歌集の歌とは、周知のとおり、集中に「右柿本朝臣人麻呂歌集に出ず」といった注記がある歌で、『万葉集』成立以前から存在し、現存しない「柿本朝臣人麻呂歌集」という歌集に所収されていた歌のことである。『万葉集』中に三七〇首ほど数えることができる。そのうち巻十には六十八首ほど、二十パーセント弱が巻十に掲載されていることになる。

この人麻呂歌集歌については、すでに近世から、契沖・賀茂真淵によって問題点が提示され、助詞等の表記の有無を基準とした表記法を切り口にした論をはじめ、現在に至るまで膨大な研究の蓄積がある。これ以上ここではふれないが、人麻呂歌集論の中でも、重要な資料の一つである、秋雑歌にみられる三十八首の七夕歌と、「庚申年（天武九年、西暦六八〇年）」の制作年代の記載がある二〇三三番歌が巻十に含まれていることだけは重要なので記しておく。

三　作者未詳巻の雪の歌

さて、作者未詳巻の季節歌の中でも、冬の代表的な景物である雪の歌をみていきたい。まず、作者未詳巻（巻七・十・十一・十二・十三・十四）における雪歌の分布状況は、次頁の表のとおりである。

作者未詳歌の雪歌は、巻十に四十四首ある他は、数が少ないないことがわかる。そのことについては、戸谷高明氏が巻十以外の未詳歌巻が季節による分類意識を第一義としていないためであると述べられているように、（注8）雪という景物は冬という季節感を伴ってよまれることが大半だったのであろう。そこで、雪という景物が持つイメージが、季節歌が集められている巻十では、どのようにあらわれているかみてみたい。

次頁の表のように、巻十の雪歌は、春と冬に置かれている。冬は雑歌・相聞にみられるが、春は雑歌にしかみられず、春相聞の部立にはない。たとえば、巻十七には、

立山《たちやま》に　降り置ける雪を　常夏に　見れども飽かず　神《かむ》からならし（巻十七・四〇〇一・大伴家持）

立山に　降り置ける雪の　常夏に　消ずて渡るは　神ながらとそ　（巻十七・四〇〇四・大伴池主）

と、大伴家持・大伴池主が、越中で天平十九年（七四七）夏四月二十七日に夏山の立山の雪をうたっ

【作者未詳巻の雪歌】

巻	歌数	部立	小題など	歌番号
巻七	1	譬喩歌	寄草	一三四九
巻十	44	春雑歌	詠雪	一八三二　一八三三　一八三四　一八三五　一八三六　一八三七　一八三八　一八三九　一八四〇　一八四一　一八四二
			詠柳	一八四八　一八四九
			詠花	一八六二
			旋頭歌	一八八八
		冬雑歌	人麻呂歌集	二三一二　二三一三　二三一四　二三一五
			詠雪	二三一六　二三一七　二三一八　二三一九　二三二〇　二三二一　二三二二　二三二三　二三二四
			詠花	二三二九
			詠黄葉	二三三一

		冬相聞	人麻呂歌集	二三三三　二三三四
			寄雪	二三三七　二三三八　二三三九　二三四〇　二三四一 二三四二　二三四三　二三四四　二三四五　二三四六 二三四七　二三四八
巻十二	1	羈旅発思		三一五三
巻十三	6	相聞		三二八〇（長歌）　三二八一（長歌・或本） 三二九三（長歌）　三二九四（反歌）
		問答		三三一〇（長歌）
		挽歌		三三二四（長歌）
巻十四	3	東歌		三三五一（常陸国歌）　三三五八（駿河国歌・一本歌） 三四二三（上野国歌）

※二三二八番の霰をよんだ歌は、巻十冬相聞の「寄雪」の小題に含まれるため、二三二八番歌と冬雑歌冒頭の霰の歌二三一二番歌も雪歌として取り扱う。巻七の一一七四・一二九三、巻十一の二七二九の三首にみられる霰については、枕詞なのでとりあげていない。

た歌があり、巻十に「愛発山　峰の沫雪　寒く降るらし」（巻十・二三三一・冬雑歌）、「豊国の　木綿山雪の　消ぬべく思ほゆ」（巻十・二三四一・冬相聞）と、鄙の地の雪をよんだ歌も含まれるので、こうした高い山に残る雪についても夏の季節歌として巻十に存在してもよさそうな気がするが、存在しない。巻十の季節歌は、基本的に畿内を中心とした宮都における季節観の中ではぐくまれた歌々だからだろう。四季分類の作者判明歌の巻八の雪歌二十七首（春雑歌八首・冬雑歌十四首・冬相聞五首）についても同様である。

（一）　巻十春雑歌の雪歌

周知のように、巻十の春の部立内に雪が単独でよまれた歌はない。巻十の春の部立には十五首の雪歌があるが、以下のように春をあらわす景物などとともによまれることによって、歌に春の季節感をもたらしている。

【巻十　春雑歌の雪歌】全15首　　〰〰…春をあらわす部分

1うちなびく　春さり来れば　しかすがに　天雲霧《き》らひ　雪は降りつつ　（巻十・一八三二・詠雪）

2梅の花　降り覆ふ雪を　包み持ち　君に見せむと　取れば消につつ　（巻十・一八三三・詠雪）

3梅の花　咲き散り過ぎぬ　しかすがに　白雪庭に　降りしきりつつ　（巻十・一八三四・詠雪）

4今更に　雪降らめやも　かぎろひの　もゆる春へと　なりにしものを　（巻十・一八三五・詠雪）

5風交じり　雪は降りつつ　しかすがに　霞たなびき　春さりにけり　（巻十・一八三六・詠雪）
6山のまに　うぐひす鳴きて　うちなびく　春と思へど　雪降りしきぬ　（巻十・一八三七・詠雪）
7峰《を》の上に　降り置ける雪し　風のむた　ここに散るらし　春にはあれども　（巻十・一八三八・詠雪）
8君がため　山田の沢に　ゑぐ摘むと　雪消の水に　裳の裾濡れぬ　（巻十・一八三九・詠雪）
9梅が枝に　鳴きてうつろふ　うぐひすの　羽白たへに　沫雪そ降る　（巻十・一八四〇・詠雪）
10山高み　降り来る雪を　梅の花　散りかも来ると　思ひつるかも一に云ふ「梅の花　咲きかも散ると」
（巻十・一八四一・詠雪）
11雪をおきて　梅をな恋ひそ　あしひきの　山片づきて　家居せる君　（巻十・一八四二・詠雪）
12山のまに　雪は降りつつ　しかすがに　この川柳は　萌えにけるかも　（巻十・一八四八・詠柳）
13山のまの　雪は消ざるを　みなぎらふ　川の沿ひには　萌えにけるかも　（巻十・一八四九・詠柳）
14雪見れば　いまだ冬なり　しかすがに　春霞立ち　梅は散りつつ　（巻十・一八六二・詠花）
15白雪の　常敷く冬は　過ぎにけらしも　春霞　たなびく野辺の　うぐひす鳴くも
（巻十・一八八八・旋頭歌）

※よまれている景物
梅（2・3・9・10・11・14）　春（1・4・5・7）　霞（5・14・15）
うぐいす（6・9）　柳（12・13）　えぐ（8）　雪解けの水（8）

このように、雪が春をあらわす景物と共によまれる状況は、作者判明歌の巻八春の部立の雪歌も同様である。雪という冬の景物によって、春の到来を強調しているのだろう。

また、雪には、豊饒予祝的な呪的要素がそなわっている。『万葉集』の最後の歌、因幡国守《いなばのこくしゅ》の大伴家持が、元日に国庁で、降る雪に託して新年の言祝《ことほ》ぎをしている歌である。

三年春正月一日に、因幡国庁にして饗《あへ》を国郡《くにこほり》の司等《つかさら》に賜ふ宴の歌一首

新《あらた》しき　年の始めの　初春の　今日降る雪の　いや重け吉事《よごと》　（巻二十・四五一六・大伴家持）

その他にも、早い例では、柿本人麻呂は新田部《にいたべ》皇子讃歌で、皇子の恒久性の譬喩として天伝ひ来る雪をうたう。また、元正天皇の雪の日の応詔歌では、葛井諸会《ふじいのもろあい》が年のはじめに雪が降ることを豊作の印として「豊の稔《とよとし》」とよんだ例などもあげられよう。

柿本朝臣人麻呂、新田部皇子に献る歌一首　并せて短歌

やすみしし　我が大君《おほきみ》　高光る　日の皇子《みこ》　しきいます　大殿《おほとの》の上に　ひさかたの　天伝ひ来る

雪じもの　行き通ひつつ　いや常世まで　（巻三・二六一）

葛井連諸会、詔に応ふる歌一首

新《あら》しき　年の初めに　豊《とよ》の稔《とし》（登之）　しるすとならし　雪の降れるは　（巻十七・三九二五）

こうしたハレの場における雪の賀歌と比較すると、巻十の春の雪歌には、人事との関係性が希薄で自然詠に徹している。その分、雪を切り口とした春という季節の機微を、歌ごとに異なる表現でとらえている。よくいわれるように、「梅と雪」「うぐいすと雪」といった景物の組み合わせや、冬から春へと向かう季節感を表現しようとしている点についてはパターン化がみられる。しかし、語句の組み合わせがパターン化していても、梅と雪とをよんだ六首（2…梅の花を覆う雪、3…庭に降りしきる雪、9…うぐいすの羽に降る雪、10…高い山に降り来る雪、11…山近く住む人は梅よりも雪を先に慕うべき、14…雪は冬だと認識させるもの）のように、雪に対するよみぶりは、決して画一的ではなく多様性を有している。

（二）　巻十冬雑歌の雪歌

一方、冬の部立の雪歌は、雑歌十五首、相聞十四首を数える。春雑歌は十五首なので、ほぼ三つの部立とも同数である。以下が冬雑歌の雪歌である。

【巻十　冬雑歌の雪歌】全15首　　※丸数字…恋歌的な雪歌

⑯我が袖に　霰たばしる　巻き隠し　消たずてあらむ　妹が見むため　（巻十・二三一二・人麻呂歌集）

17あしひきの　山かも高き　巻向の　崖の小松に　み雪降り来る　（巻十・二三一三・人麻呂歌集）
18巻向《まきむく》の　桧原《ひばら》もいまだ　雲居ねば　小松が末ゆ　沫雪流る　（巻十・二三一四・人麻呂歌集）
19あしひきの　山路も知らず　白橿《しらかし》の　枝もとををに　雪の降れれば　或は云ふ「枝もたわたわ」
（巻十・二三一五・人麻呂歌集）
20奈良山の　峰なほ霧《き》らふ　うべしこそ　まがきのもとの　雪は消ずけれ　（巻十・二三一六・詠雪）
21こと降らば　袖さへ濡れて　通るべく　降らなむ雪の　空に消につつ　（巻十・二三一七・詠雪）
22夜を寒み　朝戸を開き　出で見れば　庭もはだらに　み雪降りたり　一に云ふ「庭もほどろに　雪ぞ
降りたる」　（巻十・二三一八・詠雪）
23夕されば　衣手寒し　高松の　山の木ごとに　雪ぞ降りたる　（巻十・二三一九・詠雪）
㉔我が袖に　降りつる雪も　流れ行きて　妹が手本に　い行き触れぬか　（巻十・二三二〇・詠雪）
㉕沫雪は　今日はな降りそ　白たへの　袖まき干さむ　人もあらなくに　（巻十・二三二一・詠雪）
26はなはだも　降らぬ雪故　こちたくも　天つみ空は　曇らひにつつ　（巻十・二三二二・詠雪）
㉗我が背子を　今か今かと　出で見れば　沫雪降れり　庭もほどろに　（巻十・二三二三・詠雪）
28あしひきの　山に白きは　我がやどに　昨日の夕　降りし雪かも　（巻十・二三二四・詠雪）
29雪寒み　咲きには咲かず　梅の花　よしこのころは　かくてもあるがね　（巻十・二三二九・詠花）
30八田の野の　浅茅《あさぢ》色付く　愛発《あらち》山　峰の沫雪　寒く降るらし　（巻十・二三三一・詠黄葉）

29のように梅と雪の組み合わせた歌が一首ある他は、春の雪歌のような景物の組み合わせのパターン化はみられない。雪以外に冬を象徴するような景物がないからだろう。

それから、雑歌にもかかわらず、恋歌的な歌が四首（⑯・㉔・㉕・㉗）もある。

⑯は霰を妹に見せようとすることをうたっているし、㉔は自分の袖に降った雪が、妹の袖口に流れていって触れないかなあと恋人の肌を希求する表現がなされている。㉕はとけやすい沫雪で濡れた袖を乾かしてくれる存在である妹の不在を嘆き、㉗は男の訪れを今か今かと待つ女の歌である。この㉗について、『万葉集全注』巻十（阿蘇）は、「夫は、来るはずもないことを作者は納得したはずであるが、歌は、沫雪に気がついた一瞬の驚きを中心に歌っており、独自の世界を持つことになった。それによって雑歌に入っている」（三三三番の「考」）といわれている。

恋歌的な歌だとしても、⑯の霰のようなまれな気象状況が好奇の事象として雑歌に配置されるのは理解しやすいが、冬雑歌にみられる雪歌全般にいえることは、気付かなかった自然状況を推測あるいは察知したことをテーマとしている歌が多く、そうした歌が、雑歌に選ばれたように思われる。

そこで、恋歌的な四首は冬相聞のところで後述するので、残りの歌について推測・察知の対象が何かということを中心にみていきたい。

まず17であるが、巻向の松には山だから雪が降るとうたっている。歌い手は普段平地におり、そこにはまだ雪が降っていない。そうした平地の状況に対して、「あしひきの山かも高き」、つまり巻向は標高が高い、だから「み雪降り来る」と、雪が降る原因に気付いたことがうたわれている。

18は、17と逆の発想の歌といえる。巻向のヒノキの林には雲がかかっていないのに、沫雪が降っている。雪が降る時は普段は桧原に雲がかかるはずだという経験的知識が、前提としてうたい手にはある。なのに、その道理に反して雪が降った。17が自然の摂理を探り当てることができた歓びの歌だとすれば、18は普段の自然の摂理と相反する現状を察知したことになり、それを不可解に感じているのである。

19は、下三句で白檀の枝がたわむほどに雪が降ったことがうたわれている。カシは常緑の高木である。そんな立派な樹木の枝がたわむ雪だから、ふつうの道にくらべ細い山道などは、雪に埋まってしまう訳だと、気付き、納得しているのである。

20は、奈良山に霧がかかっているので、家の垣根の下の雪が消えないと、遠方の山の自然の状況と身近な自然の連鎖を見出している。他の歌にくらべ、自然の道理を察知したことについて「うべしこそ（もっともである）」という語によって明確な表現がなされている。

21は、もし雪が降るならば、袖が濡れるほどたくさん降って欲しいという歌。この歌には雪に関する気づきの要素はないが、恋歌的な㉔㉕と共に、雪の降り方に対する要望がうたわれている。

22は、夜の冷え込みの厳しい原因について、翌朝、戸を開けてまだらに雪が積もっている庭の状態を見て、はじめて昨晩の寒さとの関係を見出し、納得した歌である。

23は、夕方になり袖のあたりが寒くなってきたので、遠方の山の方を見ると雪が降っていたという歌だが、読み手は平地にいて、平地の寒さと山間部の雪との連鎖を見出している。

26は、それほど雪が降っていないのに空が異様に曇っていると、曇り具合と雪の降り具合が、普段と異なり不釣り合いな状況であることを察知した。18と同じく普段と異なる状況を不可解に思っている。

28は、山に白いものが見えるのは、昨日の夕に自分の家に降った雪だといっている歌で、身近な家の雪と遠方の山の雪との連鎖を推測している。

29は、雪のせいで寒くて梅がさほど咲かないが、それならばそれでもいいだろうという歌。梅が咲かないことについて、「雪寒み」と、推測・察知という段階を越えて断定的態度で雪が寒さの原因だといっている。その上、その寒さを利用して、長期間花が咲き続けることを望むというひねりのある表現になっている。

30は、大和の矢田のチガヤが色づいている。そこで、北の越路の峠である愛発山はもっと冷え込み、淡雪が寒く降るであろうと、うたい手のいる大和地方のもみじの色づきによって、他の地方の気象を推測している。

このように、冬雑歌のほとんどの雪歌が、平地の自然状況↓山の自然状況、日常の気象状況↓現在の気象状況、などといった具合いに、ある一つの自然の状況から、別の自然の状況を推測・予測したり、あるいは察知したりすることを主眼としていることがわかる。

(三) 巻十冬相聞の雪歌

冬の相聞の雪歌は、次の十四首である。

【巻十　冬相聞の雪歌】全14首　〰〰…恋歌的な語句

31 降る雪の　空に消ぬべく　恋ふれども　逢ふよしなしに　月ぞ経にける　（巻十・二三三三・人麻呂歌集）

32 沫雪は　千重に降りしけ　恋しくの　日長《け》き我は　見つつ偲はむ　（巻十・二三三四・人麻呂歌集）

33 笹の葉に　はだれ降り覆ひ　消なばかも　忘れむと言へば　まして思ほゆ　（十・二三三七・寄雪）

34 霰《あられ》降り　いたく風吹き　寒き夜や　旗野に今夜　我がひとり寝む　（十・二三三八・寄雪）

35 吉隠《よなばり》の　野木《のぎ》に降り覆ふ　白雪の　いちしろくしも　恋ひむ我かも　（巻十・二三三九・寄雪）

36 一目見し　人に恋ふらく　天霧《き》らし　降り来る雪の　消ぬべく思ほゆ　（巻十・二三四〇・寄雪）

37 思ひ出づる　時はすべなみ　豊国《とよくに》の　木綿山《ゆふやま》雪の　消ぬべく思ほゆ　（巻十・二三四一・寄雪）

38 夢のごと　君を相見て　天霧らし　降り来る雪の　消ぬべく思ほゆ　（巻十・二三四二・寄雪）

39 我が背子が　言うるはしみ　出でて行かば　裳引《もび》き著《しる》けむ　雪な降りそね　（巻十・二三四三・寄雪）

40 梅の花　それとも見えず　降る雪の　いちしろけむな　間使ひ遣らば

一に云ふ「降る雪に　間使ひ遣らば　それと知らむな」（巻十・二三四四・寄雪）

41天霧《あまき》らひ　降り来る雪の　消なめども　君に逢はむと　流らへ渡る　（巻十・二三四五・寄雪）
42うかねらふ　跡見山《とみやま》雪の　いちしろく　恋ひば妹が名　人知らむかも　（巻十・二三四六・寄雪）
43海人小舟《あまをぶね》　泊瀬《はつせ》の山に　降る雪の　日長く恋ひし　君が音そする　（巻十・二三四七・寄雪）
44和射美《わざみ》の　峰行き過ぎて　降る雪の　厭ひもなしと　申せその児に　（巻十・二三四八・寄雪）

冬雑歌の恋歌的な雪歌四首にはみられなかった「恋ふ」「思ふ」といった語が頻出していることがわかる。そうした語がない歌についても、35「我がひとり寝む」、40「間使ひ遣らば」、41「君に逢はむと」、44「厭ひもなしと　申せその児に」のように、恋歌だということがはっきり分かる表現がみられる。

こうした語句のレベルだけでなく、恋歌としての雪に対するよみぶりも、冬雑歌の雪歌と右の雪の相聞歌とでは異なる。

先にあげた恋歌的な冬雑歌の四首が雑歌に配置された理由については、先述したように、⑯は、霰という珍しい気象状況が好奇の事象として雑歌に据えられたと解釈できるし、㉗は気付かなかった自然状況を察知したことを主眼にしたためであろう。では、残りの二首は、㉔が自分に降った雪が妹へも流れていって欲しい、㉕は妹がいないので今日は雪は降らないで欲しいと、ともに妹への思慕をよんでいる。しかし、「流れ行きて　妹が手本に　い行き触れぬか」「沫雪は　今日はな降りそ」と、雪の降り方に対する願望の形で歌が集約されているのである。そうした雑歌の雪の恋歌に対し、相聞にみられる雪歌は、「雪のように消え入りそうな心情」（31・33・36・37・38・41）や「白雪のようにはっきりした思い」（35・42）といった恋心の表れとして歌が集約していく。つまり、雑歌の㉔・㉕の雪歌は、恋愛歌ではあったが、雪の降り方に対する願望という形に歌がおさまっているので雑歌に分類されてたのである。だからこそ、雪の降り方についてよんだ冬雑歌の小題は「詠雪」、恋心のをよんだ冬相聞の小題は「寄雪」なのであろう。

(四) 巻十以外の雪歌

巻十以外の作者未詳歌の雪歌もみておこう。まず、巻十との親和性を指摘されている巻七については、前掲の表のように、次にあげた一三四九番歌の譬喩《ひゆ》歌が一首みられるのみである。

かくしてや　なほや老いなむ　み雪降る　大荒木野《おほあらきの》の　篠《しの》にあらなくに　（巻七・一三四九・寄草）

自分を雪が降る荒野の篠にたとえ、片思いのまま年をとってしまうことを嘆いた歌である。巻十と同じく奈良時代の歌が多いと考えられる巻十一には例がない。巻十二には、北陸道を旅する辛さをうたった、

み雪降る　越《こし》の大山　行き過ぎて　いづれの日にか　我が里を見む　（巻十二・三一五三・羈旅発思）

のみである。長歌を中心とした巻十三には、次のような六首がみられる。

我が背子《せこ》は　待てど来まさず　天の原　ふり放《さ》け見れば　ぬばたまの　夜もふけにけり　さ夜ふけて　あらしの吹けば　立ち待てる　我が衣手に　降る雪は　凍り渡りぬ　今更に　君来まさめや　さなかづら　後も逢はむと　慰むる　心を持ちて　ま袖もち　床《とこ》打ち払ひ　現には　君には逢はず　夢にだに　逢ふと見えこそ　天の足る夜に
（巻十三・三二八〇・相聞）

我が背子は　待てど来まさず　雁が音《ね》も　とよみて寒し　ぬばたまの　夜もふけにけり　さ夜ふくと　あらしの吹けば　立ち待つに　我が衣手に　置く霜も　氷にさえ渡り　降る雪も　凍り渡りぬ　今更に　君来まさめや……
（巻十三・三二八一・相聞）

み吉野の　御金《みかね》の岳に　間なくぞ　雨は降るといふ　時じくそ　雪は降るといふ　その雨の　間なきがごとく　その雪の　時じきがごと　間もおちず　我はそ恋ふる　妹がただかに
（巻十三・三二九三・相聞）

反歌

み雪降る　吉野の岳に　居る雲の　よそに見し児に　恋ひ渡るかも
（巻十三・三二九四・相聞）

こもりくの　泊瀬《はつせ》の国に　さよばひに　我が来れば　たな曇り　雪は降り来　さ曇り　雨は降り来　野《の》つ鳥　雉《きぎし》はとよむ　家《いえ》つ鳥　かけも鳴く　さ夜は明け　この夜は明けぬ　入りてかつ寝む　この戸開かせ
（巻十三・三三一〇・問答）

……我が思ふ　皇子の尊《みこと》は　春されば　殖槻《うゑつき》の上《うへ》の　遠《とほ》つ人　松の下道《したぢ》ゆ　登らして　国見《くにみ》遊ばし　九月の　しぐれの秋は　大殿《おほとの》の　みぎりしみみに　露負ひて　なびける萩を　玉だすき　かけて偲はし　み雪降る　冬の朝は　挿《さ》し柳　根張《ねは》り梓を　大御手《おほみて》に　取らしたまひて　遊ばしし……

（巻十三・三三二四・挽歌）

三二八〇番歌は、冬の夜、女が男を待つ歌で、雪の嵐の中、家の外で立ったまま男を待っていると、雪が衣に降り積り凍ってしまうという待つ女の様子が描写されている。この歌の異伝の三二八一番歌では、さらに待つ女に対する描写が増し、雁が音が夜空に寒々と響いて夜が更けていく様子や、「我が衣手に　置く霜も　氷にさえ渡り　降る雪も　凍り渡りぬ」と、衣に置く霜が凍てつく描写も追加されている。

三二九三番歌は、巻一に天武天皇の御製歌として伝えられている二五番歌の類歌である。二五番歌は、絶え間なく雪の降る吉野の山路の辛さをうたった歌だが、巻十三では、雪に恋心を托し、岳に絶え間なく降る雪のように募る恋心をよんだ歌となっている。また、反歌の三二九四番歌では、雪が積った遠くに見える吉野の岳にかかる雲のように、恋しい女性が遠い存在であるとうたっている。

三三一〇番歌は、記紀歌謡にもみられるタイプの妻問いの歌で、雪や雨の悪天候でも訪れる、男が女のもとに通う熱意をよんでいる。

三三二四番歌は、藤原宮時代の皇子挽歌である。皇子が生前元気に活動する様が、春は国見をし、秋は宮殿の萩をめで、冬は雪の朝に弓をとって狩りをすると、季節ごとに描写している。

巻十四の東歌には、次の三首がみられる。

筑波嶺に　雪かも降らる　いなをかも　かなしき児ろが　布干さるかも　（巻十四・三三五一）
逢へらくは　玉の緒《を》しけや　恋ふらくは　富士の高嶺に　降る雪なすも　（巻十四・三三五八・一本歌）
上野《かみつの》　伊香保《いかほ》の嶺《ね》ろに　降ろ雪の　行き過ぎかてぬ　妹《いも》が家《いへ》のあたり　（巻十四・三四二三）

三三五一番歌は、筑波山山麓に白い布を晒している風景が、山に雪が降ったようだとうたう。三三五八番の一本歌は、わずかな間しか逢えないため、相手を恋しく思う気持ちは、富士山に降る雪のように絶え間ないと、降る雪に託して恋心がよまれている。三首目は雪のユキという音が「行き」を引き出す序として機能した歌である。東歌では、東国を代表する三つの高山（筑波嶺・富士の高嶺・伊香保の嶺）の雪をうたった俗謡的な雪の歌がみられる。

このように、巻十以外の作者未詳巻の雪歌は、うぐいすや梅・霞などの春の季節感を伴う景物と組み合わせてよまれてはいないことがわかる。したがって季節歌的雪歌は、巻十七以降の家持関連の作者判明歌へと連続していくことになる。また、雪の持つ豊饒予祝性がみられる歌がない点も特徴としてあげられるだろう。

雪というのは、寒さをもたらしたり交通を難渋させる生活に密着したものでもある。巻十にも、29の「雪寒み　咲きには咲かず　梅の花」や、30のように「愛発山　峰の沫雪　寒く降るらし」と雪の寒さをよんだものもあったが、不便さが歌の前面に押し出ていない。それに対して、巻十以外の作者未詳歌の雪歌には、雪の本来的な特徴である、寒さや不便さといった日常生活に直結した辛さというものが、歌の表現の前面に表出しているように思われる。

四　結び

以上、作者未詳歌および巻十を中心とする作者未詳巻の研究史の概観と、そこにみられる雪歌についてみてきた。季節分類の巻十において、春の部立にみえる雪歌、そして冬の部立の雑歌と相聞おのおの雪歌について、その相違点について述べてきた。巻十の歌々について、従来、類型的、パターン化しているという評価がなされているが、景物の組み合わせ、語句の選定については形式化がみられるが、そうしたパターン化した語句の選定態度とは裏腹に、歌自体の表現する内容については、細やかな自然観察眼に基づく詳細化・多様化がみられる。さらに、巻十以外の季節歌のカテゴリーからはずれた作者未詳歌の雪歌については、巻十の季節歌にはみられない、雪の不便さ、辛さというものを前提にした卑近な生活感が表出していることなどについて述べてみた。

注1　巻十五は、巻の前半は遣新羅使人歌群、巻の後半は中臣宅守と狭野茅上娘子との贈答歌群であり、前半の遣新羅使人歌には作者の名前がわからないものや古歌といった類の歌も多いが、作者判明歌が大半をしめるので、一般的な解釈にしたがい作者未詳巻には分類しない。

2　「もともと原型として地方人の素朴な感情の代表された無名歌を、さらに統一的な認識で採集分類したものが、万葉集という歌集の中の無名歌であるから、有名作家の個人的衝動で作られた作品と同一に考えられないところがある」（扇畑忠雄「万葉集の無名歌」『文芸研究』九・一九五二年三月）など。

3　品田悦一「〈民謡〉の発明――明治後期における国民文学運動にそくして」（『万葉集研究』二十一・一九九七年三月）、「万葉集にとって民謡という概念はどこまで有効か。」（『国文学』四十一―六・一九九六年五月）、『万葉集の発明』（新曜社・二〇〇一年）など。

4　森脇一夫「万葉集巻十一・十二作歌年代考――天平歌人の作とその類歌とに関連して――」（『語文（日大）』二十・一九六五年三月）、中川幸広「万葉集巻十一・十二試論――その作者の階層の検討を通して――」（『語文（日大）』二十二・一九六五年十月、『万葉集の作品と基層』桜楓社・一九九三年所収）、「万葉集巻十一・十二ノート」（『日本大学人文科学研究所研究紀要』十二・一九七〇年十二月、『万葉集の作品と基層』桜楓社・一九九三年所収）など。

5　五味智英『日本古典文学大系　万葉集三』解説（岩波書店・一九六〇年）、中川幸広「作者未詳歌の人びと――巻十の論」（シリーズ・古代の文学1『万葉の歌人たち』・武蔵野書院・一九七四年、『万葉集の作品と基層』桜楓社・一九九三年所収）ほか。

6　阿蘇瑞枝「万葉集巻十の性格」（『論集上代文学』六・笠間書院・一九七五年、『万葉和歌史論考』笠間書院・一九九二年所収）、『万葉集全注』巻第十（有斐閣・一九八九年）

7　近代以降、はやくは折口信夫が「謡ひ棄てられた宴歌の類聚であつて、更に他の機会の応用に役立てようとしたのであらう」と巻十を評価した。(『万葉集研究』『折口信夫全集1』中央公論社)その他、高野正美『万葉集作者未詳歌の研究』(笠間書院・一九八二年)、注6など。

8　戸谷高明「万葉の景物――雪――」(『早稲田大学教育学部学術研究(人文科学・社会科学編)』十六・一九六七年十二月、『万葉景物論』新典社・二〇〇一年所収)

※漢字に関しては、新字体に統一した。
※万葉集の引用は、塙本CD-ROM版によるが、私に改めたところもある。

万葉集の「愛」の歌について

――巻十一・十二作者未詳歌の場合――

柳澤 朗

一 はじめに

万葉集の巻十一と巻十二とは、目録にそれぞれ「古今相聞往来歌類之上《ここんそうもんおうらいかるいのじょう》」と「古今相聞往来歌類之《ここんそうもんおうらいかるいの》下《げ》」とあり、この二巻が上・下をなす姉妹編として編纂《へんさん》されたことが知られよう。はじめに、この二巻の全体を眺めわたすならば、次ページの表のような部立《ぶだて》（歌の内容・表現法・歌体による分類）構成になっている。

本稿が対象とする巻十一・十二の作者未詳歌とは、次ページの表で出典不明《しゅってんふめい》のものをさす。無名の歌々といえよう。表より了解されるように、まずは柿本人麻呂歌集《かきのもとのひとまろのかしゅう》の歌が配列され、その後に出典不明の作者未詳歌《さくしゃみしょうか》が載せられるというのが、この二巻に共通した構成だ。

ここから、目録の「古今相聞往来歌類」の意味もわかってきはしまいか。「古」とはいにしえの人麻呂歌集の時代、「今」とは当世の作者未詳の歌の時代である。その「古」と「今」の「相聞往来」

巻	部立	出典	歌番号
巻十一	旋頭歌《せどうか》	人麻呂歌集	二三五一～二三六二
		古歌集	二三六三～二三六七
	正述心緒《せいじゅつしんしょ》	人麻呂歌集	二三六八～二四一四
	寄物陳思《きぶつちんし》	人麻呂歌集	二四一五～二五〇七
	問答《もんどう》	人麻呂歌集	二五〇八～二五一六
	正述心緒	不明	二五一七～二六一八
	寄物陳思	不明	二六一九～二八〇七
	問答	不明	二八〇八～二八二七
	譬喩《ひゆ》	不明	二八二八～二八四〇
巻十二	正述心緒	人麻呂歌集	二八四一～二八五〇
	寄物陳思	人麻呂歌集	二八五一～二八六三
	正述心緒	不明	二八六四～二九六三
	寄物陳思	不明	二九六四～三一〇〇
	問答歌	不明	三一〇一～三一二六
	羈旅発思《きりょはっし》	人麻呂歌集	三一二七～三一三〇
		不明	三一三一～三一七九
	悲別《ひべつ》歌	不明	三一八〇～三二一〇
	問答歌	不明	三二一一～三二二〇

の「歌」のたぐいを集めたというのが目録のいわんとすることなのだろう。そして、作者未詳の歌々は奈良時代のものと考えられている。

さらに右の部立について、例歌を引きつつ大まかな説明を加えておきたい。

旋頭歌というのは、次のようなものである。

ア　岡崎《をかさき》の　廻《た》みたる道《みち》を　人《ひと》な通《かよ》ひそ　ありつつも　君《きみ》が来《き》まさむ　避《よ》き道《みち》にせむ

（巻十一・三三六三　古歌集）

現代語訳すれば、「岡崎のぐるっと曲がっている道を人は通わないでほしい。このままであの人がいらっしゃるまわり道にしよう」という女性の立場からの歌であるが、このように、五・七・七・五・七・七の六句からなる歌体が旋頭歌で、万葉集には合わせて六十二首が載る。そのうちの過半数を超える三十五首が人麻呂歌集のものだ。また、巻十一・十二において、歌体を部立とするのは、この旋頭歌のみであって、以降の部立はみな歌の表現法や内容によっており、歌体もすべて短歌である。

正述心緒は訓読すれば、「正《ただ》に心緒《おもひ》を述《の》ぶる」（注1）となろうか。次歌を例としよう。

イ　たらちねの　母《はは》に障《さは》らば　いたづらに　汝《いまし》も我《あれ》も　事《こと》そなるべき

（巻十一・二五一七　作者未詳）

イは「（たらちねの）母にさまたげられたならば、あなたもわたしもこの恋がだいなしになるにちがいない」（枕詞は比喩的なもの以外そのままカッコにくくり現代語訳しないことにした）と恋の相手をたしなめる立場からの歌である。このように、歌の表現法としてなんらかの事物にことよせることなく思いをそのままうたっていくのが正述心緒だ。

これと対照的なのが寄物陳思で、これはたとえば、「物《もの》に寄《よ》せて思《おも》ひを陳《の》ぶる」(注2)というように、なんらかの事物にことよせて思いをうたう。すなわち

ウ　あしひきの　山鳥《やまどり》の尾《を》の　しだり尾《を》の　長々《ながなが》し夜《よ》を　ひとりかも寝《ね》む

（巻十一・二八〇二或本歌《あるほんのうた》　作者未詳）

エ　解《と》き衣《きぬ》の　思《おも》ひ乱《みだ》れて　恋《こ》ふれども　何《なに》の故《ゆゑ》そと　問《と》ふ人もなし

（巻十二・二九六九　作者未詳）

のごとく、序詞（ウの傍線部。傍線は以降も柳澤）や比喩的枕詞（エの傍線部）を用いたり、そうでなくても歌中の事物にことよせてうたう表現法である。ウは「（あしひきの）山鳥の尾の垂れ下がる尾のように長い長い夜を自分ひとりで寝るのだろうか」とわび寝を嘆く歌であり、エは「ほどいた衣

のように思い乱れて恋しがるけれども、何のゆえだと問うてくれる人もいない」と恋が人に知られぬのを苦しむ歌である。この正述心緒と寄物陳思とは、万葉集では巻十一と巻十二だけに見られる部立であり、古くは柿本人麻呂歌集の原体裁を踏襲したものと考えられている。(注3)

ところで付言すれば、ウの歌が百人一首に柿本人麻呂の歌として取り上げられているのは周知のことであろう。平安初期に人丸集（万葉集の原資料となった柿本人麻呂歌集とは別物である）にまとめられて以来、そうした理解が定着していくのであろうが、もともとは無名の歌であった。

次に問答（歌）とは、読んで字のごとく、問いの歌と答えの歌の最低二首一組によるものをいう。たとえば左のごとくである。

オ　我妹子《わぎもこ》に　恋《こ》ひてすべなみ　白《しろ》たへの　袖返《そでかへ》ししは　夢《いめ》に見《み》えきや

（巻十一・二八一二　作者未詳）

カ　我《わ》が背子《せこ》が　袖返す夜《よ》の　夢ならし　まことも君《きみ》に　逢《あ》ひたるごとし

（巻十一・二八一三　作者未詳）

右の二首

左注（歌本文の左に記された注）に「右の二首」と記し、一組の問答歌であることを示している。オで「いとしいあなたに恋をしてどうしようもなく、（白たへの）袖を折り返したのは、あなたの夢に見えましたか」と男が尋ねたのに対して、カで女は「いとしいあなたが袖を折り返した夜の夢なのでしょう。まことにあなたと逢っているようでした」と答える。これらの歌に見るように、眠るときに袖を折り返すと夢の中で逢えるというような古代的発想があったらしい。ともかく、右のオ・カのごときを問答（歌）の典型とすることができると思う。

譬喩《ひゆ》とは歌全体に思いをたとえていく表現法である。

キ　葦鴨《あしがも》の　すだく池水《いけみづ》　溢《あぶ》るとも　まけ溝《みぞ》の方《へ》に　我《われ》越《こ》えめやも

右の一首、水に寄《よ》せて思《おも》ひを喩《たと》へたるなり。

（巻十一・二七〇三　作者未詳）

左注に水にことよせて思いをたとえたという。キを現代語訳すると「葦鴨の集まる池の水があふれたとしても、前もって作った溝の方に、私は越えていくようなことがあろうか、いや、そんなことはしない」。変わらぬ恋の気持ちを誓っている歌なのであろう。

羈旅発思は、旅にあたっての恋の思いをまとめたものだ。

ク　草枕《くさまくら》　旅にし居《を》れば　刈《か》り薦《こも》の　乱れて妹《いも》に　恋《こ》ひぬ日はなし

（巻十二・三一七六　作者未詳）

「（草枕）旅にあるので、刈り取った真薦《まこも》のように思い乱れて、あなたに恋しない日はない」と男の立場からうたう。

悲別歌は、旅の別れにまつわる恋の気持ちを歌っている。内容的に羈旅発思と重なるような歌もないことはない。

ケ　玉《たま》かつま　島熊山《しまくまやま》の　夕暮《ゆふぐ》れに　ひとりか君が　山道越《やまぢこ》ゆらむ

（巻十二・三一九三　作者未詳）

夫か恋人を旅に出した女の立場からの歌である。「（玉かつま）島熊山の夕暮れにひとりあなたは山道を越えているのだろうか」と思いやっている気持ちをうたう。

さて、右のように多様な部立構成のもとにまとめられた巻十一・十二の作者未詳歌は六五〇首を越え、万葉集全体の十四パーセント以上の歌数だ。したがって、限られた紙数の中ですべての多様な問題にふれることは不可能であろう。本稿では、万葉集の巻十一・十二の作者未詳歌について、決着を見ていないひとつの問題を軸に考察してみることにする。

二　「愛」の訓の問題

ひとつの問題とは、万葉集の原文の中の「愛」をどう訓《よ》むかということについてである。周知のように万葉集の時代にひらがなやカタカナはまだなかった。中国伝来の漢字を用いて、やまと言葉の歌を書き表したのである。前節では、万葉集の例歌をみな漢字ひらがな交じりの形であげてきたが、これは万葉集の原文ではない。

ことに手軽な文庫本で万葉集を読もうとする場合、現行の岩波文庫(注4)も角川文庫新版(注5)も旺文社文庫(注6)も、歌の本文は漢字ひらがな交じりの形である。講談社文庫(注7)は原文も併記するが、現在、書店で買い求めるのは困難なようだ。

いずれにせよ、歌の本文を漢字ひらがな交じりのものにするのは、現代人に読みやすくする便宜なのであって、こうしたものは実は読み下し文とか訳文と呼ばれている。

厳密に正しく万葉集を理解しようとするならば、本来の漢字だけで表記された万葉集の原文を読むべきであろうが、それには相応の慣れと知識とを必要とする。したがって、専門外の読者をも想定した本稿の性質上、読み下し文(訳文)で万葉集の歌をあげていくのは、やむをえないことであろうと考える。しかしながら、読み下し文で万葉の歌を読んでいく場合にも、実は次のような問題につきあたらざるをえない。手近に岩波文庫と角川文庫新版から例をあげてみよう。まず岩波文庫である。巻十一の正述心緒の歌だ。

コ　愛《うるは》しと　思《おも》へりけらし　な忘《わす》れと　結《むす》びし紐《ひも》の　解《と》くらく思《も》へば

（巻十一・二五五八　作者未詳）

次に角川文庫新版の同じ歌をあげよう。

こ　愛《うつく》しと　思へりけらし　な忘れと　結びし紐の　解くらく思《おも》へば

岩波文庫が第五句を「解くらく思《も》へば」と七音にしているのは、字余りの法則についての研究が充分ではなかった敗戦前の学問水準によるものであって、現在では句中に単独の母音（ア・イ・ウ・エ・オ）を含むときの字余りは許容されると考えられている。だから、角川文庫では「解《と》くらく思《おも》へば」となっているわけだ。

本稿の問題は、その第五句ではなくて、初句にある。岩波文庫では「愛《うるは》し」となっているけれど、角川文庫新版では「愛《うつく》し」となっていることだ。これは両方の文庫本をてらし合わせてみなければ、気がつかずにすんでしまうだろう。この歌の原文をあげる。

サ　愛等《と》　思篇来師《おもへりけらし》　莫忘登《なわすれと》　結之紐乃《むすびしひもの》　解楽念者《とくらくおもへば》　（巻十一・二五五八　作者未詳）

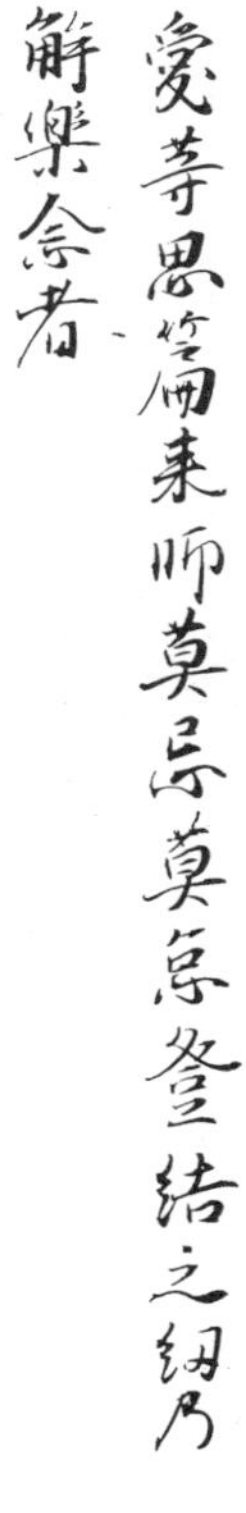
愛等思篇来師莫忘登結之紐乃
解楽念者

（二五五八番歌・嘉暦伝承本）

嘉暦伝承本では「忘」の字が「忌」に見え、その下二字が衍文《えんぶん》である。ところでいうまでもなく、サの原文の右横に付けた読みがなも本来の万葉集にはなかった。ただ漢字のみで書かれていたのである。そして、問題は本稿の題名にもしておいたように、「愛」という漢字を「うつくし」と訓《よ》むか「うるはし」と訓むかである。万葉集の本文に関して未決着の問題は少なくないが、これもいまなお決着をみない問題である。

　この問題が右の二つの文庫本にとどまらないことを見てみたい。管見に入った諸注釈書・テキスト類がこの二五五八番歌の「愛」を「うつくし」と訓んでいるのか、それとも「うるはし」と訓んでいるのか、次に調べてみたのである。およそ年代順にあげた。

○「うつくし」と訓むもの
拾穂抄《しゅうすいしょう》（イめつらし）(注8)・代匠記《だいしょうき》(注9)・童蒙抄《どうもうしょう》(注10)・万葉考(注11)・古義《こぎ》(注12)・井上新考(注13)・全釈(注14)・総釈(注15)・定本(注16)・角川文庫旧版(注17)・佐佐木評釈(注18)・窪田評釈(注19)・全註釈(注20)・大系(注21)・塙本本文篇(注22)・桜楓社本(注23)・私注(注24)・講談社文庫・集成(注25)・角川文庫新版・旺文社文庫・釈注(注26)・塙本補訂版(注27)・全注(注28)・新大系(注29)。

○「うるはし」と訓むもの
略解《りゃくげ》(注30)・安藤新考(注31)・折口口訳(注32)・岩波文庫・新校(注33)・全書(注34)・沢瀉《おもだか》注釈(注35)・塙本訳文篇(注36)・全集(注37)・完訳(注38)・新編全集(注39)。

古写本の訓みを調べると、古来よりここは「うつくし」とされてきたのだった。江戸時代の国学者たち、たとえば契沖《けいちゅう》や賀茂真淵《かものまぶち》もやはり「うつくし」と訓んでいたわけだが、橘千蔭《たちばなのちかげ》の略解以来、「うるはし」と訓む注釈書やテキストがあらわれた。

佐佐木信綱の評釈では「うつくし」と訓んでいながら、同人の岩波文庫には「うるはし」とあったり、小島憲之と木下正俊と佐竹昭広の塙本本文編や塙本補訂版では「うつくし」と訓んでいながら、同人たちの塙本訳文編・古典全集・完訳では「うるはし」としているところにこの問題の複雑さと混乱というべきものがみえるようである。

まずは、ここであげている二五五八番歌の「うつくし」あるいは「うるはし」以降を現代語訳をしておくならば、「……と思っているらしい。忘れてくれるなと結んでくれた衣服の下紐が解けているのを思うと」ということになろう。「……」のところには、いずれ「愛」に対応する訳語が入る。自分の衣類の下紐がおのずと解けているのを見て、恋人が自分のことを「うつくし」あるいは「うるはし」と思っているらしいと推測している歌である。こうした歌の文脈よりして語義がふさわしく、かつ「愛」の訓《よ》みとしてもふさわしいのは、「うつくし」と「うるはし」のどちらであろうか。

「愛」の訓みの方から述べていこう。実は「愛」は万葉集において「うつくし」とも「うるはし」とも訓むのである。それぞれ疑いえないだろう例をあげておく。

シ　…夕《ゆふへ》になれば　いざ寝《ね》よと　手を携《たづさ》はり　父母《ちちはは》も　うへはなさがり　さきくさの　中にを寝む

うつくし（愛）くしが語《かた》らへば…

（巻五・九〇四　山上憶良《やまのうへのおくら》？）

と「男子名《をのこな》を古日《ふるひ》といふに恋《こ》ふる歌」なる長歌の一部分である。明治以降の注釈書やテキストで、この「愛」を「うつくし」と訓まないものはまずない。現代語訳しておけば、「…夕方になるとさあ寝ようと手を取って、お父さんもお母さんもそばを離れないで、（さきくさの）真ん中に寝ようといとしくその子が言うので…」となろうか。後述する「うつくし」と「うるはし」の語義からしても、この例の訓みは動くまい。

一方、「うるはし」の例である。

ス　浜清《きよ》み　浦《うら》うるはし（愛）み　神代《かみよ》より　千船《ちふね》の泊《は》つる　大和太《おほわだ》の浜《はま》

（巻六・一〇六七　田辺福麻呂《たなべのさきまろの》歌集）

やはり現代語訳をすれば、「浜が清く浦が立派なので、神代の昔から数多くの船が停泊する大和太の浜だなあ」となろう。これを「うるはし」と訓むことにも異論はまず出ないだろうと思う。(注40)後述する「うつくし」と「うるはし」の語義からして、ここを「うるはし」と訓むのは否定しがたいのだ。「うるはし」が妥当である。

繰り返すが、万葉集の「愛」は「うつくし」とも「うるはし」とも訓みうる。そして、右の二例をそれぞれの極として、他の「愛」をどちらに訓むかというのが問題となっているといえよう。その一つの例として二五五八番歌の「愛」があったわけだ。したがって、次に「うつくし」と「うるはし」との語義について考えてみなくてはなるまい。

右の二例では、「うつくし」を現代語訳の傍線部のように「いとしく」、「うるはし」を「立派な」としておいたが、岩波古語辞典(注41)は「うつくし」について「親が子を、また、夫婦が互いに、かわいく思い、情愛をそそぐ心持をいうのが最も古い意味。平安時代には、小さいものをかわいいと眺める気持へと移り、梅の花などのように小さくかわいく、美であるものの形容。…」と語義を説き、意味の①に「かわいく思う。いとしい」をあげる。「うるはし」については「奈良時代に、相手を立派だ、端麗《たんれい》だと賞讃する気持から発して、平安時代以後の和文脈では、きちんと整っている、礼儀正しいという意味を濃く保っていた語。…」と述べ、意味の①も「立派だ。端麗だ」とする。

右のシの文脈は親の立場から子のことを述べているから「うつくし」であり、スの文脈は「大和太」の「浦」の景色が賞讃に値するということだから、「うるはし」がよい。

考えてみれば、親が子に情愛を注ぎいとしむのも「愛」の気持ちであろうし、ある風景に心ひかれ賞讃するのも、風景を「愛」することになるだろう。固有の文字のない倭の国では、中国伝来の漢字を使ってやまと歌を書き表すしかなかった。そこで「愛」は「うつくし」の場合も「うるはし」の場合も使われたが、万葉人にとって「うつくし」も「うるはし」も語義明白な言葉であっただろうから、同じ「愛」が使われていても文脈に応じて訓みわけることが容易にできたはずである。私たちも、それにならって歌の文脈と語義に即して、問題を解決していかなくてはなるまい。

それでは、巻十一の作者未詳歌・二五五八番歌の場合はどちらがよいのであろうか。歌は「忘れてくれるなと結んでくれた衣服の下紐が解けているのを思うと」「……と思っているらしい」という内容であった。恋人に結んでもらった下紐が解けていることをもって、恋人が自分のことを「……と思っているらしい」と推測しているのである。

参考になりそうな歌を二つばかりあげよう。

セ　眉根掻《まよねか》き　鼻《はな》ひ紐解《ひもと》け　待《ま》つらむか　いつかも見《み》むと　思《おも》へる我《あれ》を

（巻十一・二四〇八　柿本人麻呂歌集）

ソ　草枕　旅の紐解《ひもと》く　家《いへ》の妹《いも》し　我《あ》を待《ま》ちかねて　嘆《なげ》かすらしも

（巻十二・三一四七　作者未詳）

セは「眉を掻きくしゃみをし紐も解けて、あの娘《こ》は待っているだろうか、はやく逢おうと思っている私を」と男の立場からうたう恋の歌である。ソは「（草枕）旅の衣の紐が解ける。家の妻が私を待ちかねて嘆いているらしいなあ」とやはり男の立場から歌う羈旅発思の作者未詳歌である。

両者ともに紐が解けることを歌っている。それが相手の自分を待つことにつながる。紐が解けるということは相手を恋しく思い、逢うのを待つことの証《あか》しだという古代的発想がこれらの歌々からうかがい知られよう。二五五八番歌の場合も同じ発想に立つ歌と認めてよいと考えられる。とすれば、二五五八番歌の初句が「うつくし」か「うるはし」かは、はっきりするのではなかろうか。

下紐が解けたからには相手は自分のことを恋しがって待っていると推測されるはずである。相手が自分をいとしく思い待っていると文脈から判断されるだろう。岩波古語辞典の語義解説中に「夫婦が互いに」と述べられていたが、恋人同士の場合も相手を「互いに」「いとし」く思うことに変わりはない。すなわち、「うつくし」が適当だろう。

「うるはし（立派だ。端麗だ）」では、恋の文脈が今ひとつはっきりしなくなってしまう。この場合に、なぜことさらに恋人を「立派だ」などと思わなくてはならないか、説明できないのである。すなわち、「うるはし」は排して、この歌は

コ　愛《うつく》しと　思へりけらし　な忘れと　結びし紐《ひも》の　解《と》くらく思《おも》へば

（巻十一・二五五八　作者未詳）

と訓《よ》んで味わうべきものだと考えるのである。今一度、全体を通して現代語訳するならば、「（あの娘《こ》は私を）いとしいと思っているらしい。忘れてくれるなと結んでくれた衣服の下紐が解けているのを思うと」となる。あの娘はこの前の逢瀬のときに自分のことを忘れないでといいながら下紐を結んでくれた。それが解けるのだから、あの娘は今、自分のことを恋しくいとおしく思っているにちがいな

い、となかばのろけるように恋の気持ちをうたった男の立場の歌であろう。しあわせな気分の歌である。巻十一・十二の作者未詳歌の世界の一端がうかがわれよう。

三　「うつくし」の語義

本稿は二五五八番歌の初句を「うつくし」だと考えた。しかし、前節であげたようにいくつかの注釈書・テキストが「うるはし」を採用していて、問題は未決着だといわざるをえない。巻十一・十二には同様の問題をかかえる歌がまだ三首、つまり計四首ある。

なお次の歌を見てみよう。やはり巻十一の正述心緒に含まれる歌だ。

夕　朝寝髪《あさねがみ》　我《われ》は梳《けづ》らじ　愛　君《きみ》が手枕《たまくら》　触《ふ》れてしものを

（巻十一・二五七八　作者未詳歌）

朝《アサ》宿《子》髪《カミ》吾《ワレ》者《ハ》不梳《ケツラヌ》愛《ウツクシキ》君《キミカ》之手《タ》枕《マクラ》觸《フレ》義《テ》之《シ》鬼尾《モノヲ》

（二五七八番歌・西本願寺本）

傍線をほどこした第三句の原文「愛」は「うつくし」なのか、それとも「うるはし」なのかで、やはり諸注釈書・テキストがわれているのである。一応「愛」の部分は省いて現代語訳をしておこう。「朝の寝乱れ髪を私は櫛で整えはしない。……あなたの腕枕が触れていたのだから」となろうか。「君《きみ》

（あなた）」というのは女性から男性に使う言葉であるから、この歌は女性の立場から詠まれたものである。夜を共寝した男性に対して、自分はあなたの腕枕で乱れた髪を整えるつもりはない、なぜならこれはあなたと夜を過ごしたしるしだから、と女性の立場から大胆にもかわいらしく述べる歌だ。

古来この「愛」は、後続の「君」にかかる連体形として「うつくしき」と訓まれてきた。管見では江戸時代から明治・大正時代もそうであったが、昭和になって岩波文庫が「うるはしき」と訓み、以下、新校・全書・沢瀉注釈・塙本訳文篇・桜楓社本・全集・集成・完訳・角川文庫新版・新編全集・釈注といったあたりが「うるはしき」の方を採用している。やはり、この問題が決着を見ていないといえるだろう。なぜかというに、どうやら古語「うつくし」と「うるはし」の語義に対する見解が先に引いた岩波古語辞典とは異なっているようなのである。

「うるはしき」を採る立場を代表させて全集を見てみると、巻十一・二三五五番歌（これも初句の原文「恵」を「うつくし」と訓むか「うるはし」と訓むか諸注やテキストがわれている）の頭注に次のように書かれている。いわく、「ウツクシが弱小のものに対するいたわりを表わすのに対して、ウルハシは、おおむね対等かそれ以上の人に対する、讃美の気持を含めた愛情を表わす」。こうした語義解釈の立場をまとめた代表的な論文は宮地敦子「『うつくし』の系譜」(注42)で、これについては拙稿(注43)で批判を述べたので、詳しくはそちらにつかれたい。今はこの問題にしぼることにする。

右にいわれている「ウツクシが弱小のものに対するいたわりを表わす」というのは、妥当であろうか。もしそうならば、この夕の歌の場合は、女性から男性への歌であり、女性は一般に男性より弱小だと多分いえるだろうから、「うつくし」はおかしくて、「うるはし」がよいということになるのであろう。しかし、そういいうるのであろうか。

チ　我《わ》が背《せ》なを　筑紫《つくし》へ遣《や》りて　愛《うつく》しみ　帯《おび》は解《と》かなな　あやにかも寝《ね》も

（巻二十・四四二二　服部呰女《はとりべのあざめ》）

チは防人の歌の中に含まれる女性の歌である。歌全体が一字一音の万葉仮名で書かれており、傍線部も「宇都久之美《うつくしみ》」と表記されている。「愛」とは違って確かに「うつくし」と万葉仮名で書かれている例だ。現代語訳すれば、「私の夫を筑紫に送って、いとしくて帯は解かずにひどく心乱れて寝ることだろうか」となろう。夫を防人で奪われた女性が、夫を「いとしく」思い偲《しの》んでいる歌である。一般に妻より夫の方が弱小ではないだろう。つまり、この歌は弱小かも知れない女性から、壮健だろう男性が「うつくし」と恋しがられている歌なのであって、全集の頭注に書かれてあった「うつくし」の語義とは逆だ。こうした例も指摘されるのに、「ウツクシが弱小のものに対するいたわりを表わす」と言い切れるのだろうか。岩波古語辞典の語義解説が「夫婦が互いに、かわいく思い、情愛をそそぐ心持をいう」とわざわざ述べていたことを思い出したい。反証があげられるからには、全集の頭注やそれに類する見解は放棄されるべきだと考える。タはあらためて、

タ　朝寝髪《あさねがみ》　我《われ》は梳《けづ》らじ　愛《うつく》しき　君が手枕《たまくら》　触《ふ》れてしものを

（巻十一・二五七八、作者未詳）

と訓《よ》まれ鑑賞されるべきだと考える。現代語訳を完成させれば、「朝の寝乱れ髪を私は櫛で整えはしない。いとしいあなたの腕枕が触れていたのだから」となる。相手の愛の証しのように自分の乱れ髪までをもいとおしむ、ほほえましい歌である。やはり巻十一・十二の作者未詳歌の世界の一面だ。

あるいは全集頭注の後半「ウルハシはおおむね対等かそれ以上の人に対する、讃美の気持を含めた愛情を表わす」ということをもって、ここも「うるはしき」と訓むべきだとする考えもあるかもしれない。けれど、夜を共寝し身も心も結ばれた男性に対して女性がいだく気持ちは「いとしい」が一般的か、それとも「讃美の気持を含めた」感情が一般的かを考えてみれば、答えは明らかだろう。しっかり結ばれた男性に対して、なおいとしさの前に「讃美の気持ち」が先立つというのは、不自然ではあるまいか。男と女の恋の気持ちと幸せな結びつきとを素直に考えてみれば、やはり全集などの見解には従えないのである。

ところで、このタの異伝歌が平安時代の人丸集(注44)と古今六帖(注45)と拾遺和歌集(注46)にも載せられている。

チ　あさねがみ　われはけづらじ　うつくしき　人のたまくら　ふれてしものを

（人丸集・八）

ツ　あさねがみ　われはけづらじ　うつくしき　人のたまくら　ふれてしものを

（古今六帖第五・三一七五）

テ　朝寝髪《あさねがみ》　我はけづらじ　うつくしき　人の手枕《た》　触《ふ》れてし物を

（拾遺和歌集巻第十四・八四九　人麿）

右の平安時代の異伝歌は、タの「愛」が「うつくしき」と訓まれるべきことを間接的に支持してくれるかもしれぬ。また、前節に引いた岩波古語辞典は「うつくし」の語義解説で「平安時代には、小さいものをかわいいと眺める気持へと移り、梅の花などのように小さくかわいく、美であるものの形容」と述べていたが、平安時代になってすぐさま、そのように意味が変化したわけではない。異伝歌にも見るように、男女が互いに「いとしい」と思う意味の「うつくし」は平安時代にも生命を保ち、時には人麻呂の名が冠せられ愛唱されていたのである。身も心も結びついた「いとしい」という気持ちを示す「うつくし」は歌において、心ときめく意味を発揮して受け継がれていったのであろう。巻十一・十二の作者未詳歌の世界は、このように平安時代にも享受されていったのである。

四　出典不明歌の作者層

「愛」の問題をかかえた三首めの歌を次にあげよう。巻十二の正述心緒歌である。

ト　愛と　思《おも》ふ我妹《わぎも》を　夢《いめ》に見て　起《お》きて探《さぐ》るに　なきがさぶしさ

（巻十二・二九一四　作者未詳）

（二九一四番歌・元暦校本）

初句の「と」以降を現代語訳しておくならば、「……と思う私のあの娘《こ》を夢に見て、目覚めてさぐっても、いないのが寂しい」となる。「……」は後で補われるであろう。

この「愛」も古来から「うつくし」と訓まれてきたのだが、略解以降、岩波文庫・総釈・新校・全書・沢瀉注釈・全集・完訳・新編全集といったところが「うるはし」と訓んでいる。

「うつくし」と「うるはし」の意味については前節までに検討し、本稿としての立場を述べてきた。あらためていえば、「うつくし」は親子・夫婦・恋人間の「いとしい」という感情であり、「うるはし」の方は「立派だ」とか「端麗だ」という賞讃的な意味をもつ。

そうした意味を考えてみれば、トの歌の「愛」の訓みもあきらかではなかろうか。夢に恋しい女性を見たのである。それで、目が覚めて寝床の中を探ってみたが、現実にはかたわらにいない夢の彼女だから求めあぐねて寂しいともらす男の立場の歌である。

この場合、夢で見た彼女は「いとしい」人か、「立派な」人かと考えるならば、答えは明白であろう。心から「いとしい」と思っているのではないか。「立派な」というのでは恋の歌に全くフィットしないと思われる。次のように訓むべきであろう。

ト　愛《うつく》しと　思ふ我妹《わぎも》を　夢《いめ》に見て　起きて探《さぐ》るに　なきがさぶしさ

（巻十二・二九一四　作者未詳）

ところで、この歌は中国から奈良時代の初めに伝えられた小説『遊仙窟《ゆうせんくつ》』の「少時ニシテ坐睡《ざすゐ》スレバ、則チ夢ニ十娘《じふらう》ヲ見ル。驚キ覚《さ》メテ之《これ》ヲ攬《かきさぐ》レバ、忽然《こつぜん》トシテ手ヲ空《むな》シクス。心中悵怏《ちやうあう》トシテ復《また》何ゾ論ズベキ(注47)」という部分を下敷きに作られていることが、代匠記以降指摘されている。主人公・張文成が恋しい女性・十娘を夢に見て寝覚める場面の描写だ。現代語訳すれば、「しばらくうたたねをしていて、夢に十娘を見た。はっと目覚めて手探りをすると、たちまち消え手応えはない。心のさびしさは言いようもない」となろう。トの歌とよく一致していることがわかる。

そういえば、トの二つ前の歌もそうである。

ナ　人の見て　言咎《ことどが》めせぬ　夢《いめ》に我《われ》　今夜至《こよひいた》らむ　屋戸《やど》さすなゆめ

（巻十二・二八一三　作者未詳）

現代語に訳すと「人が見て言葉でとがめはしない夢の中で私は今夜訪れよう。戸をけっしてしめないでくれ」という歌だ。これもやはり『遊仙窟』の「今宵《こよひ》戸ヲ閉《さ》スコトナカレ、夢ノ裏《うら》ニ渠《きみ》ガ邊《あたり》ニ向カハム」(注48)という部分を下敷きにしている。現代語に訳すならば、「今宵は戸をしめないでおくれ、夢の中であなたのあたりに行こう」となろうか。やはりナの歌との一致が著しい。

このように『遊仙窟』の影響が指摘できるならば、巻十一・十二の作者層に一定の推測を働かすことができるのではないだろうか。すなわち、漢文で書かれた書物を読み理解することができて、それを歌に詠み込むことができるような知識層だということである。トとナとの二首のみから、巻十一・十二の出典不明歌の作者層全体に及ぶような想像は控えなければなるまいが、少なくとも作者層のうちに知識階級がいたことはまちがいないのである。無名の知識人たちであるから、具体的にはおそらくそう身分の高くない官人層などが考えられよう。巻十一・十二の作者未詳歌を、「奈良朝以後の貴族社会の歌」として論じた神野志隆光の見解(注49)が想起される。

ところで、トの異伝歌も拾遺和歌集に

ニ　うつくしと　思《おもひ》し妹《いも》を　夢に見て　起《お》きて探《さぐ》るに　なきぞ悲《かな》しき

（拾遺和歌集巻第二十・一三〇三　よみ人知らず）

と載る。万葉集のトの歌はみたされぬ恋の空虚な感じを歌っていたが、拾遺和歌集では第二句を「思《おもひ》し妹《いも》を」と過去の女性すなわち亡くなった女性として改変することで、哀傷（人の死を悲しむ歌）の部の歌となっているのである。「うつくし」つまり彼女へのいとしさは、死の事実の前で胸がはりさけるような痛切さを感じさせるであろう。改変しつつ巻十一・十二の歌が受け継がれていったケースである。

さて、「愛」の問題の四首めだ。結論から先に書こう。本稿はやはり「うつくし」と訓む。

ヌ　梓弓《あづさゆみ》　末《すゑ》は知らねど　愛《うつく》しみ　君《きみ》にたぐひて　山道《やまぢ》越え来《き》ぬ　（巻十二・三一四九　作者未詳）

羈旅発思の歌である。現代語訳すれば、「(梓弓)将来はわからないけれど、いとしいあなたに寄り添って山道を越えてきた」となる。この場合は、「うつくし」なのか「うるはし」なのか。これも古来より「うつくし」と訓まれてきたが、安藤新考以来、岩波文庫・総釈・新校・全書・沢瀉注釈・私注・桜楓社本・全集・講談社文庫・集成・新編全集・釈注・新大系などが「うるはし」と訓んでいる。ただし、たとえば新大系の脚注に「…ウルハシともウツクシとも訓み得るが、一応、讃仰の心を込めて『うるはし』と訓でおく」というように、なにゆえ「うるはし」と訓むのかがどうもはっきりしない。ただ諸注釈書を読むと、歌中の「君」が任国に向かう律令官人だとする想定をするものがほとんどである。そうした官人だから「立派な」という意味の「うるはし」の方がふさわしいということなのであろうか。官人説は万葉考より始まる。男が旅をするからには、公的な任にある可能性が高く、それは任国に赴くことだということであろう。しかし、その万葉考も「うつくし」と読む。それ以降も官人説をとりつつ「うつくし」と訓む注釈書は少なくない。官人説と「うつくし」と訓むこととは矛盾しないのではなかろうか。

この歌は「君にたぐひて山道を越え」て来た女の心を歌っているのであろう。男に寄り添ってわざわざ山道も越えてきた女の心情は、男が「いとしい」からか、それとも「立派だ」からか。公的な任務いかんに関わらず、女が男に寄り添い行く心情は「いとしい」からではなかろうか。男が「立派」かどうかは二の次だと思われる。やはりここも「うつくし」と訓むべきだと考えるわけである。心ひかれるいとしさが伝わる歌ではなかろうか。積極的な恋の持つ明るさがうかがわれるようである。

以上、無名の歌ともいうべき巻十一・十二の作者未詳歌の原文「愛」の訓みの問題を軸にして論じてきた。恋に肯定的な明るい作者未詳歌の世界の一面がうかがわれたかと思う。万葉集のかかえる多様な問題への手引きとなれば幸いである。

注1　小島憲之・木下正俊・東野治之『新編日本古典文学全集8　万葉集③』（小学館、平成七年）の「正述心緒」の訓読。
2　同右書の「寄物陳思」の訓読。
3　後藤利雄『人麿の歌集とその成立』（至文堂、昭和三十六年）。

4　佐佐木信綱『新訂新訓万葉集　上巻・下巻』（岩波書店、昭和二年）。
5　伊藤博『万葉集　上巻・下巻』（角川書店、昭和六十年）。
6　桜井満『対訳古典シリーズ　万葉集　上・中・下』（旺文社、昭和六十三年）。
7　中西進『万葉集　全訳注原文付　一～四』（講談社、昭和五十三～五十八年）。
8　北村季吟《きぎん》『万葉拾穂抄　第四巻』（新典社、昭和五十一年）。
9　契沖《けいちゅう》『万葉代匠記　五』（久松潜一校訂『契沖全集　第五巻』。岩波書店、昭和五十年）。
10　官幣大社稲荷神社編纂『荷田《かだ》全集　第四巻』（復刻版。名著普及会、平成二年）。
11　賀茂真淵《かものまぶち》『万葉考　巻四』（久松潜一監修『賀茂真淵全集　第二巻』。続群書類従完成会、昭和五十二年）。
12　鹿持雅澄《かもちまさずみ》『万葉集古義　第五』（国書刊行会、明治三十一年）。
13　井上通泰《みちやす》『万葉集新考　第四』（国民図書、昭和三年）。
14　鴻巣盛広《こうのすもりひろ》『万葉集全釈　第三冊』（広文堂書店、昭和七年）。
15　春日政治・久松潜一『万葉集総釈　第六』（楽浪書院、昭和十一年）。
16　佐佐木信綱・武田祐吉『定本万葉集三』（岩波書店、昭和十七年）。
17　武田祐吉『万葉集　下巻』（角川書店、昭和三十年）
18　佐佐木信綱『評釈万葉集　巻四』（『佐佐木信綱全集　第四巻』。六興出版社、昭和二十六年）。
19　窪田空穂『万葉集評釈　第七巻』（東京堂出版、昭和六十年）。
20　武田祐吉『増訂万葉集全註釈　九』（角川書店、昭和三十一年）。
21　高木市之助・五味智英・大野晋『日本古典文学大系6　万葉集三』（岩波書店、昭和三十五年）。
22　佐竹昭広・木下正俊・小島憲之『万葉集本文篇』（塙書房、昭和三十八年）。

23　鶴久・森山隆編『万葉集』（桜楓社、昭和四十七年）。
24　土屋文明『万葉集私注　六』（筑摩書房、昭和五十二年）。
25　青木生子《たかこ》・井手至・伊藤博・清水克彦・橋本四郎『新潮日本古典集成　万葉集三』（新潮社、昭和五十五年）。
26　伊藤博『万葉集釈注　六』（集英社、平成九年）。
27　佐竹昭広・木下正俊・小島憲之『補訂版万葉集本文篇』（塙書房、平成十年）。
28　稲岡耕二『万葉集全注　巻第十一』（有斐閣、平成十年）。
29　佐竹昭広・山田英雄・工藤力男・大谷雅夫・山崎福之『新日本古典文学大系3　万葉集三』（岩波書店、平成十四年）。
30　橘千蔭《たちばなのちかげ》『万葉集略解　下巻』（博文館、大正元年）。
31　安藤野雁『万葉集新考』（『万葉集古注釈大成　万葉集新考・万葉集残考』。誠進社、昭和五十三年）。
32　折口信夫《しのぶ》『口訳万葉集　下』（『折口信夫全集　第五巻』。中央公論社、昭和五十年）。
33　沢瀉久孝・佐伯梅友『新校万葉集』（創元社、昭和二十四年）。
34　佐伯梅友・藤森朋夫・石井庄司『日本古典全書　万葉集三』（朝日新聞社、昭和二十九年）。
35　沢瀉久孝『万葉集注釈巻第十一』（中央公論社、昭和三十七年）。
36　佐竹昭広・木下正俊・小島憲之『万葉集訳文篇』（塙書房、昭和四十七年）。
37　佐竹昭広・木下正俊・小島憲之『日本古典文学全集4　万葉集三』（小学館、昭和四十八年）。
38　小島憲之・木下正俊・佐竹昭広『完訳日本の古典5　万葉集四』（小学館、昭和六十年）。
39　小島憲之・木下正俊・東野治之『新編日本古典文学全集8　万葉集③』（小学館、平成七年）。
40　私注は「なつかし」、角川文庫旧版は「うつくし」と訓んでいるが、従いがたい。

41 大野晋・佐竹昭広・前田金五郎『岩波古語辞典』（岩波書店、昭和四十九年）。
42 宮地敦子「『うつくし』の系譜」（『国語と国文学』第四十八巻八号、昭和四十六年八月）。
43 柳澤朗「光る・見る・うつくし—竹取物語私論序章」（鈴木日出男編『ことばが拓く古代文学史』、笠間書院、平成十一年）。
44 本文は『新編国歌大観　第三巻　私家集編Ⅰ』（角川書店、昭和六十年）を用いた。
45 本文は『新編国歌大観　第二巻　私撰集編』（角川書店、昭和五十九年）を用いた。
46 本文は小町谷照彦『新日本古典大系7　拾遺和歌集』（岩波書店、平成二年）を用いた。以降も同。
47 蔵中進編『江戸初期無刊記本遊仙窟』（和泉書院、昭和五十六年）では、十三オ（三十一頁）の三～四行目である。原文は漢文だが、訓み下し文にした。次も同。
48 同右書では、五十五オ（一一五頁）の八行目である。
49 神野志隆光「万葉集巻十一・十二覚書」（『学大国文』二十三、昭和五十五年一月）。
＊使用した万葉集のテキストは『新編日本古典全集　万葉集①～④』（小学館、平成六～八年）であるが、本稿のいわんとすることに即して訓《よ》みを改めたところがある。

作者未詳の宮廷歌——巻十三の世界——

遠藤　宏

一　「宮廷歌」とは何か

万葉集の中で作者未詳の宮廷歌と言えそうな歌を挙げてみると、(注1)おおよそ次のようになる。

①藤原宮の役民の作る歌　(巻一・五〇)

②藤原宮の御井の歌　(巻一・五二)

③藤原宮より寧楽宮に遷《うつ》る時の歌　(巻一・七九、八〇)

④天皇の崩りましし時に、婦人の作る歌 姓氏未だ詳ならず　(巻二・一五〇)

⑤(天平六年)春三月、難波宮に幸《いでま》しし時の歌(の中の一首)　(巻六・九九七)

⑥寧楽京の荒墟を傷み惜しみて作る歌　(巻六・一〇四四～一〇四六)

⑦仏前の唱歌　(巻八・一五九四)

⑧西の池の辺に在《ま》しまして肆宴《とよのあかり》したまふ時の歌　(巻八・一六五〇)

⑨岡本の宮に御《あめのしたしら》宇す天皇の、紀伊国に幸《いでま》しし時の歌　（巻九・一六六五、一六六六）
⑩大宝元年辛丑《しんちう》の冬十月、太上天皇《おほきすめらみこと》、大行天皇《さきのすめらみこと》、紀伊国に幸《いでま》しし時の歌　（巻九・一六六七～一六七九）
⑪吉野の離宮《とつみや》に幸《いでま》しし時の歌　（巻九・一七一三、一七一四）
⑫壬申《じんしん》の年の乱の平定《しづま》りし以後《のち》の歌（の一首）　（巻十九・四二六一）

作者未詳歌巻以外の、作者未詳の宮廷歌と一応は考えられる歌は以上のようになる。意外に少ないという感もあるが、宮廷歌というものは、柿本人麻呂・山部赤人等の所謂宮廷歌人によって荷われている部分が極めて大きいのだという感が一方では強い。そのような状態の中で、⑦などは「作者」というべきものは元々存在しないのであろうが、他は何故作者未詳なのかということも考えなければならないとは思うのだが、本稿の目的は別のところにあるので割愛することになる。

右に掲げたもの以外の、作者未詳歌の宮廷歌は、作者未詳歌巻に求めることになる。作者未詳歌巻に収められている歌は、作者名は無論のこと、作歌事情も記されていないのであるから、その中から宮廷歌（と、おぼしき歌）を探り出す作業は主として歌の内容によって判断することになろう。そして、その対象となる作者未詳歌巻は巻十三であり、本稿に与えられた課題は、その巻十三の宮廷歌の世界を明らかにすることにある。

ただ、しかし、その前に明確にしておかなければならないことがある。右に掲げた①から⑫の、作者未詳歌の宮廷歌は、「宮廷歌」の概念規定を明確にしないままのものであって、存在するであろう共通理解と、私が理解しているところをおおよその基準にしたものである。そのままで巻十三の宮廷歌を論じることは許されないであろう。そこで、巻十三の宮廷歌についての検討を行う前に、「宮廷歌」とはどのような歌を言うのか（言うべきか）ということを考察しなければならないことになる。その場合には、作者未詳という枠は取りはずすこととなる。

「宮廷歌」という用語は、実は、指定されてきた題目の中に使われているものであり、少くとも私にとっては聞き慣れない用語ではある。（注3） 例えば、小野寛、桜井満編『上代文学研究事典』（注4）には「宮廷讃歌」という項目が設けられており、「異称・別称」として「宮廷寿歌・宮廷賀歌・宮廷儀礼歌」という用語が挙げられている（担当、森朝男氏）。これらの用語はよく用いられていると思われるし、これらの他に、宮廷歌謡という用語は記紀歌謡中心だが用いられているが、「宮廷挽歌《ばんか》」はどうであろうか。右の用語は寿歌《じゅ》について言う場合の言葉が多い。「宮廷歌」というタームは、寿歌と挽歌、さらに他のケースも包含し、より広い範囲の内容を持つ概念になり得、学術用法として用いることに異存はない。そこで、「宮廷歌」の定義、少くとも本稿において「宮廷歌」という用語をどのような意味で用いるかについて記しておく（なお、「本稿において」と右に記したが、巻十三に限定したものではなく、万葉集全体を視野に入れたものである。念のため）。

A　歌の場は、基本的には宮中であり、天皇、皇后、皇子、皇女の臨む場であること。宮中の外でも、行幸、遊幸、葬送その他何らかの宮廷儀礼に関わる地、及びその途次における歌も含む。

B　歌の場の性質は、宮廷、皇族に関わる各種の儀式、行事、肆宴《しえん》等、公的な性質を有するものであること。なお、宮廷サロンと称せられている場合も含む。

C　歌の内容は、皇族、皇宮ひいては国家に対する直接的または間接的な讃美、哀悼《あいとう》、悲傷《ひしょう》等の意が公的な立場で表明されていること。なお、（A・Bに示した条件下において）相聞《そうもん》歌的内容も含む。

D　歌の性質に関しては、呪術《じゅじゅつ》歌、文学作品、歌謡の如何を問わないものとする。

「宮廷歌」の定義・概念については以上のごとくであり、一言で示せば、宮廷に関わる歌ということなのだが、官人達による私的な宴などの場と目される場における歌は、行幸等の公的な機会に際する場合でも「宮廷歌」には含めないこととする。

一般的に言って、定義付けというものは、細部まで目配りをするとかえって定義が不明瞭になりがちになり、また例外規定が多くなってしまうという危険を伴う。逆に、範囲を広げて大きな枠で捉えると、イメージとしては排除したいケースも含まざるを得なくなったりする。右の定義付けも同様の危険性を孕んでいること、言うまでもない。

二　「巻十三宮廷歌謡集」説

ここで、作者未詳歌巻である巻十三に収められている宮廷歌を掘り起こし、その様相を検討するという段階に入ることになるのだが、具体的に掘り起こす作業に入る前に、避けて通ることのできないことがある。それは、伊藤博氏の巻十三に関する著名で周知されている論についてである。氏の論は、事改めて紹介、解説を要する必要のない高論なのではあるが、本稿にとっては前提となるべき大きな論なので、以下、ある程度多くの紙幅を使うことになる。その点、お許しいただきたい。

伊藤氏は、万葉集全二十巻内における巻十三の「特性」について、端的に次のように述べている。(注5)

巻十三は、宮廷歌人に影響を与えると同時に、宮廷歌人の作の伝誦されたものなど宮廷の新しい歌謡をも吸収してあった宮廷歌謡集、もしくはそれを基にして出来あがった歌巻ではなかったか。

伊藤氏が右のような結論に達するに至った論の発端は、「尻取式」と氏が名付けた発想の歌の存在と万葉集中の分布とに依拠している。「尻取式」の例として伊藤氏の掲げる巻十三・三三〇一番歌を採れば、「神風の　伊勢の海の」（第一・二句）と「まず地名を提示し」、「朝なぎに　来寄る深海松《ふかみる》　夕なぎに　来寄る俣海松《またみる》」（第三句〜第六句）と「ついでその土地の景物、おもに植物の有様を叙述し」、「深海松の　深めし我を　俣海松の　また行き反り」（第七句〜第十句）と「それをだいたい対句をもって尻取式に承け」、「妻と　言はじとかも　思はせる君」（第十一句〜結句）と、「本旨へと転換してゆく型式」を「尻取式」と称している。この型式の長歌が巻十三に七例、「前期万葉」に天武（一例）、人麻呂（五例）、「後期万葉」に千年《ちとせ》（二例）、赤人《あかひと》（四例）という分布になっているとする（氏の結論を先取りすれば、巻十三と天武例以外は宮廷歌人のみである）。そして、巻十三に関わる通説（記紀歌謡から前期万葉に至る過渡期の作を多く収める）によれば、尻取式長歌は万葉集では最古となり、巻十三所収歌が民謡と密接な関係をもつならば、天武以下の「有名歌人」（名を有する歌人）の作は巻十三から学んだことになるとしながらも、その逆の場合も巻十三には存在すると慎重に論を進めている。そこで視点を変え、右の分布から巻十三を除くと天武御製歌《ぎょせいか》（代作歌）も含めて宮廷歌人の作で占められているとし、尻取式歌謡の型は〝宮廷歌謡の一様式〟として定着していたと考えている。この後、尻取式長歌中の相聞歌を宮廷讃歌の枠内に組み込むという補強の手順を経て、尻取型を記紀歌謡に遡る。記紀歌謡から五例を見出し、記紀歌謡の段階から尻取式の型の宮廷寿歌及び恋物語歌への転用が既に定着していたという確認を行っている。かくして、伊藤氏は、本章のはじめに記したような結果に達している。その結論に至る直前には次のようにある。

巻十三に、当面の長歌型式が多いという事実は、それが作者不明歌集とか民謡的歌集とかまた古い時代の歌を集めた巻とかいうような点にあるのではなくて、宮廷歌謡集、いわば宮廷社会のさまざまな機会における歌の台本として巻十三が出発しかつ定着した点に起因することを示すのではないか。いいかえれば、巻十三は、いわゆる宮廷歌人なるものが定着する以前の時代はもちろんのこと、その定着後も、宮廷のいろいろな集まりにおいて折につけてうたうための歌を集めた台本だったのではないか。すくなくとも、そうした台本を基礎にして現存巻十三は成立したのではなかったか。

以上、伊藤論文につき長々と説明及び引用を行ってきた。目配りがよく効き、周到な論文のように思われ、間然する所無しといったようにも思われ、巻十三宮廷歌謡集は動かし難いようにも見える。しかし、論述の細部に関しては問題の残るところも見出せる。ただ、本稿ではその点には触れない。しかし、看過できない点が存する。

伊藤氏の述べる、長歌における尻取式発想が記紀歌謡の段階において既に定着していて、赤人、千

年に至る宮廷歌人に至るまで継続されていたと、仮定したとする。その場合、

記紀歌謡―巻十三―天武―人麻呂―千年・赤人

と、伊藤氏が述べる古↓新の順の設定は如何なる論理的根拠に依っているのだろうか。天武御製（巻一・二五）と類似歌の関係にある巻十三の尻取式発想の一首（三二六〇）との前後関係についての慎重な目配りはなされているが、単純に結論は下せないという姿勢をとっている。それはそれで諒解できる。にも拘らず、右に示したような新古の順が自ずとのごとくに考えられているようである。右のような順序を想定した根拠として考えられるのは、賀茂真淵が主張し、それを我々が是認してきた「通説」即ち、巻十三は允恭期にまで遡る古い歌や年次不明ながら必ず古い代の歌と思われる歌を含み奈良朝初期の作に及ぶ、巻一、二に次ぐ古い巻であるという、真淵の論（『万葉考別記』『万葉考』巻三序など）であろう。真淵による呪縛は何とも強烈である。この真淵論を仮りに排除（この段階では、否定の意味ではない）するとすると、「記紀歌謡―巻十三―天武―人麻呂……」という新古の図式が成り立つ保障は無い。その場合、巻十三（特に尻取式発想の歌）の位置は何処に置くべきなのだろうか。ぎりぎりのところ、人麻呂よりも前に置くべきなのか、それとも後ろに置くべきなのか。この問題についての検討は巻十三の内部微証の検討に依ることが不可欠であろうと考えられる。真淵の言う、允恭朝の作も含めて「必ず古き代の歌と聞ゆる」（『万葉考』巻三序）の有無についての再検討が必要であろう。そこで、以下に、巻十三所収歌の成立時期、特に人麻呂作歌との前後関係を中心に考えてみ

たい。
なお、念のために記しておけば、以上述べたことは、伊藤氏の言う、尻取式発想が「宮廷歌謡の一様式」として存在しているということを仮定した上でのことであり、この前提は先に記した。以下の検討は、その「宮廷歌謡の一様式」としての尻取式発想の存在を検討することをも含んでいる。

三 「巻十三宮廷歌謡集」説検討（その一）

伊藤氏が尻取式発想の歌の例として挙げる巻十三中の七例の中に次の一首がある。

紀伊の国の　室の江の辺に　千年に　障《さは》ることなく　万代に　かくしもあらむと　大船の　思ひ頼みて　出で立ちの　清き渚に　朝凪に　来寄る深海松《ふかみる》　夕凪に　来寄る縄のり　深海松の　深《ふか》めし児らを　縄のりの　引けば絶ゆとや　里人の　行きの集ひに　泣く子なす　行き取り探り　梓弓　弓腹《ゆはら》振り起こし　凌ぎ羽を　二つ手挾み　放ちけむ　人し悔しも　恋ふらく思へば

（巻十三・三三〇二）

右掲の一首は相聞の部に収められているものだが、反歌《はんか》を伴っていない。反歌という名称が漢籍の「反辞《はんじ》」に由来するという通説に従えば、反歌を伴う長歌及びその長歌・反歌から成り立っている一組は新しいと考えられる。その点において、反歌を伴っていないこの一首には古態が存する。しかしその一方で、不整音句率が極めて低い。この一首の不整音句は「千年に」「かくしもあらむと」「弓腹振り起こし」の三句だが、「かくしもあらむと」の場合は句の途中に単独母音を含むので、不整音句数は結局二句となる。全二十九句中に不整音句二句というのは、不整音句率六・九パーセントとなって、万葉集第二期以後の比率になる。(注6) つまり、この一首が新しいことを示す要素の一つである。また、二十九句という一首の句数も、記紀歌謡（一首平均一四・二句）や万葉集第一期（一首平均一六・一句）の句数よりはかなり多く、同第二期（除人麻呂作歌）の一首平均二六・五句をも越えている（人麻呂作歌は一首平均四四・一句）。結局、この歌における古態は、形態の面だけで言えば、反歌を伴わないという点のみになる。

ここで、歌句に眼を向けてみる。「千年に　障ることなく　万代に　かくしもあらむと」という、千歳と万代を対にした対句は、「千歳に　欠くることなく　万代に　あり通はむと」（巻十三・三二三六）という類似の句が巻十三に見られるのみであるが「万代に　かくしもあらむと」になると、複数の同形または類似の句を見出すことができる。

(1)万代に　しかしもあらむと　（巻二・一九九　柿本人麻呂）
(2)万代に　かくしもあらむと　（巻二・一九九一云　柿本人麻呂）
(3)万代に　かくしもがもと　（巻六・九二〇　笠金村）
(4)万代に　かくしもがもと　（巻三・四七八　大伴家持）

(5)万代に　かくしもがもと　（巻十三・三三二四）

当該歌の「万代に　かくしもあらむと」と同形の句は人麻呂作歌を初出とし、類似の句においても同じである。初出としたのは、当該歌例と(5)の巻十三例を当面除いてのことである。

次に、「大船の　思ひ頼みて」を採り上げる。この句に関しては、人麻呂の泣血哀慟歌《きゅうけつあいどうか》の「さね葛《かづら》後も逢はむと　大船の　思ひ頼みて」（巻二・二〇七）が直ちに想い起こされる。当該歌例及び泣血哀慟歌例を含めると万葉集中で全十三例（類似句も含む）と、多い。

(1)大船の　思ひ頼みて　（巻二・一六七　人麻呂）
(2)大船の　思ひ頼みて　（巻三・四二三一云　山前王　或は云ふ、柿本人麻呂の作れる）
(3)大船の思ひ頼める君ゆゑに　（巻十三・三二五一）
(4)大船の　思ひ頼めど　（巻十三・三二八一）
(5)大船の　思ひ頼みて　（巻十三・三二八八）
(6)大船の　頼める時に　（巻十三・三三二四）
(7)大船の　思ひ頼みて　（巻十三・三三四四）
(8)大船の　思ひ頼みて　（巻十・二〇八九）

以下、大伴坂上郎女《さかのうえのいらつめ》（巻四・六一九）、山上憶良（巻五・九〇四）、作者未詳（巻四・五五〇　天平五年）のごとくとなる。巻十三所収歌に好んで用いられていて、前例と同様に人麻呂作歌に発している。このような分布もさることながら、「思ひ頼む」を被枕詞とする「大船の」という枕詞は用言に掛る枕詞であって、固有名詞に掛る枕詞を枕詞の初源として普通名詞に掛る枕詞から用言に掛る枕詞へと展開していく流れの中の、新しい枕詞に属する。[注7] 枕詞「大船の」は、人麻呂が創出した数多くの枕詞の中の一つとして考えてよいであろう。すると、当該歌の「大船の」も人麻呂にならったものと思われ、従って「大船の　思ひ頼みて」も人麻呂以後に置いてよいと考えられる。

次にまた、「深海松の　深めし児らを」を採り上げる。この句は、上句の「朝凪に　来寄る深海松」を尻取式に受けての、伊藤論文ひいては本稿にとっての根幹に関わる句である。この句は、巻十三内には、この句の前後も酷似する例がある。即ち、

朝凪に　来寄る深海松《ふかみる》　夕凪に　来寄る俣海松　深海松の　深めし我を　俣海松《またみる》の　また行き帰り

（巻十三・三三〇一）

というものである。この例以外では、

深海松の　深めて思へど（巻二・一三五　人麻呂）

という例がある。これは、深海松と俣海松とを対句仕立てにした巻十三・三三〇一番歌よりは関わりは遠いようではある。従って、人麻呂との前後関係を考える場合の決め手にはなり得ないようではある。しかし、「深海松の」の句は形の上では「深めし児ら」に掛る枕詞になっている。「深む」は用言である。その点において、先の「大船の（思ひ頼む）」と同様である。従って、人麻呂作歌（この場合、巻二・一三五番歌）以後にこの句を位置付けるのが妥当と思われる。

このように人麻呂以後の詞句と考えられる点をいくら指摘しても、伊藤論文は人麻呂からの吸収の可能性を残しているので、伊藤論文の主旨は動かないのではあるかもしれない。しかし、同じ歌中での次の句の場合はどうであろうか。

当該歌において、「朝凪に　来寄る深海松」と共に複式の序詞を構成していて、尻取式発想の半分を荷っている「（夕凪に　来寄る縄のり……）縄のりの　引けば絶ゆとや」という句の場合は右に述べたこととは様想を異にする。「縄のり」の他例は、

海原の沖つ縄のり打ち靡く心もしのに思ほゆるかも　（巻十一・二七七九）
わたつみの沖に生ひたる縄のりの名はさね告らじ恋ひは死ぬとも　（巻十二・三〇八〇）
わたつみの沖つ縄のりくる時と妹が待つらむ月は経につつ　（巻十五・三六六三　遣新羅使人）

というものであり、全て序詞の一部として用いられている。当該例も、「夕凪に　来寄る縄のり」を

尻取式に受けての句であるから、実質的には序詞と言ってもよい。しかし、形態上は枕詞である。そこで枕詞として取り扱うことにすると、この枕詞が「引けば絶ゆ」に掛っているということが問題になる。先ず、「引けば絶ゆ」という用言の句に掛っているという点において、先の「大船の」「深海松の」と同様に考えてよいであろうと思われる。次に、この枕詞の被枕詞は先述の「(大船の)思ひ頼む」「(深海松の)深めて思ふ」とは大きく違って、「引けば絶ゆ」という、稲岡耕二氏によれば「表現主体にとって悲しむべき状態を表わす語」(注8)になっている。このような被枕詞に掛る枕詞を、稲岡氏は、記紀歌謡や初期万葉歌の枕詞とは異る、人麻呂歌集歌と人麻呂作歌の枕詞の大きな特徴として位置付けている。そして、人麻呂以後に増加していく。稲岡説は綿密な調査に基づいていて首肯し得る。当該歌の枕詞「縄のりの」は万葉集中他に例を見ない孤例なのだが、被枕詞の右のような特徴に基づけば、人麻呂以後のものとして位置付けることができよう。ここまで述べてきた段階までであれば、先の「大船の」「深海松の」の場合と同じ意味において、即ち、人麻呂以後の改変という見方を採ることによって、伊藤論文の主旨は依然として動かないのではあるのかもしれない。しかし、この枕詞「縄のりの」の置かれている長歌中の位置は、「大船の」の位置とは異なり、但し「深海松の」の位置とは同じ、尻取式発想の中核部分を荷う個所なのである。そしてこの枕詞及び被枕詞を人麻呂以後に置くことが妥当なのである。即ち、当該歌の尻取式発想そのものが人麻呂以後の成立ということになるであろう。一首の発想の核心部分を人麻呂以後の改変と考えることは、不可能ではないであろうが、枝葉の部分を残して核心部分を変えるということはかなり考え難いように思われる。従って、人麻呂以後の部分的な手入れ、改変という処理は成り立ち難いように思われる。

そうすると、先に挙げた「大船の　思ひ頼みて」も人麻呂以後に、人麻呂の作品にならって作り出した詞句であろうということになる。また、「深海松の　深めし児らを」も、人麻呂の作にならって作り出した詞句であろうということになる。結果として、当該歌（巻十三・三三〇二）は、人麻呂の作に模し、ならって人麻呂以後の某人が作った歌ということになろう。この長歌に見出せる古態は反歌を伴わないという点のみであるということも、人麻呂以後の成立という結論を否定する方向に働く要素と認めるには不十分である。大伴坂上郎女や田辺福麻呂という後期万葉歌人にも無反歌長歌は存在する。ただ、当該歌が何故に反歌を伴っていないのかという点については、今のところ明確な答えを用意することはできないでいる。

巻十三の尻取式発想の長歌一首（三三〇二番歌）について右述のように考えれば、伊藤氏が挙げる巻十三の中の尻取式発想の長歌六例の中で、三三〇二番歌を人麻呂以前に置くことはむずかしく、少くともこの一首に先述の「通説」を適用することは出来ないと考えられる。この一例をもって他の五例に同じ考えを及ぼすことは危険かもしれない。しかし「通説」が万全とは言えないことにはなるであろう。ひいては、「宮廷歌謡の一様式」も同様ということになるであろう。この件、なお続ける。

四　「巻十三宮廷歌謡集」説検討（その二）

次に、巻十三における尻取式発想の長歌をさらにもう一首挙げ、成立年次に関わる検討を行ってみる。

隠《こも》りくの　泊瀬《はつせ》の川の　上つ瀬に　鵜を八つ潜《かづ》け　下つ瀬に　鵜を八つ潜け　上つ瀬の　鮎を食はしめ　下つ瀬の　鮎を食はしめ　麗《くは》し妹に　鮎を惜しみ　麗し妹に　鮎を惜しみ　投ぐる矢の　遠離《とほざか》り居て　思ふ空　安けなくに　嘆く空　安けなくに　衣こそば　それ破れぬれば　継ぎつつも　またも逢ふといへ　玉こそば　緒の絶えぬれば　くくりつつ　またも逢ふといへ　またも逢はぬものは　妻《つま》にしありけり
（巻十三・三三三〇）

この一首は、三首の無反歌長歌によって構成されている一組の組歌の第一首目に置かれている。この一組のような形態は万葉集中に他例の見えない特殊な形態なのだが、尻取式発想長歌に関わる検討を行っているので、冒頭の一首のみを取り上げることになる。(注9)

この長歌の古態の要素としては、先ず、反歌を伴わないという点を挙げることができる。第二点は、記紀歌謡との間に類想・類句関係が見出せることである。しばしば指摘されることだが、当該歌の冒頭部分は、

隠りくの　泊瀬の川の　上つ瀬に　斎杙《いくゐ》を打ち　下つ瀬に　真杙《まくゐ》を打ち　（記九〇）(注10)

とある古事記歌謡と類似している。さらに、この記歌謡は、右掲の句に引き続いて、

斎杙には　鏡を掛け　真杙には　真玉を掛け　真玉なす　吾が思ふ妹　鏡なす　吾が思ふ妻

とあり、尻取式発想の長歌になっている。尻取式発想という点においても、当該歌は記歌謡と同一であり、一応古態の要素の一つになっている（但し、この点をもって当該歌の成立が人麻呂以前と決定できるわけではない。念のため記しておく）。第三点として、末尾の型式が、五（くくりつつ）・八（またもあふといへ）・九（またもあはぬものは）・八（つまにしありけり）という、五・七・七とは異なる整わない形になっている（但し、不整音句については、この段階では不問とする）。以上が、当該歌における古態を示している諸点である。

次に、不整音句はどうであろうか。当該歌全三十句中の不整音句は、六音（くはしいもに）・六音（あゆををしみ）・六音（くはしいもに）・六音（あゆををしみ）・六音（やすけなくに）・六音（やすけなくに）・八音（またもあふといへ）・八音（またもあふといへ）・九音（またもあはぬものは）・八音（つまにしありけり）という十句であり、不整音句率は三三・三パーセントと、高率と思われる数字を示している。但し、句中に母音を含んでいる句が五句ある。「くはしいもに」と「またもあふといへ」が各二句、「つまにしありけり」が一句と、合計五句ある。これを不整音句から除くと、不整音句数は五句となり、不整音句率は一六・七パーセントとなる。この数字は万葉集第一期の平均不整

音句率は一八パーセントなので、ほぼ万葉集第一期と同じとなる。従って、記紀歌謡にまで遡るような古態を示すものではない。以上の他に、「麗し妹に　鮎を惜しみ」と同形の句が繰り返されている。単純な繰り返しであり、古態というわけではないが、歌謡的ではある。

一方、当該歌における新しさはいかがであろうか。「投ぐるさの」という枕詞が使われている。この枕詞は万葉集中の孤立例であるが、それはともかく、「遠ざかり居て」という用言を被枕詞としている。この被枕詞は、既述の「(縄のりの)引けば絶ゆ」と同じく、用言であること及び、「表現主体にとって悲しむべき状態を表わす語」(注8参照)であること、という点において、人麻呂以後の句であると考えられる。

他に、「思ふ空　安けなくに　嘆く空　安けなくに」という対句がある。この句は万葉集に多少の数が見られる。

(1)思ふ空　安けなくに　嘆く空　苦しきものを　(巻四・五三四　安貴王)
(2)思ふ空　安けなくに　嘆く空　安けなくに　(巻八・一五二〇　山上憶良)
(3)思ふ空　安けなくに　嘆く空　安けなくに　(巻十三・三三九九)
(4)嘆く空　安けなくに　思ふ空　苦しきものを　(巻十七・三九六九　大伴家持)
(5)嘆く空　安けなくに　思ふ空　苦しきものを　(巻十九・四一六九　大伴家持)
(6)思ふ空　安くもあらず　恋ふる空　苦しきものを　(巻二十・四四〇八　大伴家持)

右の分布を見ると、巻十三例の(3)と当該例を一応除外すれば、養老年間かと推定される(1)を初出として、他は(2)の天平元年以降となっている。万葉集第三期以後の新しい表現という分布になっている。巻十三例をこの分布のどこに置くべきかという点についての決め手となる確実な証は見出せないが、人麻呂以前とは言えそうにない句であるように思われる。

当該歌の成立時期について述べた拙稿（注9拙稿）においては、当該歌には記紀歌謡的な古さが目立つが、それを成立時期に関わらせることは控えておいた。しかし、次のように記しておいた。

「またも逢はぬものは　妻にしありけり」という結句には、先立った妻に再び相まみえることがかなわぬという痛切な認識が読み取れる。このような、時間というものの不可逆性についての強い認識は、歌謡（特に記紀歌謡）レベルのものではないように思われる。人麻呂（人麻呂作歌最初期の近江荒都歌に見られる）以後の認識・発想であろう。

この考えは現在も変らない。人麻呂の近江荒都歌の第二反歌

ささなみの志賀の大わだ淀むとも昔の人にまたも会はめやも　（巻一・三一）

に集約される、過ぎ去った時間というものは戻り得ない絶対的なものなのだという認識は人麻呂の発見にかかるということは言われているごとくであろう。

当該歌においては、

衣こそば　それ破れぬれば　継ぎつつも　またも逢ふといへ

と、破衣は縫い合わすことが可能であり、

玉こそば　緒の絶えぬれば　くくりつつ　またも逢ふといへ

と、切れた玉の緒も括ることによって再結合は可能であるという、死別とは対極にある例を対句仕立てで提示することによって、死別した妻との再会の不可能なことを強調している。対句仕立てにしたのは、再現可能なことが種々存するということを強調するためであろう。この例は死という現象の過酷さに比べていささか安易な喩えのようにも感じられるが、再現可能なことが多々ある中で唯一再現不可能な死という現象の厳しさと、時間の不可逆性はしっかりと認識されている。それが結句である。この認識を人麻呂以前に置くことはむずかしいと思われる。

以上のように、巻十三中の尻取式発想の長歌の一首である三三三〇番歌の成立時期について検討してきた。この歌の場合も、既に検討した三三〇二番歌と同じように、人麻呂以前に成立を置くことはかなり困難であるように思われ、伊藤氏の挙げる巻十三の七例からさらにもう一例を除外すべきであろうという結果になった。この例においても「通説」は適用困難ということである。ということになれば、「宮廷歌謡の一様式」の存在そのことの絶対性への疑問にもつながっている。その点については、次に述べることになる。

五　巻十三宮廷歌の世界及び巻十三の世界

ここまで述べてきたことは、「二　「巻十三宮廷歌謡集」説」において記したように、伊藤博氏の「宮廷歌謡の一様式」は認められるという仮定を設定した上で、巻十三の、「一様式」を

記紀歌謡―巻十三―天武―人麻呂―赤人・千年

という伊藤氏の考える位置に置けるか否かについての検討であった。その結果は、巻十三における「宮廷歌謡の一様式」である尻取式発想の長歌七首のうち、二首については、人麻呂以後に位置付けるのが妥当であるということになった。そのような結果を踏まえると、少くとも次の二点を指摘することができるであろう。

第一点は、巻十三の尻取式発想の長歌の位置を右のように考えると、その発想は既に成立していた（という仮定の下での）「宮廷歌謡の一様式」を用いているのか、人麻呂の発想を模したものなのか、あるいは民謡の発想に基づいているものなのか、または他の理由によるのか、そのいずれかの特定化は困難になる。従って、「宮廷歌謡の一様式」そのものへの疑問にもつながっていく。

第二点は、本稿において検討し、人麻呂の後の成立と考えたものは、伊藤氏の挙げる七例中の二例である。七例中の僅か二例なのだから「宮廷歌謡の一様式」の存在自体は揺がないという見方も可能

ではあろうが、その「一様式」は絶対ではなくなる。

右に指摘した二点は、いずれも、長歌における尻取式の発想、特に巻十三におけるその発想の長歌は「宮廷歌謡の一様式」によって作られているということに対する疑問に結び付く。この疑問はさらに、巻十三が宮廷歌謡集、またはそれを基にした歌巻であるということに対する疑問にも至ることになる。

このような考えにまで至ると、巻十三には宮廷歌謡（本稿の「一　「宮廷歌」とは何か」で述べた「宮廷歌」でもある）は存在するのか、存在するとしたらどの程度に存在するのかという問いにも到達することになる。この問いに関わる諸点に言及している論は既にある程度の数を数えることができる。

例えば、吉井巖氏は、天武天皇の二五番歌と、類歌関係にある巻十三・三二六〇番歌、三二九三番歌との検討を通して、また、記九〇番と三二六三番歌との比較を通して、巻十三宮廷歌謡集に対する疑義を提出している。(注11)

また、曽倉岑氏は、巻十三内の宮廷歌としてはほぼ確実な歌と見なされていた某皇子挽歌（巻十三・三三二四、三三二五）について詳細な内部分析を行って、人麻呂以後の「後代の人が、人麻呂の作に倣ってもしくは模して作った」と結論付け、次いで第二挽歌（巻一三・三三二六）についても同様の結論に達している。(注12)曽倉氏は別に、「幣帛《みてぐら》を　奈良より出でて」で始まる、奈良朝における飛鳥での儀礼歌という考え方が大勢である一首（巻十三・三二三〇）について、「旅先にあって、旅そのものを歌う、儀礼歌とは異なる旅行（主題）歌」としている。(注13)確かに、この歌の終末部「吉野へと　入ります見れば古へ思ほゆ」の「見れば」という句に注目すれば、吉野入りの一行を第三者として見ている傍観者の立場での詠み口から見ても、儀礼歌としてはしっくりこない。

その他、印象批評的な評言や、短文によるものなどを含めれば、巻十三所収歌中の「宮廷歌謡」批判・否定の論は多々存する。私も、その中に含め得る文を記したことがあり、そこでは、伊藤説に対する疑義を提出した。(注14)その後も直接、間接的に伊藤説批判は行ってきた。(注15)

以上のように述べてきたような、巻十三における「宮廷歌謡」に関する状況を総合すれば、伊藤氏の主張する、巻十三宮廷歌謡集（あるいは宮廷歌謡集を台本とする巻）説にとって、巻十三中の「宮廷歌謡(注16)」の数は、伊藤氏が想定するよりはかなり減少せざるを得なくなってくる。とすると、巻十三がいかに宮廷歌謡集を土台として「ふくれあがった」歌巻であるという想定を行っても、「土台」が貧弱すぎることになろう。ひいては、巻十三の土台に限らず、「宮廷歌謡集」そのものに対する否定にもつながっていかざるを得ない。このように考えることは、論議の方向としては正当であろうと考える。

では、巻十三の在り方に関する伊藤博説を否定した場合、巻十三における宮廷歌謡（を含む、私見による「宮廷歌」）の様相については、どのような見通しが可能になるのか。先ず言えることは、確実に宮廷歌と断定可能な歌を巻十三の中から採り出すことはむずかしいということである。言うまでもないことだが、巻十三が作者未詳歌巻であるということが大きく（マイナスに）働いている。従って、歌そのものの内部微証に全判断を委ねざるを得ないのだが、古態がいくら見出されても古さの確証にはならないのと同様に、宮廷歌らしい要素がたとえ色濃く見られても確定に至らせるわけにはいかない。改変の手が巻全体に渉って著しいからである。また、部分的に宮廷歌の存在が確認されたとしても、巻十三における宮廷歌の全体像を把握できることにはならない。宮廷歌という枠を取り敢えず取り外して、巻十三研究の現状は、と言うよりは、少くとも私の段階では、巻十三所収歌の万葉集に収められている形での在り方や通説を批判的に捉えようとする方向に未だ留っている。その場合、批判・否定が最終的な狙いでは、もちろん無い。批判・否定した後に見えてくること、肯定的に総合できることは何かを見出そうとすることが目的である。

その点において、上野誠氏の最近の論(注17)は興味深い。上野氏は、巻十三の皇子挽歌の第一長歌を人麻呂以後の某人作と結論付けた曽倉岑氏の説(注12論文)を認めた上で、作品中の皇子は藤原の都で没したことになっているという点に着目し、この作は「古い時代に作られたように装われた作品」(傍点、上野氏)とし、「擬古の文芸」と規定した。そしてそこに「懐古の志向」を読み取った。巻十三の作の中に懐旧の情を見出す論が従来なかったわけではないが、「擬古の文芸」という捉え方は巻十三論に新しい展開の可能性をもたらしたと思われる。

ここで再び、批判・否定の後に巻十三に見えてくるものという点における私見に戻れば、巻十三所収歌の最終的な成立を万葉後期に置き、万葉後期の文学的営為として捉えたいと考えてきたし、現在も同じである。万葉後期の文学的営為について多少具体的に言えば、人麻呂の築き上げた和歌世界以後の文学はいかにあるべきかということについての新しい方向性への模索として捉えようとしている(注6拙著等)。

夙に、太田善麿氏は、巻十三の編纂者に家持を想定した上で、巻十三には、「今後の歌の生き方は、端正な短歌形態以外にあり得ぬかどうか、長歌は憶良や虫麿の作るような、常人の手の届かぬものになってしまったのかどうかをたしかめる作用」を見出そうとしている。(注18)この太田氏の論は鋭い。ただ、所収歌そのものを憶良・虫麻呂以後に置くことについては、確信を持てないでいる。家持一人には限定できない、人麻呂以後の複数の無名歌による、右述のような文学的営為を私は考えている。このように考える方が、宮廷歌謡集という枠の中に巻十三を封じ込めるよりは、巻十三の世界、ひいては万葉集の世界は、より広く豊かな文学世界として見ることができよう。

なお、巻十三宮廷歌謡集論に多少戻す付言をしておく。曽て私は、巻十三の記紀歌謡との間に類歌関係にある一組(巻十三・三三二、三三三)が、雑歌部ではなく相聞部に収められている点を通して、巻十三には宮廷歌謡集とは別次元の意識が働いていると指摘したことがある(注14拙稿)。現在の私見も同じである。そして、これは、万葉後期の文学的営為という私見の範囲内にある。

叙上、巻十三の無名歌人による宮廷歌の様相はどのようなものかという設問に対しては直接的には応じることができなかった。原因は、巻十三内に宮廷歌の存在を確認することが困難であるという点に帰着する。ただ、敢えて一言で応じれば、宮廷歌の存在が認定されたとしても、元宮廷歌であって、その宮廷歌とは別の方向に向かっているということになろう。そして、巻十三研究は、宮廷歌の掘り起こしも含めて、所収歌の実態究明が今後も依然として必要不可欠であると考える。

追記

一、本稿は、「巻十三は『宮廷歌謡集』か」という題目で、万葉七曜会研究発表例会（平成一六年一〇月二九日　於学士会館本館）において口頭発表した内容を骨子として本書用に付加・構成し直したものである。

席上、曽倉岑氏から、伊藤論文に対する次のような批判の発言があった。

(1)伊藤氏が挙げる、記紀歌謡における尻取式発想の五例の中で宮廷儀礼歌は一例のみであり、他はその転用（伊藤氏判断）であるので、尻取式発想が「宮廷歌謡の一様式」として定着していたとは言い難い。と同時に、あるいはそれ以上に、古代歌謡の一様式として見るべきである。

(2)伊藤氏の用いている「宮廷歌謡」の概念に問題がある。「宮廷のいろいろな集まりにおいて折につけてうたうための歌」（伊藤氏の本稿注3論文、本稿も引用――遠藤注）では曖昧で範囲が広過ぎ、ほとんどの歌が入ってしまう。その一方で、宮廷儀礼に関わる歌はほとんどが認められない。

いずれも、伊藤氏の立論の根幹に関わる重大な発言と考えられるので、ここに記し留めておく。

二、伊藤氏の、「巻十三宮廷歌謡集」論は、巻十四をも取り込んで、氏の万葉集全二十巻の組成論、編纂論を構成する重要な一部になっていることは言うまでもない。「巻十三宮廷歌謡集」論が否定されるとなると、氏の万葉集組成論、編纂論にも大きな影響が及ばざるを得ないであろう。念のために記しておく。

注1　掲げる順は、国歌大観による歌番号順とする。また、作者名は記されているが作者に関する異伝が記されていて結果的には作者を確定できない場合、また、作者に異論があって単一の作者についての確論が現在の段階で存在しない、というようなケースの場合は掲げなかった。本稿の判定に対しては異論もあろうかとは思うが、一応の目安として掲げた。なお、「宮廷歌」の概念については曖昧にしてある。概念規定については後述する。

2　巻十四の巻頭五首（巻十四・三三四八〜三三五二）を宮廷管理の歌という意味での宮廷歌謡とする説もあったが、本稿では採り上げない。

3　伊藤博氏には、後にも詳しく採り上げるが、左に掲げる巻十三論がある。

(A)「宮廷歌謡の一型式」（「国語国文」第二九巻三号　昭和三五年三月）

この論文は補筆改訂が施されて、同氏著『万葉集の構造と成立上』（昭和四九年九月刊　塙書房）に

(B)宮廷歌謡の一様式―巻十三の論―

のタイトルで収められた。この(B)には、

歌（天武天皇二五番歌―遠藤注）は壬申の乱を回顧する宮廷の公宴（略）でうたわれたものと思われ、その本質は宮廷歌なのであるから（以下略）

と、「宮廷歌」の語が用いられている。しかし、右の引用部分は(A)と比べると字句が多少改められて

おり、「宮廷歌」の前後の個所は「その本質は宮廷歌謡なのであるから」となっている。「宮廷歌」という用語は(B)においてはこの個所のみに用いられているので、あるいは「宮廷歌謡」の誤植ではないかとも疑われるが、誤植でないとすれば、(B)の「宮廷歌」は「宮廷歌謡」を含み「宮廷作歌」まで概念を拡大させて用いているのかもしれないとの推測も可能である。伊藤氏は現存巻十三の状態に関して、次のように述べている。「雑歌」は、讃歌、唱歌、宮廷人の公的な旅における長久祈願の歌であり、「相聞」「問答」「譬喩歌」は宮廷社会で詠まれたもの、「挽歌」は、大和の挽歌と行路関係の挽歌である、と。右によれば、「雑歌」の内容（実際の巻十三歌がそのように認め得るか否かは別として）は、「宮廷歌謡」として了解できる。しかし、以後の「宮廷社会で詠まれたもの」は、私的な場を含むのか否か不明だし、挽歌の部についても同様である。ただ、場も歌の型式も「公」であることが必須であることは繰り返し述べられているので、私的な要素は排除していると思われ、それはそれで当然であり妥当であろう。だが、実際の歌の認定についてはよくわからないところがある。「宮廷歌謡」についての伊藤氏の概念は明確ではない。そうなると、伊藤氏の用いている「宮廷歌」というタームも、同様に、あまり明確ではない（なお、本稿の「後記」も参照されたい）。

4　平成八年五月刊　おうふう発行。

5　本稿において検討、引用する伊藤氏の巻十三論は、注3に示した(B)に依る。

6　本稿において示す巻十三所収歌における古態・新態についての私見は、「万葉集巻十三長歌考―万葉後期の成立と思われるものについて―」（『論集上代文学』第六冊　昭和五一年三月刊　笠間書院。後に拙著『古代和歌の基層―万葉集作者未詳歌論序説―』〈平成三年一月刊　笠間書院〉に収載）において述べた基準を基にしている。念のため、そこで示した、長歌の古態の一応の基準を記しておく。A反歌を伴わないこと。B末尾型式の不整。C不整音句の著しさ。D句数の少ない、所謂小長歌であること。E記紀歌謡との間に、類歌関係があること、または、類句を持ち或いは発想を等しくすること。

7　土橋寛著『古代歌謡論』（昭和三五年一一月刊　三一書房）

8　稲岡耕二氏「転換期の歌人、人麻呂—枕詞・被枕詞の展相—」（日本文学協会「日本文学」第二九巻六号　昭和五二年六月）。後に同氏著『万葉集の作品と方法—口誦から記載へ—』（昭和六〇年二月刊岩波書店）に収載。

9　当該歌については、拙稿「万葉集巻十三あれこれ」（「上代文学」九一号　平成一五年一一月）に多少述べてある。重複するところもあるので、その点はお許しいただきたい。

10　歌謡番号は、土橋寛著『日本古典文学大系古代歌謡集』（昭和三二年七月刊　岩波書店）に付す歌謡番号に依る。

11　吉井巌氏「巻十三長歌と反歌」（『万葉集を学ぶ』第六集　昭和五三年六月　有斐閣）。天武御製歌と第十三の類似歌との関係に関しては多様な説が提出され、伊藤氏の依拠する沢瀉説（『万葉集注釈』）が絶対ではないこと、明白である。この問題については本稿では採り上げないことにする。

12　曽倉岑氏「巻十三皇子挽歌と人麻呂—第一挽歌の長歌について—」（『万葉集研究』第一九集　平成四年一一月刊　塙書房）及び「巻十三皇子挽歌と人麻呂—第二挽歌について—」（『論集上代文学』第二四冊　平成一三年六月刊　笠間書院）

13　曽倉岑氏「万葉集巻十三『幣帛を』の歌」（「青山語文」第三三号　平成一五年三月）。なお曽倉氏は同論文において、「幣帛を」の歌（三三三〇）と同じく、旅の途中の地における作である巻十三内の三首（三三三六、三三三七、三三四〇）についても同じ結論を示している。これらは、伊藤氏によれば、旅の長久祈願の宮廷歌謡に属する。曽倉説が妥当と考える。

14　拙稿「巻十三雑歌の性格」（『万葉集を学ぶ』第六集　昭和五三年六月　有斐閣）。後に、注6拙著に収載。この論考においては、三二二一番歌、三二三六番歌、三三一二、三三一三番歌を採り上げた。

15　注6拙著及び以後の拙稿、例えば、「万葉集巻十三・三二二五番歌考―呪歌説批判、成立時期など―」（『論集上代文学』第二三冊　平成一一年一〇月刊　笠間書院）など。なお、本稿においては採り上げなかったが、三野王挽歌（巻十三・三三二七、三三二八）も、王の挽歌という点において十分に「宮廷歌謡」として見做し得るごとくだが、結論は否である。これについては別稿に譲りたい。

16　繰り返し記すが、伊藤氏の「宮廷歌謡」に関する概念は、注3にも触れたように、あまり明確ではない。

17　上野誠氏「万葉史における巻第十三―擬古の文芸として位置づける―」（美夫君志会編『万葉史を問う』平成一一年一二月刊　新典社）

18　太田善麿氏「万葉集巻第十三の含む機制」（「史学文学」第二巻四号　昭和三四年一二月）。後に、同氏著『古代日本文学思潮論（Ⅳ）』（昭和四一年五月刊　桜楓社）に収載。

＊本稿で使用した万葉集は、佐竹・木下・小島著『万葉集　訳文篇』〈塙書房〉に基づくが、遠藤の判断で多少手を加えた個所もある。

古代地方豪族の漢字文化受容と文学

佐藤　信

はじめに

筆者はかつて、古代の日本列島における漢字文化受容の様相について、新しくみつかった木簡などの出土文字資料を通して、とくに七世紀の地方豪族による積極的な漢字文化や儒教・仏教の受容のあり方の具体像を概観した。(注1)そこでは、地方豪族自身が、あるいは独自にあるいは中央の王権との交流の中で積極的に漢字文化を受容していた様相を確認するとともに、漢字文化や儒教的教養を受容したこうした各地の地方豪族の存在とその協力があってこそ、中央・地方間にわたる中央集権的な律令国家組織が短期間に形成されたことを指摘した。本稿では、出土文字資料のみでなく『万葉集』『日本霊異記』などの文学史料をも合わせ考えて、古代地方豪族による漢字文化受容というテーマについて検証してみたい。

一　上野三碑と『万葉集』にみる漢字文化受容

1　上野三碑

群馬県の高崎市から多野郡吉井町にかけて近接して残る古代金石文の「上野三碑《こうずけさんぴ》」は、年代順に山上碑《やまのうえひ》（六八一年）・多胡碑《たごひ》（七一一年）・金井沢碑《かないざわひ》（七二六年）の三碑である。(注2)これらは、古代日本の律令国家の確立過程における石文《いしぶみ》として貴重であるが、この時期の地方豪族・地方社会による漢字文化や仏教・儒教の受容の実態を示す格好の史料として位置づけられよう。(注3)そして、上野三碑にみられる歴史的・文化的背景の上に、この地に関係した『万葉集』の和歌なども理解するべきであろう。まず、上野三碑をみておこう。

山上碑は、高崎市山名町に所在し、輝石安山岩の自然石の一面に平滑加工を施した上に、文字を刻んだ石文である。(注4)

辛巳歳集月三日記
佐野三家定賜健守命孫黒賣刀自此
新川臣児斯多〻弥足尼孫大児臣娶生児
長利僧母為記定文也　放光寺僧

「辛巳歳」（六八一年、天武十年）の「集月（十月）三日」に「記」すという第一行からはじまり、続く三行で、佐野三家《さののみやけ》を（と）定め賜いし健守命の孫黒賣刀自が、新川臣の児斯多々禰足尼の孫である大児臣と娶《みあ》いて生まれた児の長利僧が、母の黒賣刀自のために記定した文であるという内容で、建碑者の長利僧のことを末尾に「放光寺僧」と記している。放光寺は、前橋市総社町にある山王廃寺《さんのうはいじ》をさすことが、出土した文字瓦の銘「放光寺」から知られており、上野国における有力な白鳳寺院であった。[注5] 長元三年（一〇三〇）『上野国交替実録帳《こうずけのくにこうたいじつろくちょう》』にも定額寺《じょうがくじ》の「放光寺」がみえ、この頃にも、荒廃しつつも法灯は続いていたことが知られる。また、山上碑とすぐ東に隣接する小円墳の山ノ上古墳とを一対のものととらえ、山ノ上古墳の横穴式石室に葬られた被葬者を長利僧の母黒賣刀自と推測し、山上碑を墓碑とみる説もあるが、それに対して碑と古墳との間に時間差を認める説もある。碑と古墳とが厳密に一対となるかはともかく、碑が同じ丘陵に位置する古墳群（群集墳）と同じ歴史的背景のもとに営まれたことは認めてよいであろう。

銘文で注意したいのは、第一行の「辛巳歳集月三日記」という八字が表題的記載であるということと、第二行が母と母系の系譜の記載、第三行が父と父系の系譜の記載となっており、第四行が建碑者長利僧の自己主張文であるという文章の規格的な構成である。母系の系譜を重視するところが、律令にみられる父系主義とは異なり、地方社会の実像を反映しているものと思われる。この銘文が、放光寺の長利僧が母のために作った「記定文」であるということ、その際「佐野三家」管掌者の子孫であるという系譜を強調するところに、内容の特徴が認められる。

多胡碑（七一一年）は、群馬県多野郡吉井町に所在し、牛臥砂岩を加工して断面四角形の方柱状にした碑身の前面を平滑に整えて碑文を刻み、上に寄棟状の笠石をかぶせた碑である。(注6)

弁官苻上野國片岡郡緑野郡甘
良郡并三郡内三百戸郡成給羊
成多胡郡和銅四年三月九日甲寅
宣左中弁正五位下多治比真人
太政官二品穂積親王左太臣正二
位石上尊右太臣正二位藤原尊

「弁官符上野国」とはじめる銘文は、上野国の片岡郡・緑野《みどの》郡・甘良《かんら》郡の三郡内から三百戸を割いて、新たに多胡郡を建郡したことを明示する内容であり、多胡碑は「建郡碑」としての性格をもっている。『続日本紀』の和銅四年（七一一）三月辛亥条には

割二上野国甘良郡織裳・韓級・矢田・大家、緑野郡武美、片岡郡山等六郷一、別二置多胡郡一。

という記事がみえ、多胡碑の碑文と内容が一致している。第二行の「郡成」に続く「給羊」の「羊」

を人名と解釈するかどうかをめぐって置き字・吉祥句とみるなどの諸説があるが、渡来系の人名には姓のない例もみられる。ここでは、太政官のもとで発行された和銅四年（七一一）三月九日宣の「弁官符」の公文書を略記するという全体の形式と、太政官の知太政官事穂積親王・左大臣石上・右大臣藤原不比等たち、中央政府の高官の名を挙げてその権威により建郡を正統化していることに注目したい。その際、地方社会からのまなざしで、知太政官事穂積親王は「親王」ミコ、大臣たちは「尊」ミコトの尊称で呼んでいる。

多胡碑（七一一年）の銘文の特徴としては、中央からの紙の公文書「弁官符」による建郡の決定通知が来たことを記していることが挙げられよう。「弁官符」は、当然建郡を申請した側の上野国司充てであったはずであり、その文面を国司から在地の建郡者が伝えられて、はじめて多胡碑の建碑が実現したものと思われる。国司の守《かみ》は平群《へぐり》朝臣安麻呂と推定されるが[注7]、彼はこの後にも霊亀元年（七一五）七月に尾張守として渡来人と結びついた美濃国席田郡の建郡に関与していることは注目される（『続日本紀』同月丙午条）。建郡は、在地の勢力のみでなく、中央政府や直接には派遣された国司とのつながりを介して、はじめて現実化したということができる。そして逆にみれば、そうした中央政府・国司と結びついた関係を誇示することが、石文の機能でもあったということになろう。

金井沢碑（七二六年）は、群馬県高崎市山名町字金井沢の谷筋の南斜面に立つ石文で、輝石安山岩の自然石の平坦な前面に加工を施して九行の銘文を刻んでいる[注8]。

上野國羣馬郡下賛郷高田里
三家子□為七世父母現在父母
現在侍家刀自□□〔他田カ〕君目□〔頬カ〕刀自又兒□〔加カ〕
那刀自孫物部君午足次䭾刀自次□〔若カ〕䭾
刀自合六口又知識所結人三家毛人
次知万呂鍛師礒マ君身麻呂合三口
如是知識結而天地誓願仕奉
石文
　　神亀三年丙寅二月廿九日

碑文の内容は、上野国群馬郡下賛郷高田里の「三家子□」が中心となって、「七世父母現在父母」のために、「家刀自」ら六名そして知識を結んだ「三家毛人」ら三名とともに、天地に誓願して「仕奉」する「石文」であるというもので、最後の第九行に年紀「神亀三年（七二六）丙寅二月廿九日」を記している。二行目冒頭の「三家子□（孫）」ないし三行目冒頭の「現在侍家刀自他田君目頬刀自」以下に並ぶ人名の、「合六口」という願主集団の名のとらえ方とその系譜についてこれまで諸説があったが、ここでは勝浦令子氏の「三家子□（孫）」を人名とみる説に従いたい。(注9) そこで注目されるのは、建碑発願の中心人物である「三家子□（孫）」の三家氏は、地理的に近い山上碑にみえる「佐野三家」のミヤケ管掌に関わる氏族とみられること、彼らが「七世父母」などのために「知識」を結うといった仏教信仰と深い結びつきをもって存在していたこと、そしてその仏教を紐帯として族的結合を図り、それを在地社会に公示する機能を「石文」に求めたことである。

このように山上碑・多胡碑・金井沢碑からなる上野三碑は、日本三古碑として数えられる多胡碑以外の那須国造碑《なすこくぞうひ》（栃木県那須郡湯津上村）・多賀城碑《たがじょうひ》（宮城県多賀城市）とともに、古代史の有力史料となる石文が、古代における「未開拓」「辺境」の地ともいわれる東国や東北によく残されていることを示している。このことは、東国と倭王権・律令国家との関係や東国における文字文化の展開とつながって、東国の動向から古代史を逆に照射し、日本古代国家の歴史を再構成する上で、古代東国の石文が果たす史料的役割の小さくないことを示しているのではないだろうか。

2　ミヤケと万葉歌

上野三碑の建碑の背景には、ミヤケ（屯倉・三家）との関わりがあった。東国において倭の大王権力の直轄領的性格をもつ経営体としてのミヤケが設置された事情は、『日本書紀』安閑天皇元年（五三四）閏十二月是月条にみられる「武蔵国造の反乱」の伝承にうかがうことができる。（注10）武蔵国造の職位をめぐる武蔵の在地豪族笠原直氏の内部対立にからんで、その一方と結んだ倭の大王権力が上毛野《かみつけぬの》君《きみ》氏と結んだ他方の勢力を倒し、抗争鎮定後に武蔵南部に四処の屯倉が設置されることになり、さらに翌年五月甲寅条には「置二（略）上毛野国緑野屯倉（略）一」と、東国豪族の雄であった上毛野君氏の本拠地付近に大王権力側がくさびを打ち込むかのように緑野屯倉を設定したというのである。この緑野屯倉が、のちに上野国緑野郡となっていった。この伝承は、安閑天皇の時代にかけることや、争乱の詳細について『日本書紀』の記述をそのまま信ずるわけにはいかないが、東国に進出する倭の大王権力が、大規模な古墳文化の存在に示されるように東国で絶大な勢力を誇った毛野の勢力と、その影響下にあった武蔵の勢力を圧倒していく過程がミヤケの設置と重なるという基本的な動向については、認めてもよいと考える。甘粕健氏によれば、屯倉の設置によって王権による先進的生産技術体系の在地への扶植が行われ、その結果生産力の向上がもたらされ社会的発展・階層分解が進んで群集墳の盛行となっていった。そして、こうした変化は単に生産のみではなく、広く文化にも関わる動向であった[注11]とみるべきであろう。

山上碑（六八一年）では、「佐野三家」の設定とそれに関わった「健守命」以下黒賣刀自・長利僧へと続く系譜が強調されている。「佐野」は、金井沢碑にみえる上野国群馬郡「下賛郷」の郷名と一致し、現在の高崎市上・下佐野（山上碑・金井沢碑両碑からは烏川の対岸にあたる）より広範囲の地名といわれる。尾崎喜左雄氏によれば、現高崎市上・下佐野、倉賀野、根小屋、山名、藤岡市中、森あたりの地ということになる[注12]。

『万葉集』巻十四には、この佐野の地を詠み込んで三四二〇番の

可美都気努《かみつけの》　佐野乃布奈波之《さののふなはし》　登里波奈之《とりはなし》　於也波左久礼騰《おやはさくれど》　和波左可流賀倍《わはさかるがへ》

また三四一八番の

可美都気努《かみつけの》　佐野田能奈倍能《さのだのなへの》　武良奈倍尓《むらなへに》　許登波佐太米都《ことはさだめつ》　伊麻波伊可尓世母《いまはいかにせも》

といった歌を伝えている。前者によれば、佐野の地は船橋が架かる河川渡河点のある交通の要衝でもあり、「佐野田」と称される田の苗を取り上げる後者によれば、農業生産の要地としての佐野が知られるのである。これらの歌も、佐野の地に「佐野三家」が設定されたことと深く関わっていると思われる。こうしたミヤケが置かれた地域という歴史的背景の上に立ち、漢字文化がこの地の地方豪族たちに受容されたこちによって、はじめて山上碑がこの地に営まれたり万葉歌が詠まれたりするようになったことを理解できるのではないだろうか。

　また金井沢碑（七二六年）も、人名のはじめの「三家子□（孫）」を人名ととらえる説をとれば、この石文の願主が「下賛（佐野）郷」にあった三家姓の在地豪族であったということになり、金井沢碑も「佐野三家」に関連して営まれたということになる。たとえ「三家子□（孫）」を「三家の子孫」と読む説を採るとしても、知識名の「三家毛人」と合わせて、ミヤケとここの三家氏は、渡来系の三宅［三家］連・三宅史・三宅吉士・三宅人との関係を指摘することも可能であろうが、ミヤケを管掌した在地豪族が「三家」をウヂ名として称するようになったということが充分推測し得る。このように官司（職）名がウヂ名化する例は、「因レ官命レ氏」という形でよくみられることである。(注13)倭の王権とミヤケ管掌者としての東国豪族とのつながりという面から、金井沢碑の三家氏の存在と、その由緒を明示するための石文の機能とをとらえられるのではないだろうか。このことは、東国に「伴造的国造」が多く分布し、のちの防人や鎮兵の負担に通じるような倭の王権の軍事的基礎として東国の豪族たちがあったという歴史的関係の中でとらえられることであろう。(注14)

多胡郡に関係する万葉歌としては、巻位十四の三四〇三番・三四一一番の二種がある。

安我古非波《あがこひは》　麻左香毛可奈思《まさかもかなし》　久佐麻久良《くさまくら》　多胡能伊利野乃《たごのいりのの》　於久母可奈思母《おくもかなしも》

多胡能祢尓《たごのねに》　与西都奈波倍弖《よせつなはへて》　与須礼騰毛《よすれども》　阿尓久夜斯豆之《あにくやしづし》　曽能可抱与吉尓《そのかほよきに》

いずれも、「多胡の入野」や「多胡の嶺」を読み込んだ相聞の歌であり、多胡郡の地形・地理を見ながら生活する人々の手になる和歌とみることができよう。

ところで、『万葉集』の和歌に詠まれた上野国の地名を郡別に調べてみると、次のようになる。(注15)

碓氷郡　巻十四・三四〇二、巻二十・四四〇七
片岡郡　巻十四・三四〇六、三四一八、三四七三
甘楽郡　巻十四・三五六〇
多胡郡　巻十四・三四〇三、三四一一

緑野郡　巻十四・三四〇五
那波郡　巻二十・四四〇五左注
群馬郡　なし
吾妻郡　なし
利根郡　なし
勢多郡　なし
佐位郡　なし
新田郡　巻十四・三四〇八
山田郡　なし
邑楽郡　なし

これによっても、多胡郡とそれを囲んで多胡郡の母体となった片岡・緑野・甘楽の三郡とを合わせた諸郡が、上野国における万葉歌の文学的母体となっていることが指摘できるのではないだろうか。

3　コホリ（評・郡）と郡司（評司）氏族

上野三碑建碑の背景には、郡司（評司）氏族の存在も指摘できるであろう。

まず、古代東国における建評の様相を伝える、『常陸国風土記』の記事をみよう。「常陸国司　解　申古老相伝旧聞事」とはじまる『常陸国風土記』は、和銅七年（七一四）に任じられた守の石川朝臣難波麿の筆録、養老三年（七一九）頃から常陸守・同按察使であった藤原宇合の編述といわれる。(注16)その記載の中に、七世紀半ばの孝徳天皇時代における建評（郡）の事情が記されており、当時の東国における在地首長をめぐる政治的・社会的状況がうかがえるのである。建評記事は、次のようなものである。

①孝徳天皇癸丑年（六五三）に、茨城《うばらき》国造小乙下の壬生連麿《みぶのむらじまろ》、那珂《なか》国造大建の壬生直夫子《みぶのあたいをのこ》らが、惣領高向《たかむこ》大夫・中臣幡織田《はとりだ》大夫等に請い、茨城の八里と那珂七里から七百戸を割いて別に郡家を置き、行方《なめかた》郡を建てた。（行方郡条）

②孝徳天皇己酉年（六四九）に、大乙上中臣□子・大乙下中臣部兎子《うのこ》らが、惣領高向大夫に請い、下総国海上《うなかみ》国造部内の軽野以南の一里と那賀《なか》国造部内の寒田以北の五里を割いて別に神郡を置き、香島《かしま》郡を建てた。（香島郡条）

③孝徳天皇癸丑年（六五三）に、多珂《たか》国造の石城直美夜部《いわきのあたえみやべ》、石城評造部志許赤《しこあか》らが、惣領高向大夫に申請し、所部遠隔往来不便を理由として、多珂・（陸奥国）石城二郡を分置した。（多珂郡条）

④孝徳天皇癸丑年（六五三）に、小山上物部河内・大乙下物部会津らが、惣領高向大夫らに請い、筑波・茨城郡の七百戸を分けて信太《しだ》郡を置いた。（信太郡条逸文）(注17)

これらの記事から、東国における建評の具体的事情がうかがえる。その大きな特徴は、中央からの使者である惣領との関係を軸としながら、階層分解が進みつつあった「伴造的国造」たち在地首長層の評司（郡司）化が、それぞれ在地における首長層の力関係を反映しながら進展していった様相であろう。『日本書紀』大化元年（六四五）八月庚子条の「東国国司詔」の中には、東国に派遣する使者（まだ常置ではない）の「国司」たちに対して

若有二求レ名之人一、元非二国造・伴造・県稲置一、而輙詐訴言、自二我祖時一、領二此官家一、治二是郡県一。汝等国司、不レ得三随レ詐便牒二於朝一。審得二実状一而後可レ申。

と命じている。これによれば、これまで「国造・伴造・県稲置」などではなかった在地の豪族たちまでが、地元の「官家」「郡県」を代々管掌してきたという由緒を「東国国司」に訴え、自らの在地支配権の確認・拡充を競ったという在地情勢を示している。従来の国造の数よりも評（郡）の数の方が多いという状況を考えれば、こうした在地豪族各層の評（郡）司競望の様子は理解しやすい。とくに東国における建評（建郡）は、ヤマト王権の軍事的基盤といしての東国(注18)に在地豪族たちの支配権を整理・統合しながら領域的支配を実現するという中央集権国家形成の上で重要な意味をもった。また「大化改新」の際の東国国司詔は、東国首長層の編成を図る上で重要な役割をもっており、(注19)この時代の東国における建評（建郡）と評（郡）司任命は、古代国家確立過程で重要な意味をもっていた。

古代東国の石文では、那須国造碑（七〇〇年）が、持統天皇時代の六八九年に那須直《なすのあたい》韋提《いて》が評督に任じられたことを強く主張しているように、評司の地位を獲得したことを表明・告示し、その継承

を図るという機能が石文に課せられていた。ミヤケを代々管掌してきたという由緒を主張する。

多胡碑の「建郡碑」としての性格についてはすでに述べたが、以上みてきたように、総領や国宰・国司といった中央派遣の地方官と在地豪族である建評（郡）者との関係が取り結ばれることが、建評（郡）の前提となっていた様子がうかがえる。そして建評（郡）者側としては、中央政府によって評（郡）司に任じられた事実や総領・国司との密接な結びつきを在地社会の中で公示することによって、自らの評（郡）内支配権の拡充を図ることが、建碑へとつながっていったのである。こうして、中央政府・律令国家や総領・国司と在地豪族とが結びついた建評（郡）が、古代東国の石文の歴史的背景ということができるであろう。

4　渡来人と地方社会

こうした古代東国における漢字文化のあり方は、東国における渡来人と渡来文化の様相を除いては考えられないであろう。

東国と渡来人・渡来文化の関係は、七世紀後半の東アジア国際関係における激動の影響を受けている。隋の滅亡後に充実した中央集権体制による大帝国を築いた唐が高句麗への侵攻を開始して後、新羅と結んだ唐の進出の前に、朝鮮半島周辺では、六六〇年に百済が滅亡し、六六八年には高句麗が滅亡するという大きな変動が起こった。さらにその後の朝鮮半島では、今度は唐と新羅が対立するに至った。それを受けて、王族・貴族や知識階層をふくむ大量の百済系・高句麗系そして新羅系などの人々が日本に渡来したが、その中の多くの人々が東国諸地域に安置せられることとなったのである。

『日本書紀』は、たとえば持統元年（六八七）三月丙戌条に

以二投化新羅十四人一、居二于下毛野国一。賦レ田受レ稟、使レ安二生業一。

などとあるように、渡来した人々の東国安置の様子を数々記している。大規模な例では、例えば武蔵国高麗《こま》郡の建郡を『続日本紀』霊亀二年（七一六）五月辛卯条が

以二駿河・甲斐・相模・上総・下総・常陸・下野七国高麗人千七百九十九人一、遷二于武蔵国一、置二高麗郡一焉。

とするように、多数の高句麗系渡来人集団が郡規模で居住したことが知られる。また甲斐国巨麻《こま》郡も、郡名から高句麗系渡来人によって構成された郡と考えられている。

また、武蔵国新羅郡（のち新座郡と改称）の建郡記事は、『続日本紀』天平宝字二年（七五八）八月癸亥条に

帰化新羅僧卅二人、尼二人、男十九人、女廿一人、移二武蔵国閑地一。於レ是、始置二新羅郡一焉。

とあり、新羅系渡来人集団による建郡が為されている。この場合新羅僧の存在が認められるように、大陸の文化的に高い知識を身につけた人々が東国の各地に配置されたことがうかがえる。そして、こうした渡来系の人々が七世紀後半の東国各地の地方豪族や人々に与えた文化的影響は、決して小さくなかったといえよう。

七一一年建碑の多胡碑の場合、多胡郡、同郡韓級《からしな》（辛科）郷、や甘良《かんら》郡などの地名に渡来人との関係を推測させる名がみえ、また『続日本紀』天平神護二年（七六六）五月壬戌条に「在二上野国一新羅人子午足等一百九十三人、賜二姓吉井連一」として吉井連を賜姓された新羅人たちがこの地に深くかかわっていたことからすると、やはり渡来人たちの存在を抜きにして多胡郡・多胡碑を語るわけにはいかない。(注20)

こうして、東国の古代石文が営まれた歴史的背景には、渡来人・渡来文化とのつながり、とくに渡来系の人々と在地豪族との結びつきが背景として存在していたのである。

5 仏教と地方豪族

古代東国の地方豪族たちによる仏教の受容も、漢字文化の受容と深く結びつくものであった。

山上碑は、「放光寺」の僧である長利僧によって営まれた石文である。放光寺は、上述したように、箆書《へらがき》文字瓦「放光寺」の出土から、前橋市総社町の山王廃寺であると考えられる。七世紀中葉〜第3四半期に創建された、この地域の有力寺院であり、長利僧もこの時代・地域においてそれなりの立場の僧侶であったといえよう。長利僧が母黒賣刀自のために建碑した山上碑と碑に隣接する山ノ上古墳との一体性については賛否両説がみられるが、たとえ碑が墓碑としての性格をもたなくとも、碑は仏教的な追善のために古墳群中に営まれたということになろう。

金井沢碑も、仏教と密接に結びついている。銘文中には仏教用語としての「知識《ちしき》」がみられる。これは東国地方社会における知識の例として、仏教の浸透と仏教を紐帯とした在地豪族の結合形態を示す格好の資料である。また、「七世父母」も仏教用語である。中国六朝の造像銘や朝鮮半島の造像銘などに造像目的の対象として多く記される文言であり、仏教の東アジア的広がりのもとで日本にも受容され、金石文の中でも観心寺《かんしんじ》阿弥陀仏造像銘・西琳寺《さいりんじ》阿弥陀仏造像銘・粟原寺《おうばらでら》鑪盤銘《ろばんめい》などに記されていることはよく知られている。[注21]さらに銘文には「誓願」などの語もあり、金井沢碑は、東国の在地豪族層における仏教の受容と展開を体現しているのである。

また那須国造碑の場合も、後継者である意斯麻呂《おしまろ》等が、亡くなった那須評督那須直韋提を偲んで建碑していることから、仏教的な追善の性格をも指摘できる。

東国における古代仏教文化の展開を考えると、その初期に造営された初期寺院として知られる上野国群馬郡の山王廃寺や下野国那須郡の浄法寺廃寺《じょうほうじはいじ》（栃木県那須郡小川町）の近くにおいて石文がそれぞれ営まれたことが知られる。山王廃寺は、上述したように七世紀中葉〜第3四半期創建の初期寺院で、有力な総社《そうじゃ》古墳群や後の上野国府に近接して営まれており、浄法寺廃寺は、百済系［新羅系］の創建瓦をもって七世紀中葉に創建され、終末期古墳や那須郡家跡と近接するという歴史的背景をもっていた。(注22) 今日に伝わる古代東国の石文が、仏教の広がりという文化的背景のもとで営まれたことを、改めて考慮するべきであろう。

6 系譜と地方豪族

上野三碑にみられる系譜記載と地方豪族たちの族的結合との関係をみよう。

山上碑や金井沢碑には、それぞれ系譜関係を記載した部分がみられる。その系譜記載は、やはり石文の銘文記載内容を構成する重要な要素とみなくてはならない。金石文の銘文における系譜記載の例としては、すでに埼玉《さきたま》古墳群稲荷山古墳出土鉄剣銘が名高いが、その系譜には、敬称「足尼」やカバネの賜与や王権への「仕奉」の実績など、中央の王権との関係の伝統を訴えることと、自らの氏族系譜に内包する祖先崇拝によって現在の族的結合をより強化する 意味とがあったといえよう。

古代東国の石文の場合、すでに述べたように、山上碑が「佐野三家」の創設・管掌者との系譜を主張したり、金井沢碑がミヤケ管掌に発したと思われる三家氏を中心に系譜記載を行っているらしいこと、また多胡碑は建郡（者）について記し、那須国造碑は評督就任者との系譜関係を示唆するといった内容をもつ。こうした系譜記載は、建碑者の自己主張を物語るとみるべきであろう。系譜記載を明記した石文が在地に立てられて多くの人々の目にさらされる状況を推定するならば、石文の機能として、在地社会内における建碑者の氏族的伝統を強調する機能が指摘できる。そして、氏族的伝統・祖先崇拝の強調を通して族的結合の強化がめざされたのであろう。

このことは、古代東国の石文が建てられた七〜八世紀における地方豪族の歴史動向と結びついている。すなわち、地方豪族たちが評司・郡司として古代国家の地方制度の中で自らの在地支配権の確保を図ろうとする際に、倭の王権やその地方官である惣領・国司たちとの密接な結びつきとともに、在地社会内における氏族的伝統を強調し、自らの族的結合の強化を進める上で、不特定多数の人々に対して可視的で呪力をもつ石文という形で系譜を明示することが行われたのであろう。

やがて律令国家が確立して地方豪族たちが国司の下で地方官僚化を果たすと、石文のような具体的道具立てを用いて自らの氏族系譜を自己主張しなくとも、国家から与えられた位階や官職といった国家的かつ抽象的な標識によって自らの社会的立場を示すことになっていったといえるだろう。

7 「記定」と文字の呪力

古代石文の銘文が果たした機能の一つとして、古代において文字で記して人々に提示することの意味、文字が果たした呪的な役割についてもふれたい。

まず、石文よりも古い時代から知られる日本古代の金文について、記された文字の呪力についてみよう。銘文を留めるものとして、印綬《いんじゅ》・銘文鏡・銘文刀剣などが知られる。これら金文のそれぞれが、当時の支配者たちの支配強化のための宝器として用いられたということが、大きな特徴といえよう。たとえば、「漢委奴国王」の印文をもつ印綬としての金印は、『後漢書』東夷伝の記事でよく知られるように、五七年に後漢の光武帝から倭の奴国王が賜ったものであり、本来は文書の封印などに用いられるものであるが、本格的な漢字文化の受容が行われる以前の弥生時代中期の日本列島社会においては、皇帝から賜った文字自身のもつ呪力が奴国王の支配権を保証する面があったのではないだろうか。人物画像鏡などの銘文鏡の場合も、倣製鏡の場合などに、漢字をよく理解せずに記号・文様的に模した文字を残すものがあることは、やはり文字自身の呪力が期待されたように思われる。銘文刀剣としては、五世紀半ばとされる千葉県市原市稲荷台一号墳出土の「王賜」銘鉄剣、五世紀後半と考えられる埼玉県行田市の埼玉《さきたま》古墳群稲荷山古墳出土の鉄剣、熊本県菊水町の江田船山古墳出土鉄刀などが知られる。これら金・銀に輝く銘文文字群を象嵌《ぞうがん》した刀剣には、やはり銘文のないその他多くの刀剣とは異なる特別な機能が期待されたと思われる。そしてその目的は、これらの銘文刀剣の銘文をみれば、大王と豪族との関係の明示であり、豪族たちの支配権の拡充にあったということができるであろう。

こうして、金石文には記念碑的に文字を多くの人々に表示する意味があると論じてきたが、金石文には、表示しないことに意味があるものもあった。金石文には、「表示する金石文」と「埋納する金石文」があり、前者から後者へと移行する場合もあり得たのである。そのことは、墓碑と墓誌の関係に端的にみることができる。いうまでもなく、墓碑は墓と墓地の存在を知らしめるための石文（木柱もあったか）であり、墓主（被葬者）や埋葬の日付を明示するとともに、墓を荒らすことのないよう求める文言を記している。

日本古代の墓誌は、比較的小型の金属板・蔵骨器や石櫃・塼《せん》などに墓主の名や没日・事績などの箇潔な銘文を記したもので、墓室の中に埋納されたものである。(注23)これは、令によって墓碑を建てることが三位以上の上級貴族に限られたことから、日本古代では、墓室内に納置する墓誌が墓碑としての性格をもつことになったのである。(注24)こうして墓誌は、表示せずに「埋納する金石文」としての意味をもつことになった。

「埋納する金石文」の存在は、金石文の銘文を記すこと自身と、それを表示せず埋蔵することにも重要な役割・意義があったということであり、文字に記すということの呪力を物語ってくれよう。

ところで、古代東国の石文は、いずれも「表示する金石文」であった。その内容をみると、多胡碑の場合、朝廷から発給された紙の文書を石文化したものであった。紙ではなく石文の形にしてそれを公示することが、建郡・建碑者にとって必要だったわけであり、そこでの石文の機能としては、現在そして将来における記載内容の明示と、それによる記載事項の保証・拘束力確保にあったといえるのではないか。そしてその際、中央政府が関与する石文、例えば多胡碑（七一一年）や多賀城碑（七二四年）では、碑石の立派さ・文字の大きさという特徴が認められるように、(注25)碑自身のあり方もその機能と密接に結びついていたのである。

また以上のような意味では、山上碑の中にみられる「記定文也」という文言（はじめに「辛巳歳集月三日記」ともある）は、文字の呪力とも合わせて、文を記し定めるという行為自身に石文の大きな機能があったことを推測させるものである。金井沢碑の文末の「石文」も、同様な意味をもとう。

『日本書紀』天武十年（六八一）三月丙戌条には、王権による国史編纂に向けての作業を命じた中で、

「令レ記二定帝紀及上古諸事一」として「記定」の文言が使われていることも、地方豪族による石文の造作と古代国家による修史事業とに共通する文字の機能を浮き彫りにしている。(注26)

8　建碑の場と地方社会

石文が建立された場についても、石文の果たした機能との関連から検討しておきたい。古代東国の石文の場合、後世に掘り出されたと伝えられるものもあり、原位置に立つものかどうか確認するためにはさらに考古学的な調査が必要かもしれないが、大体の立地やその歴史的環境については、今日の立地から推測してよいものと考える。

立地の歴史的環境としては、山上碑と隣接する山ノ上古墳との関係が気になる。山ノ上古墳を七世紀後半の中頃とみて六八一年の山上碑との間に密接な関係をみる説も行われた(注27)が、最近は碑と古墳の年代が若干ズレるという説もあり、さらに考古学的検討の進展を期待したい。(注28)しかし、総合的にこの地域の古墳群と一体のものとして山上碑をとらえることは、差し支えないであろう。

また、多胡碑の立地としては、碑の近くに大家郷が推定され、吉井町大字池小字に「御門」の地名が残ることなどから、多胡郡家の存在とともに多胡碑を理解することが指摘されてきた。(注29)多胡郡家の門前などが、多胡碑の立地としてはもっともふさわしいと考える。これについても、さらに考古学的に郡家遺跡の存在が検証されることを期待したい。

また、交通路が石文建立の場とも深く関わっていることを指摘できるだろう。多胡碑・山上碑・金井沢碑の上野三碑は、東山道支路の鏑川沿いの交通路にほぼ沿って営まれている。このルートには、のち上野一宮となる貫前《ぬきさき》神社（群馬県富岡市）が存在し、鏑《かぶら》川・烏《からす》川の河川交通も重要な役割を果たしたと思われる。また那須国造碑も、下野から陸奥へと向かう東山道（将軍道）の道筋沿いに営まれている。古代東国の石文が、それぞれ交通路に沿った立地をもつことに、留意するべきであろう。

石文の立地をめぐっては、石文の微地形的な設置場所・設置形態をはじめとして、石文建立豪族や周辺の官衙関係集落のあり方など、石文を設けた在地社会についての、古代史・考古学・歴史地理学などにわたる幅広く多様な検討がこれからさらに必要となろう。

二　『日本霊異記』にみる地方豪族の漢字文化受容

1　『日本霊異記』にみる漢字文化受容

『日本霊異記』（上巻第七）には、白村江の敗戦から帰国した備後国（広島県）三谷郡郡司の祖先の地方豪族が、出征の時に「無事に帰国出来たら諸神祇の為に伽藍を造立する」と誓願していたことを受けて、百済僧の禅師弘済を招いて共に帰郷し、立派な伽藍を持つ三谷寺を建てたという話がある。(注30)

○『日本霊異記』上巻第七

亀の命を贖ひて放生し、現報を得て、亀に助けらるる縁」

禅師弘済《ぜんじぐさい》は、百済の国の人なり。百済の乱るる時に當りて、備後の国の三谷《みたに》の郡の大領の先祖、百済を救はむが為に軍旅に遣さる。時に誓願を発して言はく、『若し、平く還り来らば、諸神祇のために伽藍を造立せむ』といふ。遂に災難を免る。すなはち、禅師を請けて、相共に還り来る。三谷寺はその禅師のもちて造立する所の伽藍なり。多く諸寺に超え、道俗観て共に欽敬《きむきやう》をなす。禅師尊像を造らむが為に京に上り、財を売り既し金丹等の物を買い得て、還りて難波の津に到る。……

この説話では、百済からの渡来僧弘済は、仏像を造るための資材を求めるため飛鳥の都の市に出向いて「金丹等の物」を購入し、難波津から船出して瀬戸内海を備後国まで戻るコースをたどったのだった。地方豪族による造寺といえども、中央の市場で存分に資材を調達するだけの財力を持っていたこと、そして早くから仏教受容に努めていたことは注目される。そしてこの「三谷寺」は、発掘調査された備後寺町廃寺《てらまちはいじ》（広島県三次市《みよし》）のことであることが明らかにされている。(注31)寺町廃寺は、広島県東部地方において「水切り」をもつ百済系の軒丸瓦が分布するその中心となっており、「多く諸寺に超え、道俗観て共に欽敬をなす」と伝える『日本霊異記』の記載が裏付けられるのである。

このように、内陸に位置する備後国三谷郡の郡司氏族の祖は、早くから仏教や漢字文化をふくむ先進文化の受容に積極的であったのであり、参戦した白村江の敗戦にもめげることなく、百済僧を招いて寺院の伽藍を営み、備後地方に大きな文化的・社会的・技術的な影響を及ぼすことに成功したのであった。

また、『日本霊異記』の別の説話（上巻第十七）には、伊予国（愛媛県）越智郡《おち》の郡司の先祖である越智直たちが、やはり白村江の戦いに参戦して唐国に捕虜となったものの、観音菩薩像への仏教信仰によって無事帰国することが出来たという話がある。自らの軍勢を率いて参戦していた伊予の郡司すなわち国造クラスの地方豪族が、すでに以前から仏教を受容しており、仏教の「知識」的な結合で精神的に「国造軍」をまとめ上げていた点は注目される。

このように、西国の地方豪族たちは、独自のルートや様々なチャンネルを求めつつ、海外の先進的な文化の受容に積極的であったことが、『日本霊異記』の説話からうかがえるのである。

2　出土文字資料にみる漢字文化受容

（1）阿波国造氏

観音寺《かんのんじ》遺跡（徳島県徳島市）は、八世紀には国府が置かれた阿波国の中心部に位置し、古墳時代以来の阿波国造氏族の本拠地に接した遺跡である。(注32)この遺跡からは、七世紀の第2四半期にさかのぼる『論語』（学而篇）の習書木簡をはじめ、手習いの始めに習書された「難波津の歌」の習書木簡、万葉仮名で訓を記した「字書」を記した木簡などが出土して注目されている。まだ律令的「国」の形成以前、いわゆる「大化改新」よりさかのぼる七世紀前半から、阿波の地方豪族が、独自に積極的に漢字文化や儒教を導入していたことが知られる。倭国の大王権力を介さずに、瀬戸内海経由で中国大陸・朝鮮半島の情報と緊密に結びついていたといえよう。

○観音寺遺跡出土木簡

◇・子曰學而習時不孤□乎□自朋遠方来亦時楽乎人不□亦不慍（左側面）

（他面略）　長（六五三）㎜×幅（二五）㎜×厚一四㎜　〇六五型式

◇奈尓

奈尓波ツ尓作久矢己乃波奈□　（一六〇）×（四三）×六　〇一九

□少司椿ツ婆木

◇・□安子□比乃木

・近□□□マ□　（七九）×（三一）×六　〇八一

（2）科野（信濃）国造氏

東国の屋代《やしろ》遺跡群（長野県千曲市）は、千曲川が大きく湾曲しながら流れの傾斜を変換する盆地の右岸自然堤防上に位置し、河川交通と陸上交通の要衝に当たる遺跡である。(注33)近くに森将軍塚古墳などの有力古墳が立地し埴科郡家も近くに推定されるなど、科野（信濃）国造の本拠地の遺跡である。この遺跡からも、七世紀の天智天皇時代にさかのぼる木簡、六九八年（戊戌年）の出挙関係かと思われる木簡や、八世紀初頭の『論語』習書木簡などが出土している。やはり七世紀半ば過ぎから国造クラスの地方豪族が漢字文化・儒教の受容に積極的であったことが分かる。

◎屋代遺跡群出土木簡

◇・乙丑年十二月十日酒人

・「他田舎人」古麻呂　（一三二）×（三六）×四　〇一九

乙丑年は天智四年すなわち六六五年の年代であり、白村江の敗戦の二年後で壬申の乱以前、信濃国にまだ恒常的な国府が営まれる以前の木簡である。異筆と考えられている「他田舎人《おさだのとねり》」の部分などは、細身の正好な楷書の書風を示しており、先進的で「都ぶり」の書風といってよいのではないか。ウヂ名の「他田舎人」が示すように、トネリなどとして畿内の王族・豪族などと結びつく中で、七世紀の信濃の地方豪族が主体的に漢字文化を導入したことを背景として推測することができる。

◇・○
戊戌○年八月廿日　酒人マ□荒馬□〔廿〕束酒人マ□□□〔大万廿〕束
・　酒人マ
○宍マ□□□□　□〔大〕□マ□人マ　大麻呂　宍人マ万呂
○
五五五×三七×四　〇一一

上記乙丑年に続く戊戌年すなわち六九八年（文武二年）の木簡で、人名と穎稲《えいとう》の束数を記しており、秋の出挙収納などに関わる木簡か。上端部に小孔が穿たれており、同様の正格の木簡が二次的に束ねられるという文書木簡の利用法がうかがえ、浄御原令制下における文書の作成・処理システムの存在が示されている。

◇子曰學是不思
（二〇二）×二一×四　〇一九

◇・亦楽乎人不知而不慍
・　［　］
（一九六）×（一〇）×七　〇一九

屋代遺跡群からも、『論語』の習書木簡が出土している。観音寺遺跡と同様に学而篇の一部で、出土層位と伴出木簡から地方行政区画が国郡里制の時代（七〇一年〜七一七年）の木簡とみられる。この『論語』習書木簡も、八世紀初頭に信濃の地方豪族が漢字文化とともに儒教の受容に積極的に取り組んでいたことを示している。

（3）那須国造氏

七〇〇年（文武四）建立の那須国造碑（栃木県那須郡湯津上村）は、東国の地方豪族である那須国造の那須直韋提《いて》が、「評督《ひょうとく》」に任命されたことを強調する碑文を持ち、台石上に碑身を載せ笠石をかぶせるという整った形態、硬質の花崗岩に鋭利に刻字されている技術、中国の北朝風の達筆な漢字、そして儒教古典に通じた漢文などによって構成されている。[注34]

○那須国造碑（栃木県那須郡湯津上村）

◇永昌元年己丑四月飛鳥浄御原大宮那須國造

　追大壹那須直韋提評督被賜歳次庚子年（七〇〇年）正月

　二壬子日辰節殄故意斯麻呂等立碑銘偲云尓（下略）

文頭には、一一年前の則天武后時代にわずか十ヶ月間用いられた短命の元号を用いて「永昌《えいしょう》元年」（六八九年）と記されている。『日本書紀』によれば、七世紀後期の遣唐使は、六六九年の派遣の後七〇二年まで空白の時代を迎えており、その期間中に永昌元号は入っている。したがって、短期間の永昌元号の情報は、唐との直接交渉ではなく、この時代にも交流のあった新羅との通交によって日本に伝わったことになる。この時は、『日本書紀』の持統三年（六八九）四月庚寅条に「以㆓投化新羅人㆒、居㆓于下毛野㆒」とあり、翌持統四年（六九〇）八月乙卯条にも「以㆓帰化新羅人等㆒、居㆓于下毛野㆒」とあるように、新羅から渡来して下野に安置された人々によって、こうした元号や碑の建て方、碑文の構成などの文化知識がもたらされたということになるのである。(注35) こうした大陸の最新の知識が、東国の内陸に位置する那須の地方豪族にもきわめて迅速に受容されていたことは注目される。

七世紀後半には、すでに述べたように百済・高句麗・新羅から渡来した人々が多く東国に「安置」された。それらの渡来人の中には僧侶などの知識人たちも含まれ、こうした人々と関東地方の地方豪族・民衆との間に多様な交流が展開したことの一班を那須国造碑にも見ることができる。ここでも、東国の地方豪族が、七世紀末に最新の外国文明・漢字文化を積極的に受容していたのである。

以上の阿波・科野（信濃）・那須などの地方豪族にかかわる出土文字資料や金石文にみられるように、七世紀の日本列島各地の地方豪族たちは、様々なルートを通して漢字文化・儒教・仏教など東アジアの先進文化を主体的・積極的に受容しようとしていた。こうした地方豪族達の存在を前提とすることによって、はじめて古代日本の律令国家が、七世紀後半の短期間のうちに中央集権的な官僚組織を整備することが出来たのであった。

3 『日本霊異記』と信濃国小県郡

『日本霊異記』にみえる地方社会における漢字文化の様相について、ここでは信濃国小県郡の例を取り上げたい。信濃国小県郡（長野県上田市ほか）は、『和名類聚抄』にみられる筑摩郡の国府へと移転する以前に奈良時代の信濃国府の所在が推定され、信濃国分寺と同尼寺が千曲川北岸に沿う古代東山道に面して営まれてその遺跡が確認されている。(注36) 国府所在郡であり、国分寺が営まれるなど、信濃国内では経済的・文化的に開発の進んだ地とみることができる。『日本霊異記』には、この小県郡を舞台とした仏教説話が二話伝えられており、この地の八〜九世紀頃の地域社会の様相がうかがえる。その一つは、次のようなものである。

○『日本霊異記』下巻第二十二

　重き斤《はかり》にして人の物を取り、また法華経を写し、もちて現に善悪の報を得る縁

他田《おさだ》の舎人《とねり》蝦夷《えみし》は、信濃の国小県の郡跡目《あとめ》の里の人なり。多に財宝に富み、銭稲を出挙す。蝦夷、法華経を写し奉ること、二遍《ふたたび》、遍毎《たびごと》に会《え》を設けて講読すること既に了りぬ。後また思議するに、なほ心に足らずして、更に敬みて繕写す。ただいまだ供養せざりき。宝亀四年（七七三）癸丑の夏四月下旬、蝦夷たちまちにして死ぬ。妻子量《はか》りて言はく「丙《ひのえ》の年の人の故に、焼き失はじ」といひて、地を点《し》めて塚を作り、殯《もがり》しもちて置く。死にて七日を経て、甦きて告げて言はく…時に僧言はく『…大乗を写したりといへども、重き罪を作れり。所以は何となれば、汝斤二つを用ゐて、出挙《すいこ》する時は、軽き斤を用ゐ、徴り納るる日は重き斤を用う。故に汝を召しつるのみ。今はすみやかに還れ』といふ。…

この説話では、小県郡跡部郷（『和名類聚抄』）の富豪層である他田舎人蝦夷が、銭や稲の出挙経営を行って富を蓄えるとともに、法華経書写をたびたび行っていたことが知られる。出挙経営に当たっ

て秤量をごまかして利益を挙げたことで冥界に行ったが善行のために甦ったという話である。国府交易圏の中心となる郡にあって銭が出挙の対象として流通していた様子、一般的には火葬が広まっており地域社会に仏教が浸透していた様子、また写経の原本や紙・筆等の調達にはじまる法華経の書写事業が当地で行われ、その完成を記念した講読の法会も僧侶を招請して行われた様子などがうかがえる。

なお、『万葉集』巻二十の四四〇一番の

可良己呂武《からころも》　須宗爾等里都伎《すそにとりつき》　奈苦古良乎《なくこらを》　意伎弖曽伎怒也《おきてそきぬや》　意母奈之爾志弖《おもなしにして》

の防人歌は、「右一首、国造小県郡他田舎人大島」とあるように、小県郡の同じ他田舎人氏（国造氏族か）の一員が詠んだ和歌である。ここでも、地方氏族による仏教と漢字文化の受容が文学世界と接点をもつことが指摘できるのである。

もう一つの説話は、次のようなものである。

○『日本霊異記』下巻第二十三

寺の物を用ゐ、また大般若を写さむと願を建て、もちて現に善悪の報を得る縁

大伴の連忍勝《おしかつ》は、信濃の国小県の郡嬢《をむな》の里の人なり。大伴連等、心を同じくしてその里の中に堂を作りて、氏の寺となす。忍勝、大般若経を写さむと欲ふが為に、願を発して物を集め、鬢髪

を剃除し、袈裟を着け、戒を受け、道を修し、常にその堂に住む。宝亀五年（七七四）甲寅の春三月、たちまちに人にしこぢられて、堂の檀越に打ち損なはれて死にき。…眷属議《やからはか》りて曰はく「人を殺す罪に断らしめむ」といふ。故にすなはち焼き失はずして、地を点めて塚を作り、殯し収めて置く。然して五日を歴《へ》てすなはち甦きて、親族に語りて言はく「…僧、告げて言はく『汝、実に願を発し、家を出でて道を修す。この善ありといへども、多に住める堂の物を用ゐしが故に、汝の身を催しつ。今還りて願を畢へ、また堂の物を償へ』といふ。…」といひき。…

小県郡童女郷（「乎无奈《をむな》」『和名類聚抄』）の富豪層である大伴連忍勝は、同心して郷内に大伴連氏の氏寺としての仏堂を建て、僧となって仏堂に住み、大般若経を書写しようとしたが、堂の物を使い込んだため檀越たちに打ち殺されてしまった。しかし写経の願を遂げて堂物を償うために、甦らせてもらったという物語である。この話でも、郷内に氏寺として資財をもつ仏堂が営まれて僧が配置されたこと、六〇〇巻にのぼる大般若経の写経事業が行われたこと、そして火葬が一般的になっていたことなどが知られるのである。

これらの二つの説話を通して、八世紀後期の信濃国小県郡において、富豪層やその氏族が仏教を深く受け入れており、郷内に仏堂を建立したり法華経・大般若経の写経事業を行っていたことが知られる。また、郡内で火葬が一般化していたこと、銭が流通していたこと、富豪層の経営が銭や稲の出挙経営であったことなどもうかがえる。小県郡は、奈良時代に国府が所在して国分寺が営まれた郡であり、こうした在地のいわゆる富豪層の人々が、仏教を受容して写経を積極的に行うように、漢字文化をも身につけていたことは、そうした地域社会の背景と結びついていたことが指摘できる。こうした説話が『日本霊異記』に採録された背景にも、いわば「国分寺文学圏」のような宗教的・文化的な地域的特徴を考えることができよう。

むすびにかえて

日本列島各地の地方豪族たちは、直接のルートや渡来人経由の間接ルートを問わず、七世紀には積極的に大陸・半島の先進文化の受容に努めており、漢字文化・儒教・仏教などを急速に摂取しつつあった。東国の地方豪族の場合は、舎人などの制によって中央の王権と結びつくことによって、こうしたあたらしい文化を摂取することもあった。こうした地方豪族たちの存在と協力を前提とすることによって、古代日本における中央集権的な律令国家の官僚制組織は、七世紀後半の短期間のうちに形成することができたといえよう。

本稿では、上野三碑にみられる地方豪族たちの漢字文化受容のあり方が、『万葉集』の東歌の世界にも影響を与えていたり、『日本霊異記』に漢字文化や仏教と結びついた地方豪族・富豪層たちによる地域文化圏・文学圏がうかがえることをみてきた。

従来、漢字文化の広がりや地方文学圏の存在をめぐっては、どちらかというと中央の都の文化が、地方官司である国府・郡家を経由して地方の官人や社会に波及したという一方向の図式のみから説明されてきたように思う。しかし実際には、地方豪族や富豪層たち地方社会の側からも、積極的に漢字文化・儒教・仏教など先進文化を摂取し受容する能動的な動きがあったことを、同時に理解しなくてはならないだろう。史料が中央に偏って遺存してきたというハンディを乗り越えて、あたらしい出土文字資料などによって、中央と地方の間における双方向性をもった文化的交流のあり方を明らかにすることを通して、古代日本列島の多元的な歴史構成がようやく見えてきつつあるのではないかと思う。

注1 佐藤信「古代における漢字受容」『出土史料の古代史』東京大学出版会、二〇〇二年(もと「木簡にみる古代の漢字文化受容」『国語と国文学』七八―一一号、二〇〇一年)。

2 『古代の碑―石に刻まれたメッセージ―』国立歴史民俗博物館、一九九七年、『日本三古碑は語る』群馬県立歴史博物館、一九九四年、尾崎喜左雄『上野三碑の研究』尾崎先生著書刊行会、一九八〇年、『群馬県史』資料編四原始古代四、群馬県、一九八五年、『群馬県史』通史編二原始古代二、群馬県、一九九一年、平野邦雄監修・あたらしい古代史の会編『東国石文の古代史』吉川弘文館、一九九九年など参照。

3 本章は、佐藤信「古代東国の石文」『出土史料の古代史』東京大学出版会、二〇〇二年(もと「古代東国の石文とその背景」『東国石文の古代史』吉川弘文館、一九九九年)、佐藤信「多胡碑と古代東国の歴史」『古代多胡碑と東アジア』山川出版社、二〇〇五年参照。

4 『群馬県史』資料編四原始古代四、群馬県、一九八五年。

5 篠川賢「山上碑を読む」『東国石文の古代史』吉川弘文館、一九九九年。

6 高島英之「多胡碑を読む」『東国石文の古代史』吉川弘文館、一九九九年。

7 『続日本紀』和銅二年（七〇九）十一月甲寅条。高島英之注6論文参照。

8 勝浦令子「金井沢碑を読む」『東国石文の古代史』吉川弘文館、一九九九年。

9 勝浦令子注8論文。

10 大田区立郷土博物館編『武蔵国造の乱―考古学で読む『日本書紀』―』東京美術、一九九五年参照。

11 和島誠一・甘粕健『横浜市史』第一巻第三章第二節、一九五八年、甘粕健「武蔵国造の反乱」『古代の日本』第七巻関東、角川書店、一九七〇年。

12 尾崎喜左雄注2著書。

13 『続日本紀』延暦十年（七九一）九月丙子条の「(讃岐国寒川郡人正六位上凡直)千継等先、星直。譯語田朝庭（敏達）御世、継二国造之業一、管二所部之堺一。於レ是因レ官命レ氏。(略)」や、同延暦十年（七九一）十二月丙申条の「在レ官命レ氏、因レ土賜レ姓、行二諸往古一、伝二之来今一」などの記事から知られる。

14 井上光貞「大化改新と東国」『井上光貞著作集第一巻　日本古代国家の研究』岩波書店、一九八五年、もと一九五四年。

15 池邊彌『和名類聚抄郡郷里駅名考証』吉川弘文館、一九八一年。

16 秋本吉郎「解説」日本古典文学大系『風土記』岩波書店、一九五八年。

17 『常陸国風土記』日本古典文学大系『風土記』岩波書店、一九五八年。

18 井上光貞「大和国家の軍事的基礎」『井上光貞著作集第四巻　大化前代の国家と社会』岩波書店、一九八五年、もと一九四九年。

19 石母田正『石母田正著作集第三巻　日本の古代国家』岩波書店、一九八九年、第一部第二章第三節、もと一九七一年。

20 加藤謙吉「上野三碑と渡来人」『東国石文の古代史』吉川弘文館、一九九九年。
21 竹田聴洲「七世父母考」『竹田聴洲著作集第七巻　葬史と宗史』国書刊行会、一九九四年、もと一九五〇年。また増尾伸一郎「『七世父母』と『天地誓願』」『東国石文の古代史』吉川弘文館、一九九九年参照。
22 栃木県立しもつけ風土記の丘資料館『東国の初期寺院』一九九一年。
23 奈良国立文化財研究所飛鳥資料館編『日本古代の墓誌』同朋舎、一九七九年。
24 東野治之「日本古代の墓誌」『日本古代の墓誌』同朋舎、一九七九年。
25 平川南氏のご指摘による。
26 新川登亀男氏「古代東国の『石文』系譜論序説」『東国石文の古代史』吉川弘文館、一九九九年。
27 尾崎喜左雄注2著書。
28 国立歴史民俗博物館注2書。
29 尾崎喜左雄『多胡碑』中央公論美術出版、一九六七年・注2著書。
30 本節は、佐藤信「白村江の戦いと倭」『韓中日シンポジウム　百済復興運動と白江戦争』公州大学校百済文化研究所、二〇〇三年参照。
31 三次市教育委員会『三次市の文化財』一九八七年など。
32 徳島県埋蔵文化財研究会『観音寺木簡—観音寺遺跡出土木簡—』一九九九年。本節は、佐藤信注1論文参照。
33 長野県埋蔵文化財センター『長野県屋代遺跡群出土木簡』一九九六年。
34 田熊信之『那須国造韋提碑文釈解』中国・日本史文研究会、一九七八年再版、田熊信之・田熊清彦『那須国造碑』中国・日本史学文学研究会、一九八七年など参照。

35　今泉隆雄「銘文と碑文」『日本の古代14ことばと文字』中央公論社、一九八八年、坂上康俊「大宝律令制定前後における日中間の情報伝播」『日中文化交流史叢書2　法律制度』大修館書店、一九九七年。

36　『上田市誌　歴史編（3）東山道と信濃国分寺』上田市、二〇〇〇年。

防人歌の世界──その作者層と詠歌の場──

東城敏毅

一　はじめに

『万葉集』には「防人歌」と明記されている下記の歌群が収載されている。

（1）巻二十「天平勝宝《てんぴやうしようぼう》七歳乙未《いつび》の二月に、相替《あひかは》りて筑紫《つくし》に遣《つか》はさるる諸国の防人等《さきもりら》が歌」の題詞を持つ遠江《とほたふみ》・相模《さがむ》・駿河《するが》・上総《かみつふさ》・常陸《ひたち》・下野《しもつけの》・下総《しもつふさ》・信濃《しなぬ》・上野《かみつけの》・武蔵《むざし》の東国十国の防人およびその父・妻の歌八十四首（四三二一～四三三〇、四三三七～四三五九、四三六三～四三九四、四四〇一～四四〇七、四四一三～四四二四）。

（2）巻二十（1）に続く「右の八首、昔年《さきつとし》の防人が歌なり。主典《さくわん》刑部少録《ぎやうぶのせうろく》正七位上磐余伊美吉《いはれのいみき》諸《もろ》君《きみ》抄写《せうしや》し、兵部少輔《ひやうぶのせうふ》大伴宿祢家持《おほとものすくねやかもち》に贈る」の左注を持つ八首（四四二五～四四三二）。

（3）巻二十「昔年に相替りし防人が歌一首」の題詞を持つ大原真人今城《おおはらのまひといまき》伝誦の一首（四四三六）。

（4）巻十四東歌の中に「防人歌」として分類されている五首（三五六七～三五七一）。

（5）巻十三「右の二首、ただし或るひと云はく、この短歌は防人が妻の作る所なり、といふ。しからばすなはち、長歌もまたこれと同作なることを知るべし」の左注を持つ長歌一首、反歌一首（三三四四・三三四五）。

（2）〜（5）の防人歌は、（1）の天平勝宝七歳の防人歌以前においても防人歌が蒐集されていたことを示すとともに、伝承歌としての防人歌の有りようを端的に示している。これらの防人歌は東国方言や訛りを全く混入させておらず、都的な洗練された発想と表現を有していることからも、（1）の防人歌とは一線を画しているといえるであろう。したがって、（2）〜（5）の防人歌は、「都人の口と耳によって濾過された状態で存在していた」伝承上の防人歌と捉えられ、従来、大伴家持との関わりなどから編纂論的に考察されている。（注1）

それに対して（1）は、それぞれの国から集結地である難波津まで防人を引率してきた部領使《ことりづかひ》が、兵部少輔という立場にいた大伴家持に進上した歌であることが明らかであり、例えば「二月六日に、防人部領使遠江国史生坂本朝臣人上《さきもりがことりづかひとほたふみのくにのししやうさかもとのあそみひとかみ》が進《たてまつ》る歌の数十八首。ただし拙劣《せつれつ》の歌十一首あるは取り載《の》せず」などと、国ごとに進上の月日や部領使の官職・位階・氏名および進上歌数・拙劣歌数を明確に示している。それらを表示すると以下のようになる。

そして、この一首一首の左注には、例えば「右の一首、国造丁《こくざうてい》長下郡《ながたのしものこほり》の物部秋持《もののべのあきもち》」（遠江国・四三二一）、「右の一首、望陀郡《まぐたのこほり》の上丁《じやうてい》玉作部国忍《たまつくりべのくにおし》」（上総国・四三五一）などと、防人の地位・職分・役職

月日	国名	防人部領使名	進上歌数	拙劣歌数	収載率(%)	歌番号
二月 六日	遠江	坂上朝臣人上	一八	一一	三八・九	四三二一〜四三二七
二月 七日	相模	藤原朝臣宿奈麻呂	八	五	三七・五	四三二八〜四三三〇
二月 九日	駿河	布勢朝臣人主	二〇	一〇	五〇・〇	四三三七〜四三四六
二月 九日	上総	茨田連沙弥麻呂	一九	六	六八・四	四三四七〜四三五九
二月十四日	常陸	息長真人国島	一七	七	五八・八	四三六三〜四三七二
二月十四日	下野	田口朝臣大戸	一八	七	六一・一	四三七三〜四三八三
二月十六日	下総	県犬養宿祢浄人	二二	一一	五〇・〇	四三八四〜四三九四
二月二二日	信濃	病を得て来ず	一二	九	二五・〇	四四〇一〜四四〇三
二月二三日	上野	上毛野君駿河	一二	八	三三・三	四四〇四〜四四〇七
二月二九日	武蔵	安曇宿祢三国	二〇	八	六〇・〇	四四一三〜四四二四

などを示した肩書きと作者名をも記載している。したがって、（1）は、他の作者未詳歌群や東歌や（2）～（5）などの伝承上の防人歌と異なり、天宝勝宝七歳という年に限定された防人の詠であることを主張し、防人個人の作であることを主張していることとなる。

本稿では、『万葉集』に収載されている防人歌の大半を占め、非常に重要な意義を持つ（1）に焦点を絞り、作者名表記の方法や詠歌の「場」の問題などを考察しつつ、この天平勝宝七歳に限定された「防人歌」の特徴を概観することとする。

二　「防人歌」作者名表記の意味—「国造丁」「助丁」「主帳丁」

（1）の八十四首の防人歌（以下「防人歌」と略す）の左注には、防人の地位・職分・役職などを示した肩書きと作者名が、例えば以下のように記されている（傍線肩書き名）。

・上総国

（四三四七）　国造丁日下部使主三中之父
（四三四八）　国造丁日下部使主三中
（四三四九）　助丁刑部直三野
（四三五〇）　帳丁若麻績部諸人
（四三五一）　望陀郡上丁玉作部国忍
（四三五二）　天羽郡上丁丈部鳥

・下野国

（四三七三）　火長今奉部与曽布
（四三七四）　火長大田部荒耳
（四三七五）　火長物部真島
（四三七六）　寒川郡上丁川上臣老
（四三七七）　津守宿祢小黒栖
（四三七八）　都賀郡上丁中臣部足国

（四三五三）　朝夷郡上丁丸子連大歳
（四三五四）　長狭郡上丁丈部与呂麻呂
（四三五五）　武射郡上丁丈部山代
（四三五六）　山辺郡上丁物部乎刀良
（四三五七）　市原郡上丁刑部直千国
（四三五八）　周淮郡上丁物部竜
（四三五九）　長柄郡上丁若麻績部羊
（四三七九）　足利郡上丁大舎人部祢麻呂
（四三八〇）　梁田郡上丁大田部三成
（四三八一）　河内郡上丁神麻績部島麻呂
（四三八二）　那須郡上丁大伴部広成
（四三八三）　塩屋郡上丁丈部足人

これらの記述から岸俊男は、各国の防人集団には、国造丁《こくぞうてい》（国造）―助丁《じょてい》―主帳丁《しゅちょうてい》（帳丁・主帳）―（火長《かちょう》）―上丁《じょうてい》（防人）なる関係が成立していたとし、「防人歌」はこの序列にしたがって順序正しく配列されていることを指摘した。（注2）そして国造丁はその集団の長、助丁はそれに副う存在、主帳丁は集団内の庶務会計をつかさどる任、上丁は一般兵士、火長はその十人単位であろうとし、それらは大化前代における国造軍の構造が遺制として防人の編成に継承されているのであろうと推測した。（注3）これは、現在ではほぼ定説となっている意見であるが、その構成および作者名表記が階級・階層的にも異なる身分を示すものなのか、それとも単なる防人集団内における地位の差を示すものなのかは、まだ意見の別れるところである。

そこで、まず上総国冒頭に目を向けると、「国造丁日下部使主三中《こくぞうていくさかべのおみみなか》」と作者名にあり、国造丁という肩書きのために冒頭に配列され、身分的には上総国防人集団の統率者であろうと推測できる。そし

て、「日下部使主」とあることは、

郡司大領外従七位上日下部使主山　（正倉院調庸関係銘文「上総国」　宝亀八年(注4)）

との関連が考えられ、

外従八位下日下部使主。（略）私穀を陸奥の国の鎮所に献る。外従五位下を授く。

（『続日本紀』神亀元年二月）

という記事もあることから、この当該歌の「三中」も、これらの記事に見える人物と同様、上層階級の者であったことが窺われる。有姓者であることもそれを端的に示している。

また、下総国には冒頭に「海上国造他田日奉直得大理《うなかみのくにのみやつこをさたのひまつりあたひとこだり》」という作者名が見られるが、正倉院文書には「海上国造他田日奉部直神護」の啓状が残されており、この人物の祖父・父が代々下総国海上郡の国造や郡司として朝廷に仕えていたことが記されている（『寧楽遺文　下』文学篇・人々啓状）。このことからも、これらと同族であろうと推測される国造他田日奉直得大理も地方においては上層階級の身分の者であったと考えられるのである。

林田正男は国造丁・助丁などの作者には多くの有姓者が存在することに注目し、

姓は朝廷から与えられた公的・政治的な地位を示す呼称で無姓・部姓とはその階層に位相があり、ある程度の教養をも有していたのである。従って防人たちをすべて全くの無学文盲の農民兵ときめてかかることは間違いである。(注5)

と指摘し、国造丁や助丁などは防人集団の役職者であり、その出自は郡司クラスの一族もしくはこれに準ずる家柄のものではないかと推測した。つまり、国造丁や助丁などは一般防人とは階級的性格を異にするとみるべきなのである。

星野五彦が国造丁は「中央社会から見れば無名の農民であっても、地方のその地にあっては、身分のあったものではあるまいか(注6)」とし、加藤静雄が「歌の成立の過程において、東国の豪族、富農階級の存在を考えねばならない(注7)」としたことは、「防人歌」の構成および作者名表記が、階級・階層的にも異なる身分を示すことを指摘したことになる。

このように考えるならば、例えば「国造丁」を「国造の使用人」(小学館全集)などと解する意見は受け入れることができず、また、「これらはみな防人に差された一般兵士で、国造丁を長とする防人集団の編成を示す」(小学館新全集)などと「防人歌」の防人を同一の階級・階層に属する一般兵士と解し、その視点で歌を眺めることも大きな誤解を招く一因となる。

そういう意味で「防人歌」の作者名表記は、天平勝宝七歳の防人集団の構成を知るうえでは非常に重要な資料となりうるとともに、「防人歌」の作者層を解明する大きな鍵となるものである。

三　「防人歌」作者名表記の意味―「上丁」

さて、林田正男の説のように、国造丁・助丁・主帳丁などが一般兵士ではなく、地方における上層階級の者であるとの説は、現在まだ一般的とはいえないが、ある程度認められつつある説といえるであろう。

しかし、「上丁」については、ほとんどの注釈書が「上丁は一般の兵士をいう。この『上』は身分の上下と関係なく、上番（勤務に就く）の意か」（木下正俊『全注』）としている状況である。したがって、「防人歌」を詠む防人集団の中には、国造丁・助丁・主帳丁のような上層階級の者もいれば、上丁のような一般兵士も存在することになる。はたしてそうであろうか。

そこで、上丁の作者名表記に目を向けると、上丁は必ず一郡に一人しか存在しないことが分かる。例えば先述した上総国では、「望陀郡《まぐたのこほり》上丁」「天羽郡《あまはのこほり》上丁」「朝夷郡《あさひなのこほり》上丁」「長狭郡《ながさのこほり》上丁」「武射《むざの》郡《こほり》上丁」「山辺郡《やまのへのこほり》上丁」「市原郡《いちはらのこほり》上丁」「周淮郡《すゑのこほり》上丁」「長柄郡《ながらのこほり》上丁」と記述されているが、その郡名は一つも重ならない。確かに、大伴家持が拙劣歌として多くの歌を削除したとはいえ、これは単なる偶然とは考えられない。なぜなら先述した下野国も「寒川郡《さむかはのこほり》上丁」「都賀郡《つがのこほり》上丁」「足利《あしかがの》郡《こほり》上丁」「梁田郡《やなだのこほり》上丁」「河内郡《かふちのこほり》上丁」「那須郡《なすのこほり》上丁」「塩屋郡《しほやのこほり》上丁」と一郡も重ならないし、[注8]この「一郡に必ず一名の上丁しか存在しない」という原則はすべての「防人歌」について言えるからである。[注9]

そのように考えるならば、この上丁という肩書きは

「望陀郡の上」＋丁　「天羽郡の上」＋丁　「朝夷郡の上」＋丁

であることを示す記述なのではないだろうか。つまり「郡の上」、すなわち「郡防人集団の長」を示している記述だったと考えられるのである。先述した上総国に「朝夷郡上丁丸子連大歳《まろこのむらじおほとし》」、下野国に「寒川郡上丁川上臣老《かはかみのおみおゆ》」などと、上丁にも有姓者が存在することもそれを証明していることとなる。

では、下記の国の上丁はどのように解釈するべきであろうか。

・駿河国

（四三三七）　上丁有度部牛麻呂
（四三三八）　助丁生部道麻呂
（四三三九）　刑部虫麻呂
（四三四〇）　川原虫麻呂
（四三四一）　丈部足麻呂
（四三四二）　坂田部首麻呂
（四三四三）　玉作部広目
（四三四四）　商長首麻呂
（四三四五）　春日部麻呂
（四三四六）　丈部稲麻呂

・武蔵国

（四四一三）　上丁那珂郡檜前舎人石前之妻大伴部真足女
（四四一四）　助丁秩父郡大伴部小歳
（四四一五）　主帳荏原郡物部歳徳
（四四一六）　妻椋椅部刀自売
（四四一七）　豊島郡上丁椋椅部荒虫之妻宇遅部黒女
（四四一八）　荏原郡上丁物部広足
（四四一九）　橘樹郡上丁物部真根
（四四二〇）　妻椋椅部弟女
（四四二一）　都築郡上丁服部於由
（四四二二）　妻服部呰女

（四四二三）　埼玉郡上丁藤原部等母麻呂

（四四二四）　妻物部刀自売

駿河国は最初に上丁・助丁が並ぶのみで、その他には肩書き・郡名が全く示されていない。また、武蔵国は最初に上丁・助丁・主帳と並び、四四一七からは「豊島郡上丁《とよしまのこほりのじやうてい》」と、先述した「〜郡＋上丁」の記述になっている。この記述は、岸俊男の説からすれば当然例外のように考えられ、四三三八の注釈で「前歌の作者の身分上丁より上位と思われるのに後置されているのは例外的だが、武蔵国の四四一四も同類」（全注）、「助丁が一国の防人集団において、その長たる国造丁に次ぐ地位にあるとし、防人歌の配列が、この防人の序列に従うものとすれば、駿河国・常陸国及び武蔵国では崩れて居る。上丁が助丁の上に配されているのである」[注10]などと説明されることとなる。また山﨑健司は、駿河国の配列は、家持が拙劣歌を除外する編纂の過程で助丁の前に上丁が切り継がれた結果であると指摘するが[注11]、もしそうであるならば、駿河国や武蔵国は配列的にまったく整備されていない記述となる。

この記述に対して、藤原芳男は「『上丁某郡某』・『助丁某郡某』・『主帳某郡某』と『某郡上丁某』との間には截然たる身分上の区別が存する」とし、「上丁某郡某」は「役職にある上丁であり」、「某郡上丁某」は「被管理の立場にある一般の上丁である」[注12]とした。また森淳司はこの区別は「上級の丁と、上番の丁とで区別したと思われる」[注13]とする。これらの説によると、上丁の記述には二種類の記述があったことになるが、林田正男はこの藤原説に対して、「従うべきだと考える」としながらも「役職者であれば何故に役職名を記さないのか」[注14]という疑問も提示している。しかし、この疑問は以下のように考えれば解消するのではないだろうか。

藤原説のように、上丁には「上丁+〜郡」の記述と「〜郡+上丁」の記述の二種類があったと考えていいだろう。そして、今問題になっている「上丁+〜郡」は駿河国・武蔵国ともに国の冒頭に位置していること、そして二国とも次に「助丁」の身分が示されていることからも、

「駿河国の上」+丁　　「武蔵国の上」+丁

であることを示す記述なのではないだろうか。つまり、四三三七は「駿河国の上」という役職、四四一三は「武蔵国の上」という役職を示している記述だと考えられるのである。

このように考えるならば、例えば武蔵国は「上丁+〜郡」「助丁」「主帳丁」「〜郡+上丁」と配列されていることになり、岸俊男の説を例外とする必要もない。すべての国において序列に従って順序正しく配列されていることとなるのである。

したがって、上丁には以下の二種類の記述が存在すると結論づけられる。[注15]

①「〜郡+上丁」―「郡防人集団の長」

②「上丁+〜郡」―「一国防人集団の長」

またそのように考えると、歴史的に国―郡という行政単位が軍の指揮と密接に関わっていたこととも整合することとなる。

この私案を発展させた小林宗治は防人集団の構成を

上丁（国造丁・国造）―助丁―主帳丁（帳丁・主帳）―（火長）―郡上丁…郡○

と一種類に整理し、「国造丁・国造」とは「『上丁』の特別な名称―栄爵的名誉職的な称号―として与えられた、もしくは敬意をこめて表記された」（注16）ものとする。首肯されるべき意見である。

以上、防人歌作者名表記を細かく見てきたが、この作者名表記の説が認められるならば、『万葉集』収載のすべての「防人歌」は、防人集団の中で役職に就く上層階級の身分の者の歌である。

と結論付けられる。毎年千人あまりの防人が交代していた歴史的事実を考え合わせると、「防人歌」の進上歌数の合計一六六首はその十パーセントにすぎない。この数は

「防人歌」を詠む防人と一般防人とは異なる

ことを暗に示唆しているのではなかろうか。

四　「防人歌」詠歌の場

「防人歌」が一般防人とは異なる上層階級の身分の者の歌だとするならば、「防人歌」の詠歌の「場」とはいかなる場なのだろうか。

吉野裕は、各国の「防人歌」に見られる歌の類同を民謡的な流布や先行する歌の模倣ではなく、各国それぞれが座を同じくする一つの集団的詠歌の結果とした。そして一国の歌の場が、防人遠征軍への入隊宣誓のような性格を持った官公的言立て的性格から私的抒情へと展開するさまを想定した。（注17）

「防人歌」が集団的歌謡に属するという、この基本的認識は現在ではほぼ認められているところであるが、詠歌の場は複数あるとする論や官公的性格の希薄な場であるとする論も多くなされている。

南信一は、詠歌の場を「出郷時」「旅の途次」「難波津」の三つの場に分け、「防人歌」をそれぞれこの三つに分類した。(注18)また身﨑壽や金子武雄も多少異なるものの、同じく「防人歌」を三分類している。(注19)

この場の論は重要な視点であるが、歌の内容面から実際の場を想定することははたして可能なのであろうか。林田正男も指摘するように「この分類の判断は個人の主観も入っているので、必ずしも客観性を持つとは言えず」「場と時点を異論なく定めることは困難」(注20)であろう。実際、難波津においても出郷の折の感慨を詠むことや、旅の途中の苦しみを詠むことは可能だと考えられる。

ここで、歌の内容面から実際の場を認定することの難しさを考え、別の視点からの場の問題の追究が必要であることを、作者名表記でも考察した駿河国・上総国二国の歌を取り上げて考察してみたい。上総国・駿河国の歌を以下に掲げる（便宜上歌の頭に番号を付す）。

・駿河国

①水鳥《みづとり》の発《た》ち急《いそ》ぎに父母《ちちはは》に物言《ものは》ず来《け》にて今ぞ悔《くや》しき　（四三三七）

右の一首、上丁有度部牛麻呂《じやうていうとべのうしまろ》

②畳薦《たたみけめ》牟良自《むらじ》が磯《いそ》の離磯《はなりそ》の母を離れて行《ゆ》くが悲しさ　（四三三八）

右の一首、助丁生部道麻呂《じよていみぶべのみちまろ》

③国巡《くにめぐ》るあとりかまけり行《ゆ》き巡《めぐ》り帰《かひ》り来《く》まで斎《いは》ひて待たね　（四三三九）

右の一首、刑部虫麻呂《おさかべのむしまろ》

④父母《とちはは》え斎《いは》ひて待たね筑紫《つくし》なる水漬《みづ》く白玉《しらたま》取りて来《く》までに　（四三四〇）

右の一首、川原虫麻呂《かはらのむしまろ》

⑤橘《たちばな》の美袁利《みをり》の里に父《ちち》を置きて道の長道《ながち》は行《ゆ》きかてぬかも　（四三四一）

右の一首、丈 部足麻呂《はせつかべのたりまろ》

⑥真木柱《まけばしら》ほめて造れる殿《との》のごといませ母刀自《ははとじ》面変《おめが》はりせず　（四三四二）

右の一首、坂田部 首麻呂《さかたべのおびとまろ》

⑦我《わ》ろ旅は旅と思《おめ》ほど家《いひ》にして子《こめ》持ち痩《や》すらむ我《わ》が妻《み》かなしも　（四三四三）

右の一首、玉作部広目《たまつくりべのひろめ》

⑧忘らむて野行《のゆ》き山行き我来《われく》れど我《わ》が父母《ちちはは》は忘れせぬかも　（四三四四）

右の一首、商 長 首麻呂《あきのをさのおびとまろ》

⑨我妹子《わぎめこ》と二人《ふたり》我《わ》が見しうち寄《え》する駿河《するが》の嶺《ね》らは恋《くふ》しくめあるか　（四三四五）

右の一首、春日部麻呂《かすがべのまろ》

⑩父母《ちちはは》が頭《かしら》かき撫《な》で幸《さ》くあれて言《い》ひし言葉《けとば》ぜ忘れかねつる　（四三四六）

右の一首、丈 部稲麻呂《はせつかべのいなまろ》

二月七日に、駿河国の防人部領使《さきもりがことりづかひ》守従五位下布勢朝臣人主《ふせのあそみひとぬし》の、実《まこと》に進《たてまつ》るは九日、歌の数二十首。ただし拙劣《せつれつ》の歌は取り載せず。

・上総国

A家《いへ》にして恋《こ》ひつつあらずは汝《な》が佩《は》ける太刀《たち》になりても斎《いは》ひてしかも　（四三四七）

右の一首、国造丁日下部使主三中《こくざうていくさかべのおみみなか》が父の歌

Bたらちねの母《はは》を別れてまこと我《われ》旅の仮廬《かりほ》に安く寝《ね》むかも　（四三四八）

右の一首、国造丁日下部使主三中《こくざうていくさかべのおみみなか》

C百隈《ももくま》の道は来《き》にしをまた更《さら》に八十島《やそしま》過ぎて別れか行かむ　（四三四九）

右の一首、助丁刑部直三野《じよていおさかべのあたひみの》

D庭中《にはなか》の阿須波《あすは》の神に小柴《こしば》さし我《あれ》は斎《いは》はむ帰り来《く》までに　（四三五〇）

右の一首、帳丁若麻績部諸人《ちやうていわかをみべのもろひと》

E旅衣《たびころも》八重《やえ》着《き》重《かさ》ねて寝《い》ぬれどもなほ肌寒《はださむ》し妹《いも》にしあらねば　（四三五一）

右の一首、望陀郡《まぐたのこほり》の上丁玉作部国忍《じやうていたまつくりべのくにおし》

F道の辺《へ》の茨《うまら》の末《うれ》に延《は》ほ豆《まめ》のからまる君をはかれか行《ゆ》かむ　（四三五二）

右の一首、天羽郡《あまはのこほり》の上丁丈部鳥《はせつかべのとり》

G家風《いへかぜ》は日《ひ》に日《ひ》に吹けど我妹子《わぎもこ》が家言《いへごと》持ちて来る人もなし　（四三五三）

右の一首、朝夷郡《あさひなのこほり》の上丁丸子連大歳《まろこのむらじおほとし》

H立《た》ち鴨《こも》の発《た》ちの騒《さわ》きに相見《あひみ》てし妹《いも》が心は忘れせぬかも　（四三五四）

右の一首、長狭郡《ながさのこほり》の上丁丈部与呂麻呂《はせつかべのよろまろ》

I外《よそ》にのみ見てや渡らも難波潟雲居《なにはがたくもゐ》に見ゆる島ならなくに　（四三五五）

右の一首、武射郡《むざのこほり》の上丁丈部山代《はせつかべのやましろ》

J我《わ》が母の袖《そで》もち撫《な》でて我《わ》が故《から》に泣きし心を忘らえぬかも　（四三五六）

右の一首、山辺郡《やまのへのこほり》の上丁物部乎刀良《もののべのをとら》

K葦垣《あしかき》の隈処《くまと》に立ちて我妹子《わぎもこ》が袖もしほほに泣きしそ思《も》はゆ　（四三五七）

右の一首、市原郡《いちはらのこほり》の上丁刑部直千国《おさかべのあたひちくに》

L大君《おほきみ》の命《みことかしこ》恐み出《い》で来《く》れば我《わぬ》取り付きて言ひし児《こ》なはも　（四三五八）

右の一首、周淮郡《すゑのこほり》の上丁物部竜《もののべのたつ》

M筑紫辺《つくしへ》に舳向《へむ》かる船のいつしかも仕《つか》へ奉《まつ》りて国《くに》に舳向《へむ》かも　（四三五九）

右の一首、長柄郡《ながらのこほり》の上丁若麻績部羊《わかをみべのひつじ》

二月九日に、上総国《かみつふさのくに》の防人部領使少目従七位下《さきもりがことりづかひせうさくわん》茨田連沙弥麻呂《まんだのむらじさみまろ》が進《たてまつ》る歌の数十九首。

ただし、拙劣《せつれつ》の歌は取り載せず。

駿河国・上総国「防人歌」の詠歌の場を先述した南・身﨑・金子は以下のように認定している。

	金子	身﨑	南
①	郷	旅	旅
②	郷	郷	郷
③	郷	郷	郷
④	郷	郷	郷
⑤	郷	郷	旅
⑥	郷	郷	郷
⑦	郷	旅	旅
⑧	旅	旅	旅
⑨	旅	旅	旅
⑩	旅	旅	旅

	金子	身﨑	南
A	郷	郷	郷
B	郷	郷	旅
C	津	津	津
D	郷	郷	郷
E	旅	旅	旅
F	郷	郷	郷
G	旅	旅	旅
H	旅	旅	旅
I	津	津	津
J	旅	旅	旅
K	旅	旅	旅
L	津	津	津
M	津	津	津

このように見ると、多少ズレがあるものの三者ともほぼ同じような見解になっていることに気づく。徴集された防人は、一旦国ごとに決められた場所に集められたであろうから、「出郷時」の場とは、国府や郡家における送別の宴の場と考えていいだろう。そう考えるならば、詠歌の場を三箇所に設定するこれらの説は非常に合理的な説と考えられてくる。

しかし、以下の常陸国を考察すると大きな壁にぶつかることとなる。常陸国前半四首は以下のような歌群になっている。

ア難波津《なにはつ》にみ船下《ふねお》ろ据《す》ゑ八十梶貫《やそかぬ》き今は漕《こ》ぎぬと妹《いも》に告《つ》げこそ　(四三六三)

イ防人《さきむり》に発《た》たむ騒《さわ》きに家《いへ》の妹《いむ》が業《な》るべきことを言はず来《き》ぬかも　(四三六四)

右の二首、茨城郡《うばらきのこほり》の若舎人部広足《わかとねりべのひろたり》

ウおしてるや難波の津ゆり船装《ふなよそ》ひ我《あれ》は漕ぎぬと妹《いも》に告《つ》ぎこそ　(四三六五)

エ常陸《ひたち》さし行《ゆ》かむ雁《かり》もが我《あ》が恋《こひ》を記《しる》して付けて妹《いも》に知らせむ　(四三六六)

右の二首、信太郡《しだのこほり》の物部道足《もののべのみちたり》

一人の防人が二首の歌を詠むことは他の国では例のないことであるが、これが詠歌の場の議論に大きな疑問を投げかける。先述した三者は以下のように詠歌の場を認定している。

	ア	イ	ウ	エ
金子	津	津	津	津
身崎	津	旅	津	旅
南	津	旅	津	旅

アとウを三者とも難波津に認定しているのに対し、イとエについては、身崎と南が旅の途次、金子が難波津と意見が食い違っている。この程度のレベルの食い違いは他の国でも多く見受けられるが、問題はこれら四首がそれぞれ密接な対応関係を見せているという事実である。アが「難波津」「今は漕ぎぬと」「妹に告げこそ」と詠むのに対し、ウは「難波の津」「我は漕ぎぬと」「妹に告ぎこそ」と対応させる。またイでは、十分に別れの言葉が発せられなかったことの後悔の念を詠むのに対し、エではその思いを雁に託そうと詠むことで対応させている。つまり、これら四首は同一の場において、順次前歌に合わせて詠まれていったことを示すと考えられるのである。金子が四首とも難波津の作とするのはそれを考えてのことであろう。実際、現在の研究では難波津での詠として一括して考える方が一般的である。(注21) 渡部和雄は、常陸国の「防人歌」には、家持が関わる「難波歌壇」のような場があったと指摘するが、(注22) そのように考えるならば、常陸国防人歌には、家持の影響が多分に介入していることも予測されてくる。

ともかくアイウエを一括して難波津での作と解するならば、他の「防人歌」も歌の内容からだけで詠歌の場を判断することが、いかに困難かが理解されるのである。

駿河国・上総国の二国においては、三者ともほとんど異論がなく、駿河国においてはすべてを郷里での作か旅の途次での作としている。つまりそこには難波津での作が存在しない。また、上総国でも難波津での作と三者がともに認定しているのは、十三首中三首のみである。では、以下のような二国間の完全な対応関係をどう説明すればよいのであろうか。

B たらちねの母を別れてまこと我旅の仮廬に安く寝むかも　（上総・四三四八）
②畳薦牟良自が磯の離磯の母を離れて行くが悲しさ　（駿河・四三三八）
D 庭中の阿須波の神に小柴さし我は斎はむ帰り来までに　（上総・四三五〇）
③国巡るあとりかまけり行き巡り帰り来までに斎ひて待たね　（駿河・四三三九）
④父母え斎ひて待たね筑紫なる水漬く白玉取りて来までに　（駿河・四三四〇）
H 立ち鴨の発ちの騒きに相見てし妹が心は忘れせぬかも　（上総・四三五四）
⑧忘らむて野行き山行き我来れど我が父母は忘れせぬかも　（駿河・四三四四）
I 外にのみ見てや渡らも難波潟雲居に見ゆる島ならなくに　（上総・四三五五）
⑨我妹子と二人我が見しうち寄する駿河の嶺らは恋しくめあるか　（駿河・四三四五）
J 我が母の袖もち撫でて我が故に泣きし心を忘らえぬかも　（上総・四三五六）
⑩父母が頭かき撫で幸くあれて言ひし言葉ぜ忘れかねつる　（駿河・四三四六）

これらをふまえ、駿河・上総国二国の対応関係を図式化すると以下のようになる。

駿河国	上総国
4337　父母	4347　父の歌
4338　母	4348　母
4339　国巡る　行き巡り	4349　百隈の道　八十島過ぎて
4340　父母　斎ひて待たね	4350　我は斎はむ
取りて来までに	帰り来までに
4341　父	4351　妹
4342　母	4352　君
4343　子・我妻・家	4353　我妹子・家
4344　父母	4354　妹
忘れせぬかも	忘れせぬかも
4345　駿河の嶺	4355　難波潟
二人我が見し	外にのみ見てや
4346　父母	4356　母
頭かき撫で	袖もち撫でて
忘れせぬかも	忘らえぬかも
◆	4357　袖・我妹子
◆	4358　取りつきて・児
◆	4359

ほとんどが郷里や旅の途次での作である二国の歌が、なぜこのような整然とした対応関係を示すのであろうか。考えられる結論は、これらは同一の場で詠まれた歌群なのではないか、ということだ。(注23)そしてその二国間が、同一の場を設けることができるのは難波津と考えていいのではなかろうか。(注24)このように結論づけるならば、南・身﨑・金子三者ともが最も可能性が低いと考えた難波津の場こそが、実はこれらの歌が生み出されてきた実際の場であったといえるだろう。

上総国と駿河国の左注の進上日時もそれを間接的に立証している。上総国が進上されたのは二月九日であるが、駿河国の左注には

二月七日に、駿河国の防人部領使守従五位下布勢朝臣人主の、実に進るは九日、歌の数二十首。ただし拙劣の歌は取り載せず

とある。ここに「実に進るは九日」とあることに注目したい。なぜわざわざこのような記述をしたのか、なぜ二日おくれてわざわざ九日に提出されなければならなかったのか、それは上総国の九日と関連があるのではないだろうか。この記述は二国間が同時に、また一緒に進上されたことを端的に示唆しているのではなかろうか。

林田正男は、常陸国と下野国の二国の詠歌の場は同一ではないかと推論し、「そのうたげの座は、常陸と下野の防人軍団が到着後に兵部省の役人の検閲（人員・装備）を受け、その後（翌日でもよい）常陸と下野の防人合同の直会の場であったと想定する(注25)」と結論づけた。林田が指摘する対応関係には、

ア難波津にみ船下ろ据ゑ八十梶貫き今は漕ぎぬと妹に告げこそ　（四三六三）
白波《しらなみ》の寄《よ》そる浜辺《はまへ》に別れなばいともすべなみ八度袖《やたびそで》振る　（下野・四三七九）
ウおしてるや難波の津ゆり船装ひ我は漕ぎぬと妹に告ぎこそ　（四三六五）
国々《くにぐに》の防人集《つど》ひ船乗《ふなの》りて別るを見ればいともすべなし　（下野・四三八一）

などの歌群があるが、実際にはこれらが対応するとは言いがたい。したがって、これらが同一の場での作とはすぐには納得できないが、二国間の同一の場の可能性を示唆したことは重要な視点であろう。実はこの視点こそは、従来の「防人歌」詠歌の場の考察において欠けていた重要な視点と言わなければならない。

ともかく、「防人歌」は二国間での詠歌の場において作られたものもあった可能性は否定できず、それが認められるならば、それは難波津という二国間共同の宴の場で、郷里での感慨や、旅の途中の苦しみや、難波津からの船出の悲しみ、ときに官公的言立て・公的な儀礼的な歌などを詠んだことになる。そして難波津において、二国間が同じ場で詠歌の宴の場を設け、そこで相手の国の歌に対して応対できるには、相当の歌の教養と素質がなければならないはずだ。したがって、その場は一般兵士の集まる場ではなく、実は防人の中でもごく一部分、つまりは役職につく防人や地方においては上層階級の、歌に素養のあった身分の者などが集う場であったと理解されてくるのである。

五　「父母思慕の歌」の発想基盤

役職につく防人や地方においては上層階級の、歌に素養のあった身分の者などが集う「防人歌」詠歌の場において、防人たちは東歌や先述した伝承上の防人歌には見られない「父母思慕の歌」という新たな特徴の歌を詠む。

「防人歌」と同様、旅の状況で詠まれた巻十五・遣新羅使人等の歌においては「家」と「旅」とを対比させた羈旅歌の伝統的発想に貫かれており、[注26]「旅」という場において、「妹」に逢えないことを嘆く歌が大半を占める。実際、遣新羅使人等の歌には「妹（妻）」を詠みこんだ歌が五十七首見られる。しかし、この歌群には「父母」を慕う歌は一首もなく、挽歌に二例見られるのみである。

それに対して、「防人歌」では、羈旅的発想の「妹（妻）」を詠みこむ歌が二十四首見られるのと同様、「父母」を詠みこんだ歌も二十三首見られ、これは「防人歌」に特徴的な、非常に特異な発想と言えるであろう。

東歌での「父母」は、例えば

駿河《するが》の海おしへに生《お》ふる浜つづら汝《いまし》を頼み母《はは》に違《たが》ひぬ　（巻十四・三三五九）
筑波嶺のをてもこのもに守部《もりへ》据《す》ゑ母い守《も》れども魂《たま》そ合ひにける　（巻十四・三三九三）
上野《かみつけの》佐野《さの》の船橋《ふなはし》取り放し親は放《さ》くれど我《わ》は離《さか》るがへ　（巻十四・三四二〇）

とあり、すべてが妻問の障害ないしは監督者として父母が詠まれている。それに対して、「防人歌」では以下のように「父母」は思慕する対象として詠まれているのである。

時時《ときとき》の花は咲けども何すれそ母《はは》とふ花の咲き出来《でこ》ずけむ　(遠江・四三二三)
大君《おほきみ》の命《みこと》恐《かしこ》み磯《いそ》に触《ふ》り海原《うのはら》渡る父母《ちちはは》を置きて　(相模・四三二八)
天地《あめつし》のいづれの神を祈らばか愛《うつく》し母にまた言問《ことと》はむ　(下総・四三九二)

先述した駿河国①②④⑤⑥⑧⑩も「父母」を詠みこむ歌であり、駿河国十首中七首が「父母思慕の歌」なのである。

また、遠江・四三二三は『日本書紀』には

本毎《もとごと》に花は咲けどもなにとかもうつくし妹《いも》がまた咲き出来ぬ　(巻二十五)

とあり、『日本書紀』の「妹」が「防人歌」では「母」に変えられ詠まれており、駿河国①は巻十四の「柿本朝臣人麻呂歌集中出」と左注された歌に類歌があり、

あり衣《きぬ》のさゑさゑしづみ家《いへ》の妹に物言《ものい》はず来にて思ひ苦《ぐる》しも　(巻十四・三四八一)

とある。

これらの歌からは、「防人歌」の作者がこのような類歌を知っていたであろうことを物語るとともに、意図的に「妹」を「母」に変えて詠んだであろうことをも示唆するものである。問題はなぜ、「妹」を「母」に変えて「父母思慕の歌」を詠んだのか、なぜ他の羈旅歌などには類を見ない「父母思慕の歌」を詠みこむ必要があったのか、ということである。遠藤宏は、防人歌の本質は「万葉歌における旅の途次の歌の伝統的発想という一般性の中に解消することはできまい」「防人歌は一般性をいかに越えているかという点を解明しなくてはならない」(注27)と述べるが、「父母思慕の歌」こそ、この一般性を越えている「防人歌」の発想といえるであろう。(注28)ではその発想の基盤とは何か。

渡部和雄は、東歌と「防人歌」とを「妹」「父母」などの言葉を核にしながら比較検討し、「防人歌」は神、大君、父母という「縦の発想」によって貫かれていると指摘し、そこには「忠と孝を一本化しようとする歴史意識」が反映されているとした。(注29)この論をふまえ林慶花は、「父母」が詠まれた「防人歌」の形成には家持が関わっていたと想定し、

管轄下の防人たちに対して、律令制度の思想的基盤として据えられた、「孝」を中心とした家族倫理を広めようとする家持の官人意識が関わっていたのではないか。行旅中にあって己の帰還を待っている親を思慕する防人たちの情は、儒教の「孝」の倫理にも合致するのである。(注30)

と指摘する。そして家持の意識が関わっているとする以上、家持の「防人歌」への積極的な関わりがなければならないが、その可能性として「I歌の場への参加による作歌指導　II蒐集された歌の添削

III部領使への訓示」の三つの可能性が想定されるとした。「父母思慕の歌」に家持の「I歌の場への参加による作歌指導」を認めるならば、それは渡部和雄の「難波歌壇」の可能性も十分考えられることとなる。

「父母思慕の歌」二十三首中、先述した南・身﨑・金子三者全員が難波津での詠歌としたものは、四三二八・四三三〇・四三八三の三首のみである。このことから、これら「父母思慕の歌」には難波津の場（「難波歌壇」）での影響（指導）は考えられないとみるか、または先述したように、詠歌の場は歌の内容からは判断できず、これら二十三首は難波津での作だと考える可能性もあるのか、現段階ではすぐには判断がつかない。家持の訓示が各国の国府にまで伝えられていた場合、郷里の場においても「父母思慕の歌」は詠みこまれる可能性は十分にあるからである。

ともかく、「父母思慕の歌」が「孝」の倫理を詠みこむ歌だと判断されるならば、それを詠みこむ作者とは、五教倫理などを教育された律令官人に連なる可能性のある人々であろうと推測され[注31]、その作者層とは、本稿においてたびたび述べてきたような防人の中でもごく一部分、つまりは役職につく防人や地方においては上層階級の身分の者だったと考えられるのである。

つまり、「父母思慕の歌」は「防人歌」作者層を特定する重要な鍵になるものだったのであり、松田聡が故郷の父母を詠む歌は「律令官人のカテゴリーに属することがはっきりしている[注32]」と行路死人歌の考察で指摘したことは、実は「防人歌」においても十分に当てはまる可能性のある結論だったといえるであろう。「父母思慕の歌」詠歌の場の問題は、今後さらに追究されなくてはならない重要な問題である。

六　おわりに

本稿では、『万葉集』巻二十「天平勝宝七歳乙未の二月に、相替りて筑紫に遣はさるる諸国の防人等が歌」の題詞を持つ「防人歌」を考察の対象としてきた。そしてその作者名表記の方法、詠歌の「場」の問題、さらに「防人歌」に特徴的な「父母思慕の歌」などを取り上げ、それぞれを考察した結果、

「防人歌」とは、役職につく防人や地方においては上層階級の身分の者の歌である。

という結論が導き出された。そのように考えるならば、この「防人歌」は律令官人の最末端に位置する人々（役職につく防人）の詠であり、一般防人兵士の詠ではなかったこととなる。「防人歌」研究は、まずこれを前提に再考されなければならないだろう。

注1　村瀬憲夫「万葉集巻十四『防人歌』の編纂」（『松田好夫先生追悼論文集　万葉学論攷』続群書類従完成会・平成二年）、市瀬雅之「『防人文学』の基層―巻十三・三三四四～四五の場合―」（『上代文学論究』第五号・平成九年三月）など参照。なお巻十四には「防人歌」の部立て以外にも防人歌が収載されているると推定されている（三四二七・三四八〇・三四八一・三五一五・三五一六・三五二〇・三五二八など）。

2　岸俊男「防人考―東国と西国―」（『万葉集大成11』平凡社・昭和三十年）

3　直木孝次郎が、岸説を「推論はまったく合理的で、その大綱は疑問をいれる余地がない」（「防人と舎人」『飛鳥奈良時代の研究』塙書房・昭和五十年）とする一方、「国造丁は防人集団の長で助丁は副長であるというような同類の防人幹部ではなく」「国造丁は、律令国造の分身代務者で防人に本国産土神の恩頼を伝えるべき従軍地方神祇官である」（「防人『国造丁』についての考察―律令時代における氏姓国造の遺制に関わって―」『史林』第五十四巻五号・昭和四十六年一月）などの説も存在する。

4　松嶋順正編『正倉院寶物銘文集成』（吉川弘文館・昭和五十三年）参照。

5　林田正男「防人の出自の諸相」『万葉防人歌の諸相』（新典社・昭和六十年）

6　星野五彦「防人歌の作者」『防人歌研究』（教育出版センター・昭和五十三年）

7　加藤静雄「東歌の作者層についての一考察」『万葉集東歌論』（桜楓社・昭和五十一年）

8　『万葉集』の編纂に働いた地理的配列には「延喜式的上代国郡図式」と呼ぶべき順序のあったことが指摘されているが（伊藤博「万葉集における歌謡的歌巻」『万葉集の構造と成立　上』塙書房・昭和四十九年）、それをふまえ渡瀬昌忠は、この根幹にあるものは「反時計回り」の方角順であることを指摘し、『風土記』の郡名配列は大体においてこの「反時計回り」の方角順であることを指摘した（「人麻呂歌集略体歌の地理的配列―時計回り方角順と〈東―西〉〈南―北〉の対比―」「実践国文学」第五十一号・平成九年三月、『渡瀬昌忠著作集　第二巻』おうふう・平成十四年所収）。下野国防人歌の郡名の配列も大体において「反時計回り」となっており、これが何を意味するかは現段階では不明であるが、歌の内容からだけでは把握できない配列意識があったことは確かである。

9　一つの郡から二名以上の防人が歌を提出している国、例えば常陸国では茨城郡から二名の防人、また下総国では、結城郡から三名の防人が歌を提出しているが、彼らには「上丁」とは記されていない。したがって、「上丁」と記されている者とその記述がない者とは別の身分を示していると考えられ、

「上丁と遠江のみに見える防人は、多くのかかる呼称を冠せられない人々と共に一般防人兵士」（注2）とする通説には疑問がある。また、上丁は必ず一郡に一名であるという事実は、進上歌数が郡数と関連するのではないかという私見を導き出す（注15）。

10 水島義治『萬葉集防人歌全注釈』（笠間書院・平成十五年）

11 山﨑健司「防人歌群の編纂と家持―防人関連歌形成の契機―」（「熊本県立大学日本語日本文学学会国文研究」第四十八号・平成十五年一月）

12 藤原芳男「進上諸国防人歌の序列」（「萬葉」第九十七号・昭和五十三年六月）

13 森淳司「諸国防人歌の進上」（「日本大学・語文」第八十八号・平成六年三月）

14 林田正男（注5）

15 拙稿「防人歌作者名表記の方法―進上歌数との関連から―」（『古典と民俗学論集―桜井満先生追悼―』おうふう・平成九年）。

16 小林宗治「遣筑紫諸国防人等歌―防人集団の肩書きと序列―」（「美夫君志」第六十六号・平成十五年三月）

17 吉野裕『防人歌の基礎構造』（伊藤書店・昭和十八年。本稿では筑摩書房・昭和五十九年に拠った）

18 南信一「駿河国防人歌」『萬葉集駿遠豆　論考と評釈』（風間書房・昭和四十四年）

19 身﨑壽「防人歌試論」（「萬葉」第八十二号・昭和四十八年十月）、金子武雄「東国防人等にとってのその歌」『万葉　防人の歌』（公論社・昭和五十一年）

20 林田正男「防人歌の人と場」（注5）

21 例えば、山﨑健司（注11）や阿部りか「天平勝宝七歳の常陸国防人歌」（「萬葉研究」第二十号・平成十六年二月）など参照。

22　渡部和雄「時々の花は咲けども―防人歌と家持―」（「国語と国文学」第五十巻九号・昭和四十八年九月）
23　拙稿「防人歌『駿河国・上総国歌群』の成立―『進上歌数』との関連から―」（「美夫君志」第六十八号・平成十六年三月）
24　この二国間の場の問題は、さらに追究しなければならない問題であるが、例えば天平十年の「駿河国正税帳」に駿河国を通過した国として上総国も挙げられていることから（『大日本古文書（二）』）、駿河国での宴の場（国庁）なども考えられる。
25　林田正男「防人歌の人と場」（注5）
26　伊藤博「万葉集における付庸的歌巻」『万葉集の構造と成立　下』（塙書房・昭和四十九年）
27　遠藤宏「防人―その歌の場―」（『萬葉集講座　第六巻』有精堂・昭和四十七年）
28　例えば、渡部和雄「東歌と防人歌の間」（「国語と国文学」第四十九巻八号・昭和四十七年八月）、「防人歌における『父母』」（「北大古代文学会研究論集」第二号・昭和四十七年八月）などは、「父母思慕の歌」を「防人歌」固有の特徴と捉えている。
29　渡部和雄（注28）論文
30　林慶花「『父母』の詠まれた防人歌形成試論」（「上代文学」第八十七号・平成十三年十一月）
31　拙稿「防人歌作者層の検討―『父母思慕の歌』を手掛かりとして―」（「國學院雑誌」第百巻四号・平成十一年四月）においては、「父母思慕の歌」には「五教倫理」の発想があり、したがって、「防人歌」を詠む作者層には、地方において「五教倫理」を教育された郡司子弟層などが含まれていることを「上丁」とからめて論じた。
32　松田聡「家持の防人同情歌群」（「国文学研究」第百九集・平成五年三月）

＊使用テキスト
『万葉集』（新編日本古典文学全集・小学館）
『続日本紀』（新日本古典文学大系・岩波書店）

無名歌人たちの珠玉の小品――男性編――

橋本達雄

一　はじめに

与えられた題目の「無名歌人」とは、作者未詳の歌人をいうのではなく、あまり一般には知られていない、いわゆる有名歌人でない歌人をいうのであるらしい。そこで有名歌人とはいかなる歌人をいうのかを考えてみた。手がかりを、これまで刊行された講座類の項目に求めて調査すると、『万葉集講座』が三種、春陽堂（昭8）、創元社（昭27）、有精堂（昭47・48）、『万葉集大成』平凡社（昭和28・29）、さらに『和歌文学講座』が二種、桜楓社（昭44）、勉誠社（平5）、それに『セミナー万葉の歌人と作品』（刊行中）の七種に作家論として項目のある歌人の数を集計すると、二回以下の歌人を省いて次のようになる（カッコ内は回数）。順に、

柿本人麻呂《かきのもとのひとまろ》（12）　大伴家持《おおとものやかもち》（10）　山上憶良《やまのうえのおくら》（9）　山部赤人《やまべのあかひと》（9）　額田王《ぬかたのおおきみ》（8）
大伴旅人《おおとものたびと》（8）　高橋虫麻呂《たかはしのむしまろ》（8）　大伴坂上郎女《おおとものさかのうえのいらつめ》（8）　高市黒人《たけちのくろひと》（6）　狭野弟上《さののおとがみの》

娘子《おとめ》（6）　笠金村《かさのかなむら》（4）　田辺福麻呂《たなべのさきまろ》（3）

以上十二名、うち男性は九名である。まずは穏当なところであろう。するとこれらの人を除いた男性歌人が本稿で扱う無名歌人となる。しかし、そうはいっても、万葉集巻一巻頭の雄略《ゆうりゃく》天皇御製、続く舒明《じょめい》天皇の国見歌はあまりにも有名でこれを無名扱いするのはためらわれるので、これは除くことにしたい。また、巻十五後半に出る狭野弟上娘子（6回）と贈答した中臣宅守《なかとみのやかもり》は娘子との関係で論じられることが多いのでこれも省略する。そのほか、本書で別項のある巻々の歌人については触れない。以下巻順に見てゆくことにする。

なお、文末には本稿で取上げた皇室関係歌人の系譜を知るために天皇家の系図を付した。

二　巻一・二の秀歌

巻一は「雑歌《ぞうか》」の巻で、主として公の場で発表されたさまざまの歌を収録する。

たまきはる宇智《うち》の大野《おほの》に馬並《うまな》めて朝踏《あさふ》ますらむその草深野《くさふかの》　（巻一・四　中皇命《なかつすめらみこと》）

題詞は舒明天皇（六二九〜六四一）が宇智野《うちの》で遊猟《みかり》する時、中皇命が間人老《はしひとのおゆ》に献らしめた歌だとある長歌の反歌である。中皇命は舒明の皇女間人皇女《はしひとのひめみこ》をいうらしいが、舒明朝の末年でも、まだ十三、四歳と推定されるので、乳母《うば》方の間人老が皇女になり代り、一体となって献上した歌と思われる。したがって反歌も同様であろう。長歌はここに掲げないが、古歌謡の発想・リズムを踏襲して古風であるのに対し、これは長歌を離れて独立した歌の趣をもち颯爽と朝猟に馬を並べて進める様子を想像した歌である。「たまきはる」は「内《うち》・命《いのち》」などにかかる枕詞で原義未詳だが、その音調から宇智の大野の明るく広々とした空間を喚起する働きをしており、「朝踏む」「草深野」（草の深い野）など簡潔に圧縮した造語が全体を力強くひきしめ、躍動感にあふれる歌になっている。万葉のもっとも早い時代に、すでに歌謡から訣別した高らかな響を伝える歌が誕生していることは注目に価する。

わたつみの豊旗雲《とよはたくも》に入日射《いりひさ》し今夜《こよひ》の月夜《つくよ》さやけくありこそ　（巻一・一五　中大兄《なかのおほえ》）

中大兄はのちの天智天皇。この歌は大和の三山（畝傍《うねび》・耳梨《みみなし》・香具山《かぐやま》）の妻争い伝説を印南野《いなみの》（兵庫県明石市から高砂市にかけての野）を見つつ詠んだ長歌の反歌となっているが、反歌らしくないので、長歌を詠んだ同じ場所で作った歌が並んで記録されていたのを反歌と誤認したものか。

「わたつみ」は海神。「豊旗雲」の「豊」は呪的讃め詞。「旗雲」は瑞雲でめでたいしるし。海神が霊威によってたなびかす瑞雲に入日が赤々と射す荘厳・華麗な光景をまのあたりにしつつ、「今夜の月夜」（今晩の月あかり）は間違いなくさやかであろうぞ、と確信した歌であり、「こそ」は断定に近い希求の終助詞といえる。景と情とが渾然と調和し、雄渾でひきしまった調べである。おそらく印南の海上で、夜の航海の安全を呪的に願って詠んだのであろう。前の宇智野の歌も猟の安全と豊猟とを呪的に願う歌であった。この二首には言語の呪力（言霊《ことだま》）が生きていて、初期万葉時代特有の張りのある、すぐれた歌調を生み出している。こうした歌は次代では影をひそめるものとなる。

み吉野《よしの》の　耳我《みみが》の嶺《みね》に　時なくぞ　雪は降りける　間《ま》なくぞ　雨は降りける　その雪の　時なきがごと　その雨の　間なきがごとく　隈《くま》も落ちず　思ひつつぞ来《こ》し　その山道《やまみち》を

（巻一・二五　天武天皇）

天智十年（六七一）、近江大津宮で病に倒れた天智天皇は、冬十月十七日、枕頭に皇太子大海人皇子《おおあまのみこ》（のちの天武天皇）を呼び、後事を託そうとした。が、そのまま受けると裏に陰謀のある事を悟った皇子は、皇位は皇后に、政治は大友皇子に委ねることを進言し、自らは天皇のために出家して仏道修行したいと申し出て、許されるやただちに出家し、十九日には大津宮を出発、翌二十日には吉野に去った。この長歌は明日香から吉野へ越える山道を強行軍した時の皇子の心境をのちに回想したものと思われる。

折しも初冬、み吉野の耳我の嶺（どの山か不明）には時を定めず間断なく雪や雨が冷たく降りしっていた。その雪や雨のように時を定めず間断なく、山道の曲り角ごとに、ずうっと物思いに沈みながらやってきたことだ、その山道を。というのが大意である。これからの政治の行方や骨肉の争いのことなど、いろいろ思いをめぐらしつつ、一歩一歩山道を進んでゆく皇子の様子を想像させる沈鬱な歌である。

この歌には巻十三に句数も同じ恋歌の類歌がある（三二六〇、三二九三）。その旋律を摂取して某歌人が作り、天皇の歌として流布させたものであろう。

よき人のよしとよく見てよしと言ひし吉野よく見よよき人よく見《み》　（巻一・二七　天武天皇）

吉野に入った大海人皇子は、翌年六月、古代最大の内乱壬申《じんしん》の乱を起こし（六七二）、近江朝廷を激戦の末にうち破り、即位して天武天皇となり、都を再び明日香に戻した。天武八年（六七九）五月五日、天皇・皇后（のちの持統天皇）は有力な六皇子（草壁《くさかべ》・大津・高市《たけち》・川島・忍壁《おさかべ》・志貴《しき》）をひきつれて、天武朝の原点ともいうべき吉野に行幸し、「おのおの異腹」の子であるけれども「相扶《あひたす》けて忤《さか》ふること」がないようにとの誓いを立てさせた。いわゆる六皇子の盟約である。この歌はその行幸の際の歌である。

「よき人」とは昔の君子。「よき人がよい所だといってよく見て、よしと言った、この吉野を、今のよき人よ（六皇子をいう）よく見なさい」の意。「よし」を八度、「見」を三度も反復し、軽快で明るい歌である。盟約の儀式がとどこおりなく終ったあとの宴席で、ごきげんな天皇が重大なことを戯れの形で説いた姿が髣髴《ほうふつ》とするような歌である。

前掲の長歌もこの行幸の際に歌われたものであろう。天皇の吉野行幸はこの一回だけであった。

采女《うねめ》の袖《そで》吹《ふ》き返《かへ》す明日香風《あすかかぜ》都《みやこ》を遠《とほ》みいたづらに吹く

（巻一・五一　志貴皇子《しきのみこ》）

明日香の宮から藤原宮に都が移った（持統八年〈六九四〉）あとの歌と題詞に記された歌である。志貴皇子は天智天皇の皇子。吉野での盟約に天武の皇子とともに加わった（前の歌参照）。「采女」は諸国の郡の少領以上の姉妹や子女のうち、容姿端麗な者が選ばれて天皇に奉仕するために貢上された女性で、天皇の専有であった。

都が移ったあとに、さびれた古都におもむいた皇子が、かつては都大路を行くあでやかな采女たちの袖をひるがえしつつ吹いた明日香風が、今は都が遠いので、そのかいもなく吹いている空しさを歌ったものである。華やかな幻想がいっそう寂莫の感を深めている。

巨勢山《こせやま》のつらつら椿《つばき》つらつらに見つつ偲《しの》はな巨勢の春野を

（巻一・五四　坂門人足《さかとのひとたり》）

大宝元年（七〇一）秋九月に持統上皇が紀伊国《きのくに》へ行幸になった時の歌である。坂門人足は伝未詳。歌もこの一首だけである。巨勢山は奈良県御所《ごせ》市古瀬《こせ》、JR和歌山線と近鉄線の交わる吉野口駅付近。紀伊への交通路にあたる。

この歌より前に作られたと思われる、春日老《かすがのおゆ》の、

河《かは》の上《うへ》のつらつら椿《つばき》つらつらに見れども飽かず巨勢の春野は
（巻一・五六）

をふまえて、巨勢の春野に連なり咲くみごとな椿の花（つらつら椿）を秋九月に想像して偲んだものである。「つらつらに」はつくづくとの意。交通の要地巨勢の風光をたたえることは旅の安全を祈ることにつながる。「つらつら」の反復は調子がよく、明るく楽しい旅の雰囲気をかもし出している。

葦辺《あしへ》行《ゆ》く鴨《かも》の羽《は》がひに霜降《しもふ》りて寒き夕《ゆふへ》は大和《やまと》し思《おも》ほゆ
（巻一・六四　志貴皇子）

志貴皇子は五一番歌に既出。歌は慶雲《きょううん》三年（七〇六）九月二十五日、文武天皇の難波宮行幸に従駕した時の歌である。太陽暦で十一月九日から一か月近く滞在していた。

葦の茂っている大阪湾の岸辺を泳いでゆく鴨の羽がい（翼の交わるところで、背中）に霜が光っている。そのようにしんしんと身に沁む寒さに、大和にいる妻のことがひとしお恋しく思われるというのである。旅にあって家郷を恋しく思う旅愁表現の型の歌は、柿本人麻呂に始まるらしい（巻三・二五二）。これもその型によっているが、「鴨の羽がひに霜降りて」と誇張して寒さを強調しているところが斬新で印象的である。あるいは月光で鴨の背中が寒々と光って見えたのでもあろうか。

うらさぶる情《こころ》さまねしひさかたの天《あめ》のしぐれの流《なが》れあふ見れば
（巻一・八二　長田王《ながたのおほきみ》）

長田王は系統未詳。天平年間の風流侍従の一人（『家伝』）。題詞には和銅五年（七一二）夏四月に伊勢に遣わされた時の歌とあるが、「しぐれ」は季節が合わないので、左注では、多分その時誦詠した古歌かといっている。その可能性は高いが、あるいは別時の作とも考えられる。
「うらさぶ」は心の楽しまぬさま。「さまねし」は隅々までゆきわたる意。「ひさかたの」は天《あめ》の枕詞、原義未詳。「ものさびしい思いが胸いっぱいにひろがる。大空からしぐれの雨が流れるように乱れ降るのを見ると」の意である。稲岡耕二は「しぐれの降る寂しさを詠んだ最古の作」（和歌文学大系『万葉集(一)』）と指摘し、伊藤博は「雨の降るのを『流る』といった唯一の例」（『釈注一』）といっている。
満目蕭条《まんもくしょうじょう》たる景の中で覚える旅愁の表現である。言葉続きも素直でわかり易く、一読心に沁み通る歌である。

○

巻二は「相聞《さうもん》」と「挽歌《ばんか》」の巻である。相聞は私情を伝えあう歌、主として恋愛の歌。挽歌は死を悲しむ歌。原義は柩《ひつぎ》を挽《ひ》く時に唱《うた》う歌の意である。

我《われ》はもや安見児《やすみこ》得《え》たり皆人《みなひと》の得《え》かてにすといふ安見児得たり
（巻二・九五　藤原鎌足《ふぢはらのかまたり》）

鎌足が采女《うねめ》安見児を娶《めと》る時に作った歌である。

采女については五一番歌で触れた。天皇の専有であったので、臣下との結婚は堅く禁じられていた。その美しい采女安見児を鎌足だけが妻とすることのできた喜びを手放しで歌ってみせた歌である。大化改新の功臣鎌足に特別に下賜された女性であったのだろう。「も」「や」は詠嘆の助詞で「私はまあ」の意。「皆人」はここにいる皆さん方の意。おそらく宴席で披露された歌であろう。形式は二句目と五句目でくり返す古歌謡の型によっていて、単純・素朴であり、歓喜の情が力強く表現されている。策謀家鎌足の一面を見せている。

相聞はこの一首のみ。以下は挽歌である。

磐代《いはしろ》の浜松《はままつ》が枝《え》を引き結びま幸《さき》くあらばまたかへり見む　（巻二・一四一　有間皇子《ありまのみこ》）

挽歌冒頭の歌で題詞に「有間皇子自ら松が枝《え》を結ぶ歌二首」とある一首目の歌である。有間皇子は孝徳天皇の皇子。父孝徳は皇太子中大兄との確執の末に憤死した人で、父の恨みを胸に秘めて育った。斉明天皇四年（六五八）十月、天皇は中大兄ら多くの廷臣を従えて紀湯泉《きのゆ》（和歌山県白浜湯崎温泉）に行幸した。その留守を狙って留守官の蘇我赤兄《そがのあかえ》は天皇の失政を挙げて、皇子に謀反をそそのかした。皇子は時に十九歳。謀略とも知らず、喜んで挙兵の謀議をめぐらすが、ことはその夜のうちに破れ、捕えられて紀温泉に送られた。歌は途中の岩代（和歌山県日高郡南部町《みなべ》）で詠まれたものである。岩代は旅の安全を祈って草や木の枝を結ぶ呪術を行《おこな》う所で、皇子は土地の習俗に従い松の枝を結んで無事を祈ったのである。謀反は国家の大罪、運命はきまっているが、もしやと思う心が、「ま幸くあらば」の仮定で、「また立ち帰ってこの松を見よう」と思うのであった。紀温泉での中大兄の訊問に対して「天《あめ》と赤兄と知らむ。吾《おのれ》全《もはら》ら解《し》らず」と毅然として答えたという。その翌日、帰路の藤代坂《ふじしろのさか》（海南市）で殺害されて終る。

悲劇的事件とともに味わうと悲しみ深い歌であるが、歌そのものは切迫した悲哀感に欠けている。そのことがかえって悲しみを誘うのであろうが、まだ自哀の表現が造型できなかった時代であったのではなかろうか。したがって後世の仮託説は採らない。

山吹《やまぶき》の立ちよそひたる山清水《やましみづ》汲《く》みに行《ゆ》かめど道の知らなく

（巻二・一五八　高市皇子《たけちのみこ》）

天武七年（六七八）四月、十市皇女《とおちのひめみこ》が病気で急逝した時、異母弟高市皇子の作った挽歌三首のうちの一首である。十市皇女は天武天皇と額田王《ぬかたのおおきみ》との間に生まれた天皇の長女であり、壬申の乱で父天武によって滅ぼされた大友皇子の妃であった。

この歌を作った時高市は二十五歳、天武の長男で、壬申の乱の折には軍事の全権を委《ゆだ》ねられて近江朝廷を攻撃した指揮官であった。悲しい運命を負った皇女は乱の後に父にひきとられ高市皇子の妻となっていたのでもあろうか。没年は二十七、八歳と推定される。一代の有名歌人で母の額田王はまだ生存していたが歌を残していない。高市皇子の歌もこの挽歌三首があるだけである。

一首は山吹の花のように清らかで美しかった生前の皇女の容姿を連想させる。「よそふ」は飾る意で、ここでは山清水のまわりを山吹が飾っているさまをいう。皇女の住む黄泉国《よみのくに》を山吹の黄と山清水の泉によって暗示し、下二句でその山清水を汲みに、すなわち尋ねて行きたいと思うけれども道がわからないことだ、と嘆いているのである。この象徴的・暗示的な姿や光景は一首にすぐれて文芸的香気を与えており、高度な技巧によって支えられた歌である。

天地《あめつち》と共《とも》に終《を》へむと思ひつつ仕《つか》へ奉《まつ》りし心違《たが》ひぬ　（巻二・一七六　日並皇子《ひなみしのみこ》の舎人《とねり》）

持統三年（六八九）四月、皇太子草壁《くさかべ》（日並）皇子が二十八歳で薨《こう》じた。その殯宮《あらきのみや》（本葬までの間遺体を安置する宮殿）の時に柿本人麻呂は長大な挽歌を作ってその死を悼むが、続いて生前舎人として身近に仕えた人々の歌が二十三首並んでいる。それぞれに真情あふれる悲しみが素直に歌われていて心打つ作品が多いが、掲出歌はその一首である。大意は「変るはずもない天地の終るまで永遠にと思いつつお仕え申してきた私の志も、すっかり予期に反してしまった」と嘆いたもので、深い悲しみを一息に歌い下ろしている。歌柄が大きく、力のこもった作である。

降《ふ》る雪はあはにな降りそ吉隠《よなばり》の猪養《ゐかひ》の岡《をか》の寒《さむ》からまくに　（巻二・二〇三　穂積皇子《ほづみのみこ》）

題詞に「但馬皇女《たぢまのひめみこ》の薨《こう》ぜし後に、穂積皇子冬の日雪の降るに遥《はる》かに御墓《みはか》を望み悲傷流涕《ひしやうりうてい》して作らす歌」とある。皇女は天武天皇の皇女で穂積皇子の異母妹。皇女はかつて同じく異母兄の高市皇子の愛を受けていながら穂積皇子に心を寄せて問題となった女性であった。その情熱的な歌が巻二・一一四〜一一六にある。皇女は和銅元年（七〇八）六月に薨じた。その冬のことであろう。藤原京から遠く吉隠の猪養の岡（桜井市吉隠）を望み見て、眼前に降りしきる雪にむかって、「たくさん降らないでおくれ」と呼びかけ、皇女の眠るお墓が寒いであろうから、と悲しみ傷《いた》み涙を流しながら歌ったというのである。その後の二人の仲はどうだったのかは分らないが、高市皇子は持統十年（六九六）、四十三歳で薨じている。それからでも十二年後の歌である。穂積皇子の貫き通した純愛の歴史が思いやられて感動的である。

ささなみの志賀《しが》さざれ波《なみ》しくしくに常《つね》にと君が思《おも》ほせりける　（巻二・二〇六　置始東人《おきそめのあづまひと》）

この一首は弓削皇子《ゆげのみこ》に対する挽歌であり、巻三・二四二の歌（弓削皇子歌）の条で述べる。

三　巻三・四・六の秀歌

巻三は雑歌と譬喩歌（相聞の一類）と挽歌、巻四は相聞、巻六は雑歌の巻である。

滝《たき》の上《うへ》の三船《みふね》の山に居《ゐ》る雲の常《つね》にあらむと我《わ》が思はなくに　（巻三・二四二　弓削皇子《ゆげのみこ》）

弓削皇子は天武天皇の皇子。吉野に遊んだ時の歌である。「滝の上」は激流のほとり。「三船の山」（四八七メートル）は吉野離宮から川を隔てて左上方に望まれ、いつも雲のかかっている山。上三句は実景をとらえた序詞で「常にあらむ」を引き起こす。その雲のように、いつまでも生きていられようとは、私は思わないことだ、の意。仏教的無常の観念をもってしみじみと嘆いた歌である。皇子は病弱であったらしく、文武三年（六九九）七月に薨じた。三十歳未満と推定される。皇子が亡くなった時、置始東人《おきそめのあづまひと》（伝未詳）は、挽歌を献じ、また、

ささなみの志賀《しが》さざれ波しくしくに常にと君が思ほせりける　（巻二・二〇六）

の一首を詠んでいる。「ささなみ」は琵琶湖西南方一帯の地の古名。「志賀」は大津市北部。「さざれ波」は細かい波。上二句は「しくしくに」（しきりにの意）を引き起こす序詞。サ音の反復や志賀のシとシクシクの音調はなだらかですぐれた技巧である。細かい波がしきりに寄せてくるように、しきりにいつまでも生きていたいとお思いになっておられたのだったのに、と東人は生前の皇子を思い出して、しんみりと悲しんでいるのである。湖畔の好景を目にしつつ人生のはかなさを痛感しているのであろうが、皇子の三船山の歌を知っていて湖水を配して詠んだようでもある。

苦しくも降りくる雨か三輪《みわ》の崎《さき》狭野《さの》の渡《わた》りに家《いへ》もあらなくに　（巻三・二六五　長奥麻呂《ながのおきまろ》）

長奥麻呂は人麻呂とほぼ同時代の歌人であるが、伝未詳。「三輪の崎狭野の渡り」は和歌山県新宮市三輪崎町・佐野町、木ノ川の河口かというが、諸説がある。歌はまず「なんと苦しくも降ってくる雨であるよ」と旅先でいきなり雨にあったわびしさを実際に即して直截《ちょくせつ》に述べる。新宮市付近は全国有数の多雨地帯で、さえぎる物とてない熊野灘の雨は強烈であったのだろう。「家もあらなくに」の感慨には、濡れた衣を干してくれる妻のいる「家もないことなのに」の余意がある。これを本歌とする藤原定家の「駒とめて袖うち払ふかげもなし佐野のわたりの雪の夕暮」（『新古今集』6六七一）は有名であるが、本歌のわびしい旅愁はかげをひそめ、いかにも優雅である。

廬原《いほはら》の清見《きよみ》の崎の三保《みほ》の浦のゆたけき見つつ物思《ものも》ひもなし　（巻三・二九六　田口益人《たぐちのますひと》）

益人が和銅元年（七〇八）上野《かみつけの》の国 司《くにのつかさ》に任じられ、東海道を通って任地に赴く際に、駿河国の清見の崎で作った歌である。静岡県廬原《いはら》郡清見崎《きよみさき》で、今の清水市興津《おきつ》清見寺《せいけんじ》町にある崎。三保は羽衣伝説で名高い三保の松原の地。上三句は清見《きよみ》の崎より湾を隔てて三保を望む海原の意である。歌意は、広く穏やかで、ゆったりとした海原を見ていると、なんの物思いもない。と、名にし負う佳景を眼前にしつつ満足感に浸っている歌である。地名を三つも連ねているのは、その土地をほめ、重んじる心

大宰府跡（1967 年筆者撮影）

である。単純で素朴な歌であるが、感動がじかに伝わってくる。益人の歌はこの歌の次に田子の浦を詠んだ一首があるのみである。

あをによし奈良《なら》の都《みやこ》は咲《さ》く花のにほふがごとく
今盛《いまさか》りなり　（巻三・三二八　小野老《をののおゆ》）

奈良の都の繁栄ぶりを讃美した歌としてきわめて有名で、広く知れわたっている歌である。「あをによし」は奈良の枕詞。原義は不明で、都のなかった時代から奈良を讃える枕詞として用いられているが、「青丹吉」の用字の多いことからすると、遷都後には青と丹《に》の色で彩られた美しい奈良の意に解されていたらしい。「咲く花」は何の花か不明だが、「にほふ」は色美しく照り映える意で、絢爛《けんらん》とした花を連想させる。小野老は当時大宰少弐《だざいのしょうに》（次官）で、万葉集巻三は以下に大宰府の歌群が並ぶ。何らかの用務で上京した老が帰ってきて開かれた宴で、都の有様の報告をも兼ねて披露した歌と思われ、一同の郷愁をそそったことであろう。

世間《よのなか》を何に譬《たと》へむ朝開《あさびら》き漕《こ》ぎ去《い》にし船の跡《あと》なきごとし　（巻三・三五一　沙弥満誓《さみまんぜい》）

世間無常《せけんむじょう》を詠んだ歌として、これも有名な歌である。上二句は我と我に自問して、世間の無常をいかなるものに譬えたらよいだろうかといい、下三句で朝船出していった船の航跡が忽ち消えてしまうようなものだと、そのはかなさを自答した形の歌である。「朝開き」は早朝港を押し開いて漕ぎ出す意。『古典集成二』は初唐の宋之問《そうしもん》の詩に「帆《ふね》過ギテ浪ニ痕《あと》無シ」（「江亭晩望」）とあると指摘している。

沙弥は出家して十戒を受けた男子。満誓は俗名を笠麻呂《かさのまろ》といい、当時は造筑紫観世音寺《ぞうつくしのかんぜおんじ》の別当として大宰府にいた。巻三雑歌の大宰府歌群はさきの小野老の歌にはじまり、この満誓の歌で閉じられ、その直前には大宰帥《だざいのそつ》（長官）大伴旅人の讃酒歌十三首が並んでいる。讃酒歌に底流する人生無常のさびしさに共鳴して詠んだ歌とも見ることができる。平明な歌でありながら深い哀感のこもる歌である。

吉野にある菜摘《なつみ》の川の川淀《かはよど》に鴨《かも》ぞ鳴くなる山蔭《やまかげ》にして　（巻三・三七五　湯原王《ゆはらのおほきみ》）

湯原王は志貴皇子の子。父の歌才を受け継いで秀歌を多く詠んでいる。これもその一首である。吉野は山川の景が奥深く静寂な地で、古くから離宮が営まれていた。「菜摘」の地は離宮のあった宮滝よりやや上流で、川の流れが大きく湾曲して淀をなしている。当時も静かに水をたたえていたことであろう。歌は「吉野にある」と大きく歌い起こし、「菜摘の川」からその「川淀」へと次第に焦点を絞ってきて、姿は見えぬものの、そこで鳴く鴨の声が晩秋の澄んだ空気をひときわ高く響かせて鳴き、また静寂にかえるのに感動して詠んだものであろう。「鳴くなる」は鳴く声が聞こえてくるの意。「山蔭にして」と言いさして止めているのも余韻がある。音調もなだらかでわかり易く、落ちついた美しい歌である。カ音の反復もさわやかで快い。

百伝《ももづた》ふ磐余《いはれ》の池に鳴く鴨を今日のみ見てや雲隠《くもがく》りなむ　（巻三・四一六　大津皇子《おほつのみこ》）

大津皇子は天武天皇の皇子。天皇の崩後、次期皇位争奪の犠牲となり、「死を被《たまは》りし時に、磐余《いはれ》の池の堤《つつみ》にして涙を流して」作ったと題された歌である。時に二十四歳であった。「百伝ふ」は「磐余」の枕詞。数えて百《もも》に伝いゆく五十《い》と続いてかかる。磐余は香具山《かぐやま》の東北、桜井市池之内《いけのうち》あたり。皇子の邸《やしき》は磐余の訳語田《おさだ》にあった。処刑されたのは十月三日、太陽暦の十一月に近く、鴨が渡ってきていたのである。一語も悲しみや嘆きの語を用いず、無心に鳴く鴨をていねいに叙し、「今日のみ見てや」（今日を限りとして）雲に隠れてゆくのであろうか。という感慨である。鴨が雲の彼方に隠れゆくように、自分の命もと感じさせるところに無限の哀感がこもる。「雲隠る」は貴人の死をいう敬避表現で、自己の死をいうのはふさわしくないので、後人が仮託した歌であろうと言われているが、それにしてもあわれ深い歌である。

かくのみにありけるものを萩の花咲きてありやと問ひし君はも　（巻三・四五五　余明軍《よのみやうぐん》）

余明軍は百済《くだら》の王族系の渡来人。大伴旅人に親しく仕えていた資人《しじん》（貴族に支給された従者）の一人。この歌は天平三年（七三一）七月二十五日（太陽暦の九月五日）に六十七歳で旅人が亡くなった時に、思慕の情を抑えかねて作ったとある五首のうちの一首である。「かくのみにありけるものを」は死者を悼み嘆く常套句。一首の大意は「こんなにもはかなく亡くなられるお命であったのに、『萩の花は咲いているか』とお尋ねになった君よ、ああ」で、「はも」は眼前にない人や物を愛惜する詠嘆の終助詞。

重病の床に臥しつつも清楚で美しい萩の花に関心を寄せて尋ねた旅人の言葉が明軍には印象的で感銘深く忘れ難かったのである。明軍の悲しみの深さがよく表現されているとともに、風流を愛した旅人の人柄をも髣髴とさせるひろがりのある歌である。

○

大和《やまと》へに君が立つ日の近づけば野に立つ鹿もとよめてぞ鳴く　（巻四・五七〇　麻田陽春《あさだのやす》）

麻田陽春は渡来系の人で、初め答本陽春《とうほんようしゅん》といった。この歌を作った時は大宰府の大典《だいてん》（四等官）であった。歌は天平二年（七三〇）、帥《そつ》（長官）の大伴旅人が大納言となって上京する際の送別の宴のものである。大和へ向かって君が出発する日が近づいてくると、別れを悲しんで我々人間ばかりでなく野に立つ動物の鹿までも声を響かせて鳴いております、というのである。宴は陰暦十一月の末ごろで鹿の鳴く時期ではないので、為政者が仁政をほどこすと禽獣までがそれを感ずるという中国の故事を心に置いて旅人をたたえた譬喩とする説や、賓客をもてなす宴の詩である『詩経』小雅「鹿鳴」によっているとする説などがある。わかり易く単純であるが、タツを反復してリズムをつくる配慮がうかがわれる。中国文化の教養をもとにして別れを悲しむところ、心がこもって厚味があり、味わいが深い。

松《まつ》の葉《は》に月は移《ゆつ》りぬ黄葉《もみちば》の過《す》ぐれや君が逢《あ》はぬ夜《よ》の多き　（巻四・六二三　池辺王《いけへのおほきみ》）

池辺王は額田王の曽孫で淡海三船《おおみのみふね》の父。歌は王が宴席で誦詠したものである。「松の葉」に「待つの端」（待ったあげく）をかけ、「月」に天体の月と暦日の月をかけている。「松の葉に月影が移り（夫の来訪の時が過ぎたことをいう）、待ったあげくに月も変ってしまった。」の意で二句切れ。「黄葉の」は普通は死を意味する「過ぐ」にかかる枕詞だが、ここは恋が過ぎる意で「心が離れていったからか、あなたに逢わぬ夜が重なるのは」という意であろうが、「死んだわけでもあるまいに」の意ともとれる。内容は明らかに夫の来訪の途絶えた女性の心境である。古歌か王の創作かは明らかでないが、宴席の座興として王がいつも歌っていたのであろう。きわめて複雑・技巧的で知性的な歌であるのに魅力がある。初二句の光景や黄葉のイメージにあわれがあり、歌調もなだらかだからであろうか。

沖辺《おきへ》行《ゆ》き辺《へ》を行き今《いま》や妹《いも》が為わが漁《すなど》れる藻臥束鮒《もふしつかふな》　（巻四・六二五　高安王《たかやすのおほきみ》）

高安王は天武天皇の曽孫。長皇子の孫。高安王が包んだ鮒をある娘子《おとめ》に贈る時に添えた歌である。物を人に贈る時には、いかに心のこもったものであるかを言い添えるのがならわしであるが、それを言うのに沖の方へ漕いで行ったり岸辺を行ったりして、やっと今あなたのためにとってきた、ときわめて大げさにその苦労をいいながら、その鮒は「藻臥束鮒（藻の中に臥しているほんの一握りほどの小さな鮒）であるよ、とまことに巧みに言い贈ったのである。思わず笑いを誘う、明るく楽しい歌である。「藻臥束鮒」の造語も簡潔でおもしろく才気を感じさせる。

○

御民我生《みたみわれい》ける験《しるし》あり天地《あめつち》の栄ゆる時にあへらく思へば　（巻六・九九六　海犬養岡麻呂《あまのいぬかひのをかまろ》）

巻六雑歌、天平六年（七三四）の歌の冒頭を飾り、聖武天皇の詔《みことのり》を受けて作った、いわゆる「応詔歌《おうしょうか》」である。海犬養岡麻呂は伝未詳の下級官人で作品はこの一首があるのみの人である。

大意は「天皇の御民である私は、生きている甲斐がございます。このように天地の栄える大御代に生まれ合わせたことを思いますと」である。常日ごろ天皇の側に仕えて心に抱いていた気持を一気に形にしたような強い調子と緊張感のある歌である。当時の官人に共通した感情を代弁しているように思われ、荘重・雄渾で歌柄の大きい賀歌である。

奈良の盛時を讃えた歌として、すでに読んだ小野老《をののおゆ》の歌（巻三・三二八）とともに有名であるが、政情は必ずしも安定していたとはいえない時代であった。

妹《いも》に恋《こ》ひ吾《あが》の松原見渡《みわた》せば潮干《しほひ》の潟《かた》に鶴《たづ》鳴きわたる　（巻六・一〇三〇　聖武天皇）

聖武天皇は天武天皇の曽孫。天平十二年（七四〇）九月、大宰少弐藤原広嗣《ふじわらのひろつぐ》が反乱を起こした際、十月末に伊勢方面に行幸した時の歌で、「吾の松原」は三重県四日市市付近らしい。「妹に恋ひ」は「吾が待つ」と続く即興的枕詞。事柄としては松原越しに伊勢の海を見渡し、潮干の潟に餌を求めて鶴が鳴きわたってゆく光景を素直におおらかに詠んだものであるが、枕詞が添うことによって妻を恋い慕って鳴くというような微妙な味わいを伴う。時は十一月下旬、天皇は皇后を奈良の都に置いたままの行幸であった。

一《ひと》つ松《まつ》幾代《いくよ》か経《へ》ぬる吹く風の声《おと》の清《きよ》きは年深《としふか》みかも

（巻六・一〇四二　市原王）

市原王は志貴皇子の曽孫。安貴王の子。すぐれた歌人の家系の人である。歌は天平十六年（七四四）一月十一日、題詞には「活道岡《いくぢのをか》に登り、一株《ひともと》の松の下《もと》に集《つど》ひて飲む歌二首」とある。もう一首は大伴家持の歌である。活道岡は久迩京《くにきょう》（京都府の最南部。相楽郡加茂・木津・山城の諸町にわたる地）の近くにあり、安積皇子《あさかのみこ》（聖武天皇の皇子）と深いつながりがある。おそらく皇子の別邸があって皇子を中心とする正月の賀宴が催された時の歌かと思われる。

亭々《ていてい》と聳《そび》える一本の老松が枝を広げる下で、颯々《さつさつ》と鳴る松風を讃えた歌である。長い星霜をしのいで立つ常緑の孤松をとらえ、その清らかな松風を讃えているところに、一同に対する賀の心と皇子の寿《いのち》の長久を祈る歌であったと思われる。松風を愛でる趣味また松柏《しょうはく》に長久の栄を喩える例は漢詩文に多く、これも漢詩的風韻を帯びている。一首は問いかけるように二句目で切って詠嘆をこめ、下三句おおらかにゆったりと詠み据えており、すがすがしく気品のある作である。皇子は天皇の唯一の男子であったが、この宴の一か月のちに急死する。十七歳であった。

四　巻八・九・十五・十六・十九の秀歌

巻八は四季の歌を雑歌と相聞に分けた巻である。まず春雑歌から三首。

石走《いはばし》る垂水《たるみ》の上《うへ》のさわらびの萌《も》え出《い》づる春になりにけるかも

（巻八・一四一八　志貴皇子）

志貴皇子は巻一・五一、六四に出た。「石走る」は岩にぶつかって飛び散るようにしぶきをあげる意で「垂水」（滝）を修飾する枕詞。「上」はほとりの意。その滝のほとりにむっくりと首をもたげるように芽を出す蕨《わらび》。上三句「ノ」の三つの反復はリズミカルではずむような調子を形成し、それを承けて「萌え出づる春になりにけるかも」と大きく詠嘆したもので、明るく力強く躍動的で気品ある歌である。巻八の巻頭歌で、題詞には「懽《よろこび》の御歌」とある。何の「懽」かは不明だが、そのまま読めば春立ち返るよろこびととれる。「なりにけるかも」で結ぶ歌は集内にほかに六首あるが、この歌がもっとも古く（窪田『評釈』）、『釈注四』（伊藤博）は「一様に一気呵成の流れるような調べが感動を誘う」といっている。

娘子《をとめ》らが　かざしのために　風流士《みやびを》が　縵《かづら》のためと　敷《し》きませる　国のはたてに　咲きにける
桜の花の　にほひはもあなに

（巻八・一四二九　若宮年魚麻呂《わかみやのあゆまろ》）

題詞には「桜花の歌」とある。若宮年魚麻呂は伝未詳。桜の花のすばらしさを絶讃した歌である。「かざし」は髪刺《かみさし》の約、花などを髪に刺し飾りとしたもの。かんざし。「かづら」は木の枝を輪にして頭にまく髪飾り。大意は「娘子らのかざしになるために、また風流な男子のかずらになるために、大君の治めたまう国の果てまでも、咲き満ちている桜の花のあかるく照り映える色のなんとすばらしいことよ」である。「あなに」は強い感動を表わす。簡にして要を得た桜讃歌といえよう。『釈注四』は「集中の桜の美を詠んだ歌の中で、群を抜いてすぐれている」と評している。桜井満は、当時はまだ「花見」という名詞はないがといいつつも「これは天皇が催された『花見の宴』で謡われた歌であろう」といい、「桜の美しさを讃えることによって、国土を讃美し、天皇讃歌を形成している」と述べている。(注1) かざしや縵は宴の飾りのためのもので、この歌が宴で誦詠されたことは明らかであり、桜井の推察は当っていると思われる。左注には「若宮年魚麻呂誦《よ》む」とある。実作かどうかは明らかでない。なお、当時の桜はほとんど山桜であった。

かはづ鳴く神奈備川《かむなびがは》に影《かげ》見えて今か咲くらむ山吹《やまぶき》の花　（巻八・一四三五　厚見王《あつみのおほきみ》）

厚見王は系統未詳。「かはづ」は今のかじか蛙で夏、清流に美しい声で鳴く。「神奈備川」は神奈備山（神の降臨する山）のほとりを流れる川で、飛鳥《あすか》・竜田《たつた》に神奈備はあるが、どこか不明。歌は、山吹の花の盛りのころ、かつて見た清流に影を映《うつ》して咲く山吹の光景を思い出してなつかしんでいるのである。山吹は花の黄と葉の緑とがあざやかな彩《いろど》りで咲きしだれる。「かはづ」と「山吹」とは季節が同じでないので、初句「かはづ鳴く」は清流を印象づけるための修飾句で枕詞的に用いられている。その水に影を映して咲く山吹の映像と一体化して、鮮やかで清らかな光景を浮かびあがらせている。三句目の小休止、四句目の小きざみな柔かい韻律など、優美でなだらかな調子も内容にふさわしく、平明で美しい。この点が平安朝に入ってもてはやされ、これを本歌とする歌が多く見られるようになる。

次は夏雑歌から一首、

我がやどに月おし照れりほととぎす心あれ今夜来鳴《こぞきな》き響《とよも》せ　（巻八・一四八〇　大伴書持《おほとものふみもち》）

大伴書持は家持の弟で天平十八年（七四六）に夭折《ようせつ》した。二十六、七歳。「月おし照れり」は一面に限なく照っている意。「ほととぎす」は呼びかけ。「ほととぎすよ思いやりがあってほしい。こうした晩にこそ来て、盛んに鳴けよ」と命令したものである。続く歌（一四八一）によると、やど（庭園）には花橘が香《かお》っていて、友人を客に迎えての歌とわかる。主人として客をもてなす心で、月夜にほととぎすの鳴く風流を楽しもうという歌である。月夜に鳴くほととぎすには風情がある。万葉にはほととぎすの歌が一五〇余首あるが、月とのとり合わせで歌っているのは、のちの家持の歌に三首（三九八八、四一六六、四一七七）と巻十に一首（一九四三）見出される程度である。その意味でも先駆的な新しい美意識の歌

三輪山（筆者撮影）

といえよう。

次は秋雑歌から五首である。

夕《ゆふ》されば小倉《をぐら》の山に鳴く鹿《しか》は今夜《こよひ》は鳴かず
いねにけらしも（巻八・一五一一　舒明天皇）

舒明天皇については「一」「二」で触れた。この歌は巻八秋雑歌の冒頭に「岡本《をかもとの》天皇御製歌」としてあり、舒明のことととれるが、巻九の巻頭には雄略天皇の歌として、三句目が「臥す鹿し」と小異があるだけで採録されている（一六六四）。大意は「夕方になるといつも小倉の山で妻を求めて悲しげに鳴く鹿が、今夜は鳴かない。（妻を得て）安らかに寝たらしい」である。

動物世界への暖かい思いやりが、安らかにおっとりと静かに歌われていて奥行きが深い。古くから名歌として尊重されてきた歌であるらしく、それが万葉現代の祖である舒明天皇と結びつき、さらに万葉古代の英主雄略の御製としても伝承されたのであろう。なお「小倉山」は諸説あるが未詳。

味酒《うまさけ》三輪《みわ》の社《やしろ》の山照《やまて》らす秋の黄葉《もみち》の散《ち》らまく惜《を》しも　（巻八・一五一七　長屋王）

長屋王は天武天皇の孫。高市皇子の子で、左大臣にまでなったが、神亀六年（七二九）、密告により自尽した。この歌は明日香・藤原に都のあった若い頃の歌であろう。「味酒」は三輪の枕詞。「三輪」は大和の国魂の鎮まる秀麗な山容を誇る三輪山（山そのものが神である）。「山照らす」はスケールの大きい表現。全山を照らして秋の黄葉が輝やいているさまは印象的で美しく、その光景をおおらかに讃え、散るのを惜しんでいるのである。「散らまく惜しも」は散ってしまうのが惜しいことだの意である。万葉では類型的な句であるが（ほかに十例）、この歌以前と思われるのは人麻呂歌集（巻十・二一七八）の一例があるのみで、当時は新鮮な表現であったと思われる。

今朝《けさ》の朝明雁《あさけかり》が音寒《ねさむ》く聞きしなへ野辺《のへ》の浅茅《あさぢ》ぞ色付《いろづ》きにける　（巻八・一五四〇　聖武天皇）

聖武天皇は巻六・一〇三〇に既出。この歌はいつの作とも分らないが、夜の闇が白みそめるころ、雁が鳴きわたるあわれを歌った歌（一五三九）の次に並んでいる。「朝明」は明け方。内容は雁の鳴き声が寒々と聞こえてくるとともに、あたり一帯の浅茅（丈の低い茅萱《ちがや》）がにわかに色づいたのに気付いたというのである。秋の情趣がさわやかに伝わってくる詩情豊かな歌である。前の歌の未明からこの歌の夜明けへ、聴覚から視覚へと時間も推移している。連作として詠んだのであろう。なお、「なへ」は、〜すると同時にの意。

秋萩《あきはぎ》の散りのまがひに呼び立てて鳴くなる鹿の声《こゑ》の遥《はる》けさ　（巻八・一五五〇　湯原王《ゆはらのおほきみ》）
夕月夜《ゆふづくよ》心《こころ》もしのに白露《しらつゆ》の置くこの庭《には》にこほろぎ鳴くも　（巻八・一五五二　湯原王）

湯原王は巻三・三七五に既出。前の歌は「鳴鹿《なくしか》の歌」、あとの歌は「蟋蟀《こほろぎ》の歌」と題されている。前者は「秋萩がしきりに散り乱れている時に、妻を求め、呼び立てて鳴く鹿の声がはるかに聞こえてくることだ」の意である。眼前に散り乱れる広々とした萩原と、かなたからはるかに聞こえてくる鹿の鳴き声とのとり合わせが、しみじみとした秋の情趣をかもし出していて、繊細な美しい歌である。

後者は「夕月がほのかに照る夜、心もぐったりとうちしおれるまでに、白露の置いているこの庭に、こおろぎが鳴いている」の意。「心もしのに」は心が萎《な》える意で、夕月が照り、白露が冷たく置きわたっている庭の中でしきりに鳴くこおろぎの声を聞くことによって催した感傷である。秋のあわれがしみ入るように歌われていて、これまた繊細で美しい。「こほろぎ」（蟋蟀）は平安時代ではキリギリスをいうが、これは今のこおろぎであろう。その方が一首の雰囲気に合うと思われる。

白崎遠望（筆者撮影）

巻九は諸私歌集の歌を中心に編んだ巻で、それを雑歌・相聞・挽歌に分類した巻である。ここには雑歌から二首選んだ。

○

白崎《しらさき》は幸《さき》くあり待て大船《おほぶね》にま梶《かぢ》しじ貫《ぬ》きまたかへり見む

（巻九・一六六八　作者未詳の官人）

文武天皇の大宝元年（七〇一）冬十月、持統上皇と天皇が同道して紀伊国へ行幸した時の歌中に出る。白崎は和歌山県日高郡由良《ゆら》町大引《おおびき》の西北に突出した、まっ白な石灰岩の大きな岬で、紺碧の海に映える姿は神秘的で美しい。岬は長い間セメントの原料として採掘され、大きさも半分ほどになっているらしいというので（注2）、万葉時代の姿は想像するしかないが、今でも一種荘厳の感に打たれる偉観である。しかし、その内部は採掘によってがらんどうになっている。一首はその白崎を海上から望見しての感である。「ま梶しじ貫き」は船の両舷に梶を隙間なくつけての意で大船の航海をいう慣用句。そのすばらしい白崎は「どうか今のままで変らず待ち続けていよ」と呼びかけ、「大船に梶（櫂《かい》）をいっぱいつけて、またやってきて見よう」と礼讃しているのである。シラサキサクの音の反復は人麻呂の「ささなみの志賀《しが》の唐崎《からさき》幸くあれど」（巻一・三〇）を連想させる。白崎を人格化し親しみをこめて明るくさわやかに歌っている。

楽浪《ささなみ》の比良山風《ひらやまかぜ》の海吹けば釣《つり》する海人《あま》の袖反《そでかへ》る見ゆ　（巻九・一七一五　槐本）

「楽浪」は琵琶湖西南岸一帯の地の古名。「比良山風」は西岸の比良山系から吹き下ろす強風。その強風が広い湖面を吹きわたる大景の中に、釣する海人の袖がひるがえる小景を点景として配した構成は絵画的であり、印象鮮明な叙景歌である。作者「槐本」はエニスノモト、ツキノモトなどいろいろに読まれているが不明。ただこの歌のあとには「山上《やまのうへ》」「高市《たけち》」「春日蔵《かすがのくら》」など姓だけの題詞が続き、その資料は『柿本人麻呂歌集』である。この三人はそれぞれ憶良《おくら》、黒人《くろひと》、老《おゆ》にあたる。「槐本」も人麻呂周辺の官人であったことは間違いない。

○

巻十五は部立《ぶだて》（分類）がなく、物語的歌群を二つ収録した巻である。前半には天平八年（七三六）

新羅へ遣わされた使人一行の歌や誦詠した古歌が収録されている。後半は初めに述べたように狭野弟上娘子と中臣宅守との贈答歌群である。

秋さらば相見《あひみ》むものをなにしかも霧《きり》に立つべく嘆《なげ》きしまさむ　（巻十五・三五八一　遣新羅使人）

この一首は出発前に妻が、

君が行く海辺《うみへ》の宿《やど》に霧《きり》立たば我が立ち嘆く息《いき》と知りませ　（三五八〇）

と歌い贈ったのに対して夫の答えた歌である。妻の歌の霧は、嘆きの息が霧となって立つという古代的観想による。山上憶良の歌（七九九）には嘆きの嘯《うそぶき》が霧となって立ち渡ると詠んだ例もある。夫の歌は、「秋になったら逢えるだろうに、どうして霧に立つほどの嘆きをなさるのか」とやさしく慰めて安心させようと答えているのである。「嘆きしまさむ」と妻に対して敬語を用いているのも珍しく、いたわりの気持がこもっている。

また、妻の歌と呼応するように、風早《かざはや》の浦（広島県豊田《とよた》郡安芸津《あきつ》町）に碇泊した夜に、

わが故《ゆゑ》に妹《いも》嘆くらし風早《かざはや》の浦《うら》の沖辺《おきへ》に霧たなびけり　（三六一五）

の作がある。これらはいずれも遺新羅使人歌中の傑作と思われるが、呼応の巧みさなどから、実録をもとにしてこの歌群を構成した大伴家持が添加したものとする説もある（『釈注八』、吉井巌『全注』巻十五）。

我のみや夜船《よふね》は漕ぐと思へれば沖辺《おきへ》の方《かた》に楫《かぢ》の音すなり　（巻十五・三六二四　遺新羅使人）

題詞に「長門《ながと》の浦より船出《ふなで》する夜《よ》に、月の光を仰《あふ》ぎ観《み》て作る歌三首」とある最後の歌である。ただし月光を詠んでいるのは前二首で、これは月が没してからのものである。長門の浦は広島県呉市南の倉橋島本浦という。さきの風早の浦の西方。

闇夜の航海は不安で心細い。自分だけが漕いでいるのかと思っていると、遠い沖の方から、同じく櫓《ろ》を漕ぐ音が聞こえてくるというのである。「なり」は伝聞、推定の助動詞。ほっとした安堵感を覚えるとともになつかしさを感じているのであろう。単純な歌であるが、夜船を漕ぐ人の心理をよく表現しえている。

○

巻十六は「由縁《ゆゑよし》有《あ》る雑歌《ざふか》」と題され、いわれのある雑歌を収めた巻である。古写本によっては「由《ゆゑ》縁《よし》有《あ》ると并《あは》せて雑歌《ざふか》」とあるので、これによっていわれある歌と雑歌とを収めた巻と解する説もある。

家《いへ》にある櫃《ひつ》に鏁《かぎ》さし収《をさ》めてし恋《こひ》の奴《やつこ》がつかみかかりて

（巻十六・三八一六　穂積親王）

穂積親王（皇子）は巻二に既出。但馬皇女との恋愛で問題となった人である。この歌は親王が酒宴たけなわの時に好んで誦し、いつもきまって賞でられていたという左注がついている。歌は思いを断《た》ったはずの恋心が、どうにも制御できない嘆きを自嘲的に滑稽化して歌ったものである。大意は「家にある櫃《ひつ》（ふたのついた大型の木箱、長方形。）に鏁をかけて、ちゃんとしまっておいたはずなのに、あの恋の奴《やつこ》めが、まただしぬけにつかみかかってきて」と恋を分別のない奴（下僕）に擬人化しているところにおかしみとともに真実味がこもっている。みずからの体験を背後においているようであわれが深い。

さし鍋《なべ》に湯沸《ゆわ》かせ子ども櫟津《いちひつ》の檜橋《ひばし》より来《こ》む狐《きつね》に浴《あ》むさむ

（巻十六・三八二四　長意吉麻呂「奥麻呂」とも）

長意吉麻呂は巻三に既出。旅や行幸などに従ってすぐれた歌を残した歌人であるが、それとともに当意即妙の機智を働かせた座興の歌にも長じていた、専門歌人のいわゆる裏芸である。

大意は「さし鍋にお湯を沸かせ皆の者よ。櫟津の檜橋を渡ってくる狐めに浴びせてやるのだ」である。左注によれば、ある時宴会の夜が更けて狐の声が聞こえてきた。そこで人々は意吉麻呂に向かって「この席にある饌具、雑器、狐の声、河の橋などの物に関連づけて歌を作れ」と言ったところ、即座に注文に答えてこの歌を作ったというのである。饌具（飲食に用いる器物）はこの歌でいう「さし鍋」（注ぎ口のある鍋）に、雑器（種々の器物）は櫟津《いちひつ》の「櫃《ひつ》」、さらに檜橋の「火箸《ひばし》」に、狐の声は「檜橋より来《こ》む」の「こむ」に、河の橋は「檜橋」（檜材の橋）に、という工合で、歌材になりにくい物をまことに巧みにまとめて見せている。まさに名人芸である。こうした座興を楽しむ場がすでに人麻呂時代にあったことも興味ぶかい。意吉麻呂にはこの種の歌が、ほかに七首も巻十六に見られる。

○

巻十七以降の四巻は、いわゆる大伴家持の歌巻であるので、本稿では対象からはずした巻々であるが、例外的に巻十九の一首を採録する。

大君《おほきみ》は神にしませば赤駒《あかごま》の腹這《はらば》ふ田居《たゐ》を都《みやこ》と成《な》しつ　（巻二十・四二六〇　大伴御行《おほとものみゆき》）

「壬申《じんしん》の年の乱の平定《しづ》まりし以後《のち》の歌二首」と題されて載る一首で、作者は「大将軍贈右大臣」の大伴御行であって大伴家持の祖父安麻呂の兄である。次の歌の左注によれば、家持はこれらの歌を天平勝宝四年（七五二）二月二日に聞いて採録したとある。壬申の乱から八十年後である。これは壬申の乱に勝った天武天皇によって、再び皇都としてよみ返った飛鳥浄御原宮《あすかきよみはらのみや》造営のさまを驚異のまなざしをもって讃えた歌である。「赤駒の腹這ふ田居」とは、飛鳥は湿地や沼沢が多く、それゆえ農耕馬の足が田んぼにずぶずぶと没し、腹が地につくようなところであって、宮殿造営には必ずしも適地とはいいがたい地であった。しかし、そうした悪条件ものともせず、大君の限りない威力によって大規模な土木工事が着々と進んでゆく。そのさまはまさに神の振舞いとして臣下の目に映ったことであろう。天皇を神と讃える「大君は神にしませば」(大君は神でいらっしゃるので)の成句は、この歌にはじまり、のちの柿本人麻呂などに継承されてゆくが、儀式的讃辞とはいえ、壬申の乱を圧倒的に勝利して帝位についた天武天皇の皇権とともに生まれている意味は大きい。

井村哲夫によればもう一首の作者未詳の歌、「大君は神にしませば水鳥《みづとり》のすだく水沼《みぬま》を都と成しつ」(四二六一)とともに新宮殿完成を祝う儀式で唱詠されたものであろうという。(注3)「すだく」は鳥などが多く集まることをいう。「内容が充実しており、調べも張って、さわやかな賀歌である」(窪田評釈)とする評がふさわしい歌である。

五　むすび

本稿は与えられた紙数が四〇〇字詰め原稿用紙で五十枚程度という制約があったので、一首一枚とざっと計算して五十首ほどを選べばよかろうと考えてこの仕事にかかった。が結果として四十四首を選ぶことになった。捨てがたいと思う歌もあったが、大体は選ぶことができたと思っている。長歌は大幅に紙数を費すことになるので、できるだけ短いものを二首選ぶにとどめた。

作者について、二首以上選んだ人は、

天武天皇（二首）　聖武天皇（二首）　志貴皇子（三首）　穂積皇子（二首）　湯原王（三首）
長奥麻呂（二首）
の六名十四首である。
ほかでは天皇作（二首）　皇子作（四首）　王作（六首）　臣下作（十八首）で小計して三十首、合計四十四首である。巻一・四の中皇命作は間人老の代作とみて臣下作に入れた。
種々の条件や制約があっての選歌なので、一首一首については述べ足りないところが多いが、その点はお許しを願いたい。以上をもって「無名歌人たちの珠玉の小品―男性編―」の稿を閉じる。

注1　桜井満『万葉の花』（雄山閣　昭和五九年）
2　犬養孝『万葉の旅』中（社会思想社　昭和三九年）。のち、平凡社ライブラリーより刊。（平成一六年）
3　井村哲夫・阪下圭八・橋本達雄・渡瀬昌忠『注釈万葉集〈選〉』（有斐閣　昭和五三年）
＊使用万葉集は『萬葉集』本文篇、塙書房を主として用い、諸説を参照して適宜改めた。

天皇家系図

○算用数字は天皇の即位順
○□の人物は本稿で取上げた歌人

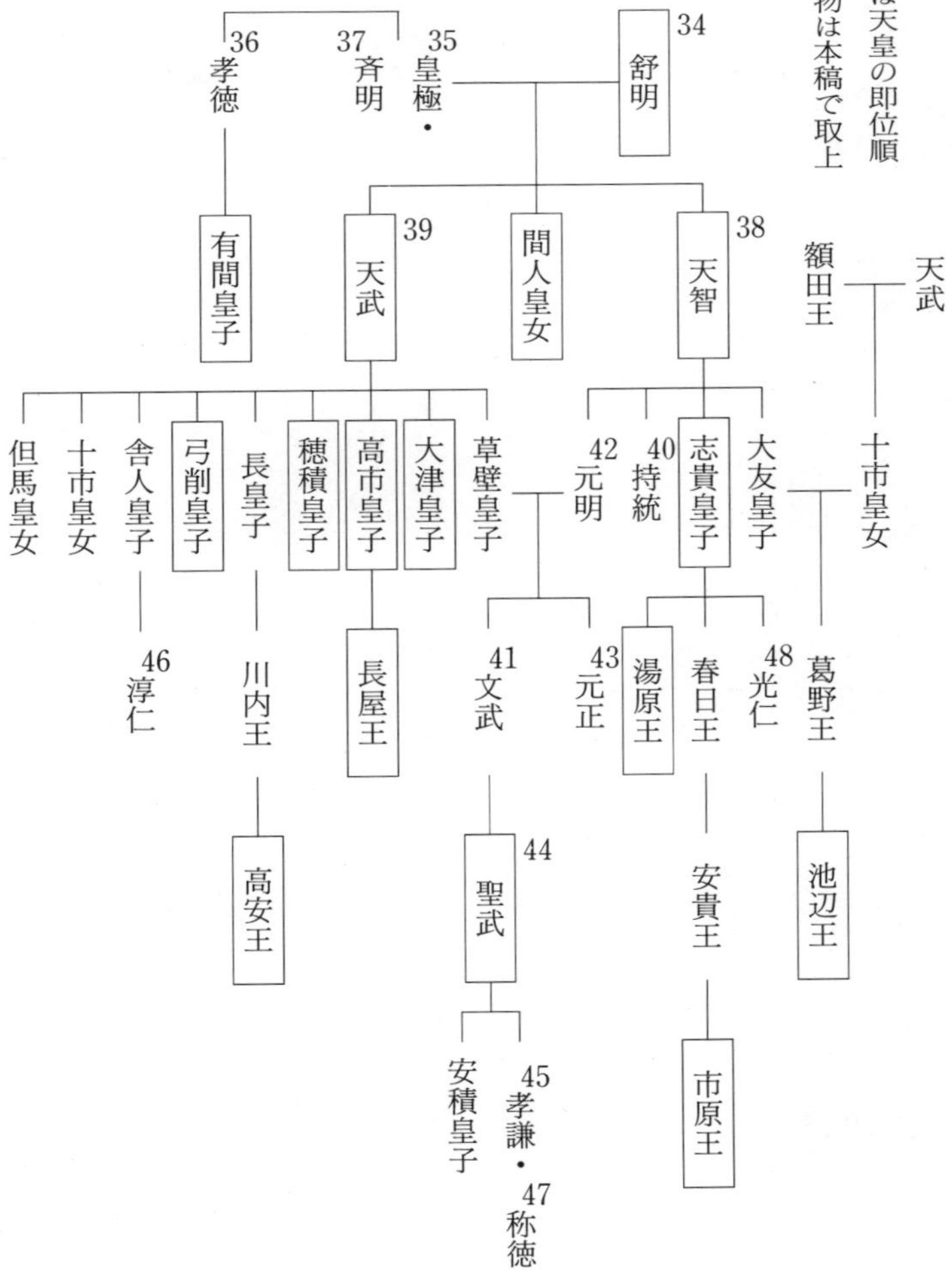

万葉集の無名女流歌人――その珠玉の小品――

小野　寛

一　はじめに

「無名」とは何か。一つは名を記さないこと。万葉集の場合は「作者未詳」をいう。もう一つは「有名」「著名」に対することばである。名前は記されているが、その名が一般に知られていないことをいう。ここでいう「無名」はこれである。その中には例えば「元興寺の僧」（巻六・一〇一八）とか「娘子」（巻三・四〇四や巻四・六二七など）とか「尼」（巻八・一六三五）とか、身分や呼称のみ記して固有の名前は記されていない人も含めよう。

万葉集に名を記された作者は四六三人を数える。先述したように「娘子」「尼」「妻」「元興寺の僧」「藤原宮の役民」（巻一・五〇）などを含む。その中に女性は一一九人を数える。全体の二五・七パーセントである。それは、万葉集の作者は四分の三が男性で、四分の一が女性だということになる。その万葉集の女性作者は次のように数えられる。

天皇（皇極、斉明、持統、元明、元正）　4
皇后・夫人（磐姫、倭大后、藤原夫人、石川夫人、光明皇后）　6
皇女（中皇命も）　8
女王（額田王、井戸王、鏡王女ほか）　21
郎女（石川郎女は三人として）　6
女郎（石川女郎は二人、阿倍女郎も二人として）　13
妻（当麻麻呂妻、高市黒人妻、佐伯東人妻）　3
娘子を名のる人　17
娘子とのみ記す人（竹取翁歌の九人を含む）　14
童女（大伴家持と贈答）　1
釆女（駿河釆女、豊島釆女、陸奥国の前釆女）　3
遊行女婦（筑紫娘子児嶋、土師、蒲生娘子と無名一人）　4
その他（吹芡刀自、志斐嫗、橘三千代、尼、坂上大嬢など）　12
婢（佐為王に近習する）　1
防人の妻（武蔵国のみ、昔年防人歌は含まない）　6
この万葉女流歌人中、万葉集に収載された歌の多い女性ベストテンは次の通りである。
1大伴坂上郎女　84首

2笠女郎 29
3狭野弟上娘子 23
4額田王 12（別に重出歌一首）
4紀女郎 12
4平群氏女郎 12
7大伴坂上大嬢 11
8大伴田村大嬢 9
9高田女王 7
10大伯皇女 6
10山口女王 6

右の女性たちの中、十首以上の歌を残す歌人は万葉集ではその名を知られていると言ってよい。つまり有名歌人と言えよう。十首以上の万葉歌人は男女合せて全部で二十四人である。うち女性が七人ということになる。

更に、歌数は少ないが、著名な女流歌人は、鏡王女（四首）、大伯皇女（六首）、但馬皇女（四首）、石川郎女と石川女郎（各一〜三首ずつ、合わせて九首）などがあり、磐姫皇后（五首）、倭大后（四首）、持統天皇（六首）、元正天皇（八首）、光明皇后（三首）など女帝と皇后はもとより著名人である。

これら、世間に知られた著名女流歌人に入らない、その他の多くの女性作者がここでいう「無名女流歌人」である。およそ百人、歌数も少ないが、その中に女性ならではの細やかな、心のこもった、率直な表現の、胸にしみる歌が少なくない。

二　無名女流歌人の珠玉の小品

天武天皇四年（六七五）二月に、天武天皇皇女、十市皇女と、さきの天智天皇の皇女、阿閉皇女とが伊勢神宮へ参向された。その時であろう、お供をした女性、吹芡刀自が道中、伊勢国の波多の横山の巌を見て作った歌がある。

十市皇女、伊勢の神宮に参《ま》ゐ赴《おもぶ》く時に、波多《はた》の横山の巌《いはほ》を見て、吹芡刀自《ふふきのとじ》の作る歌

河の上《へ》のゆつ岩群に草むさず常にもがもな常処女《とこをとめ》にて　（巻一・二二）

十市皇女と阿閉皇女とは従姉妹に当り、十市皇女は天智天皇の皇子、大友皇子（のちに弘文天皇の称号を贈られた）の妃であり、阿閉皇女は天武天皇の皇子で皇太子になる草壁皇子の妃となった。阿閉皇女はこの年十五歳（元明上皇として養老五年崩御の時、六十一歳と続日本紀にある）、十市皇女は二十五、六歳と推定される。壬申の乱で夫大友皇子を失くして未亡人であった。天智天皇と関係の深い両皇女を伊勢神宮に参赴かせた目的も意味も記されていないが、天武天皇が天智天皇の近江京を

壊滅させた壬申の乱に受けた神宮の協力への報賽の意味を持つかと推測されている。これはあるいは、天智天皇を継ぐ正統な皇位継承であることを皇祖神に報告したのではないだろうか。

天武天皇四年二月といえば、その前年十月に同じく天武天皇の皇女、大伯皇女が伊勢斎王として伊勢神宮に入られてまだ四か月しかたっていない。十五歳であった。阿閉皇女と同年であった。天武天皇の最年長の皇女である十市皇女と、大伯皇女と同じ年の従姉妹阿閉皇女が伊勢神宮へ遣わされたのは、伊勢斎王大伯皇女への父天武天皇の思いやりかもしれない。伊藤博『釈注』には、壬申の乱の敵将大友皇子の妻である十市皇子の、天武皇女としての再生をはかる気持も、草壁皇子の妃にと思う阿閉皇女の格付けを図る気持も、天武天皇にはあったかもしれないという。

吹芡刀自は伝未詳。この歌一首の他に、巻四・四九〇、四九一の二首がある。巻四の二首は題詞に「吹芡刀自の歌二首」とあるのみで、作者については何も分らない。その名前は元暦校本から「吹芡」と書くが、広瀬本・紀州本・神宮文庫本・細井本は「吹黄」と書き、江戸期版本はそれによって「吹黄」である。「芡」字は音はゲンまたケンで、水草の名で、おにばす、またはみずぶきをいう。古くはミヅフフキと訓む。『全註釈』には「芡はフフキと訓んで植物のフキのことである。吹は余分であるが、フの声を助けるためにつけたものであろう。もとは吹黄とあつてフキと読んでいたが、古写本には大抵吹芡とある。芡を黄の草体と誤つて、吹黄としたものである」とある。澤瀉『注釈』はそれとは逆に「黄」の草体が「芡」にまぎれたと見る方が自然だと説く。どちらも可能性がある。

「刀自《とじ》」は「戸主《とぬし》」の略かといわれ、一家の主婦たる女性の尊称で、年配の女性をさすことが多い。

皇女二人の旅に供奉する大勢の女官たちの筆頭女官であっただろうか。

伊勢神宮への道の途中、今の三重県松阪市の手前、一志郡にもと波太村があった。「横山」は横になだらかに連なる山、今のどの山か分らない。道はその山に沿って流れる川に沿い、川岸には岩盤が続いていただろう。それはいつも流れに洗われて苔むさず、草も生えず、清らかに輝いていた。柿本人麻呂が吉野讃歌に「見れど飽かぬ吉野の川の常滑《とこなめ》の絶ゆることなくまたかへり見む」（巻一・三七）と歌ったのも、規模は違うがこのような岩盤だっただろう。

「河の上のゆつ岩群に草むさず」と歌った。「ゆつ」は「斎《ゆ》つ」で、斎《い》み浄められた神聖なものを形容することばである。「ゆつ」を「いほつ（五百箇）」の約として沢山のと解する説もあるが、それは誤りである。「ゆつ岩群」は苔一つ生えていない、神のごとく永久不変である。

「常にもがもな常処女にて」と願った。その岩盤のように永久不変であってほしいというのである。永遠の処女でありたいという。

何とすがすがしい歌だろう。調べに何の渋滞もない。表現は素朴で、明瞭である。その清澄さがこれまで多くの女性たちに愛誦されて来た。左注に「吹芡刀自未詳也」とあり、万葉集編纂時にもう吹芡刀自のことは分らなかった。まさに無名の人である。

当麻真人麻呂《たぎまのまひとまろ》の妻《め》の作る歌

わが背子はいづく行くらむ沖つ藻の名張《なばり》の山を今日か越ゆらむ　（巻一・四三）

「伊勢国に幸ましし時に、京に留まれる柿本朝臣人麻呂の作る歌」と題する四〇、四一、四二の三首に続き、このあとに「石上大夫の従駕して作る歌」(四四)が並ぶ一連の歌群の中にある。左注にも記しているが、この伊勢国行幸は、持統天皇六年(六九二)三月に中納言大三輪高市麻呂の反対を押し切って強行されたものであった。

当麻真人麻呂は伝未詳。ここに名を載せるだけである。この歌は巻四に重出されており、そこに「伊勢国に幸ましし時、当麻麻呂大夫の妻の作る歌」(巻四・五一一)とあり、「大夫」なら四位か五位であったことになる。「真人」は姓《かばね》で、天皇家から分れた家であることを示す。当麻氏は用明天皇の皇子麻呂古《まろこ》王の子孫である。

持統天皇六年三月の伊勢国行幸に供奉した当麻麻呂の妻が、都で留守をした人麻呂らと共に歌を詠む席があったのだろう。素直な表現である。わが夫は、今どのあたりを旅しているだろうか。「沖つ藻」は沖の方の海藻で、これは海底に隠れて見えないから、隠れる意の古語「なばる」から地名「名《な》張《ばり》」にかけて枕詞とした。「沖つ藻のなばり」である。名張は大和から伊賀へ国境の山を越えたところ。今、三重県名張市。「名張の山」はその国境の山をいうのだろう。それを越えると、文字通り「なばる」のである。その「なばり」の山を今日あたり越えているだろうか。二、五句に「らむ」を繰り返して、今の今、思っていることを強調し、「沖つ藻のなばりの山」で、もう夫の姿を見ることの出来ない状況を強調する。平明な表現ながら、十分な技巧をこらしている。留守を託された女官の代表ででもあったろうか。その名は分らない、文字通り無名の人である。その人の歌が恋の歌として、巻四（相聞）にも収められるほどに注目されたのである。

河内王《かふちのおほきみ》を豊前国の鏡山に葬《はぶ》りし時に、手持女王《たもちのおほきみ》の作る歌三首

大君の和魂《にきたま》あへや豊国の鏡の山を宮と定むる　（巻三・四一七）

豊国の鏡の山の岩戸立て隠《かく》りにけらし待てど来まさず　（同・四一八）

岩戸割る手力《たぢから》もがも手弱《たよわ》き女《をみな》にしあればすべの知らなく　（同・四一九）

手持女王の挽歌である。手持女王はこの挽歌三首の作者であること以外に全く知るところがない。河内王は川内王とも記され、天武天皇十五年（六八六）正月、新羅からの客、全智祥の饗応接待役として筑紫に派遣されたことがあった。持統天皇三年（六八九）大宰帥となり、同八年（六九四）四月、浄大肆の位を贈られ、賻物を賜わっている。贈位は死亡して頂くもの、賻物は遺族に賜わる香典に当る品であるから、この直前に大宰帥として現地で卒したものと思われる。そして豊前国の鏡山に葬られたのである。手持女王はその河内王の妻であろうか。都で訃報を聞き、埋葬のことを聞いて、その場にいるような思いで歌を作ったのであろうが、歌は、河内王の鏡山への埋葬を眼前に見る思いがする。それほどに実感がこもっている。

第一首、「大君の和魂」とは亡くなった王の霊魂であるが、「和魂」は「荒魂」に対して、その霊魂の温和な面をいう。荒ぶる魂ではなく、安らぐ魂である。それが「あへや」という。その王の安らぐ

御心が合うのかという。その埋葬の地に心がかなったというのか、という。「や」はここは反語の気持がこもる。そんなことはないだろうに、そんなことはないはずなのに、という思いがある。「豊国の鏡の山を宮と定むる」の「宮」は常宮である。河内王はここを永住の宮どころとして、お鎮まりになってしまったというのである。

第二首は第一首の「豊国の鏡の山」を繰り返して、そこに岩戸を閉ざして隠れてしまわれたらしい、いくら待ってもおいでにならないという。

第三首は第二首の「岩戸」を繰り返して、「岩戸割る手力もがも」とある。その岩戸をうち破るほどの手力がほしいとは、天照大御神の天の岩屋戸神話を意識しているのだろう。「手弱き女《をみな》にしあれば」、なすすべがない、どうしたらいいのか分らないという。神話に登場する手力男神でない、「手弱き女」である自分が悔しい。「手弱き女にしあればすべの知らなく」とは実感のこもった率直な表現である。

手持女王の見事な連作である。「鏡の山」から「岩戸隠り」を想起し、「岩戸割る手力男神」にかけて、我が身にも「岩戸割る手力」があれば、亡き夫を鏡山の岩屋戸から連れ戻せるのにと嘆くのである。同じ大宰帥大伴旅人の亡き妻を悼む、鞆の浦のむろの木にかけた連作三首の挽歌を思い出す。旅人のそれより古い、旅人のより三十六年前に作られている。旅人もそうだったが、これは長歌に詠まれていい内容を、短歌三首の連作に歌った。それは手持女王の個性であろうか。

安倍女郎《あへのいらつめ》の歌二首

今更に何をか思はむうち靡《なび》き心は君に寄りにしものを　（巻四・五〇五）

わが背子は物な思ひそ事しあらば火にも水にもわが無けなくに　（同・五〇六）

安倍女郎は万葉集に「阿倍女郎」とも記されてあり、万葉集に四箇所に歌があり、四人別人かも知れない。あるいは三人か、または二人かとも言われる。いずれも伝未詳。「女郎」は古くは「郎女」と書かれ、古事記・日本書紀では「郎媛」「郎姫」などとあり、中国の「郎子」が他家の男子を呼ぶ敬称であるのに対して、女子を呼ぶ語がなかったのを、日本で作ったものである。「郎媛・郎姫・郎女」は他家の女子を呼ぶ敬称であると言ってよい。訓みは「郎子」をイラツコといい、「郎媛・郎姫・郎女」はイラツメという。そして万葉時代に入って、「郎女」を「女郎」と書くのが一般になった。万葉集巻二に「石川郎女」と「石川女郎」が、明らかに同一人で混用されているのは原資料の違いであろうと思われる。

万葉集に見る「郎女」「女郎」を付けて呼ばれる女性はいずれも名家の女性で、それは次の通りである。

a　石川郎女
巨勢郎女
大伴郎女

大伴坂上郎女
藤原郎女
b石川女郎
石川賀係女郎
阿倍（安倍）女郎
笠女郎
大神《おおみわ》女郎
紀女郎
中臣女郎
久米女郎
平群氏女郎

右のa、bともその名は、大伴が宿禰《すくね》の姓《かばね》で、あとは皆、朝臣《あそみ》の姓《かばね》の家である。つまり朝臣・宿禰の姓の家の女性しか、郎女・女郎と呼ばなかったのである。安倍女郎は大臣を出した安倍（阿倍）氏の一族の女性であることは間違いないが、どれが誰の子かということは分らない。

作者は無名であるが、この二首は情熱的な、熱烈な愛を伝える歌として有名である。

第一首の「今更に何をか思はむ」は何を思うというのだろうか、私の心はすっかりあなたに靡き寄って、ぴったり寄り添っているのにという。巻十二に類歌がある。

今更に何をか思はむ　梓弓《あづさゆみ》引きみゆるへみ寄りにしものを　（巻十二・二九八九）

初二句の「今更に何をか思はむ」は万葉集にこの二首である。結びの「寄りにしものを」は他に七首あり、恋の歌にはよく歌われた。「今更に何をか思はむ」こそこの一首の眼目である。ここにこの一首の力がある。心はうち靡いて君に寄っているのだから、今更、何を心配したり、悩んだり、物思いをしたりしようか、しやしないという、強い心である。

第二首は「わが背子は物な思ほし」という。第一首の初二句「今更に何をか思はむ」と自分の物思いせぬことを強く歌ったのを、背の君へ反した。この類歌は次の二首がある。

わが大君物な思ほし　すめ神の副《そ》へて賜へるわが無けなくに　（巻一・七七）
うらぶれて物な思ひそ　天雲のたゆたふ心わが思はなくに　（巻十一・二八一六）

物思いするな、心配などするなと言って、「わが無けなくに」「わが思はなくに」と結ぶ例である。女郎は「事しあらば火にも水にもわが無けなくに」という。「事しあらば」も柿本人麻呂歌集の古体と言われる略体の歌に、

大海をさもらふ水門《みなと》　事しあらば　いづへゆ君は吾《わ》を率凌《ゐしの》がむ　（巻七・一三〇八）

とあり、また、

事しあらば小泊瀬山《をはつせやま》の石城《いはき》にも隠《こも》らば共にな思ひわが背

（巻十六・三八〇六）

とある。後者は巻十六所載の伝承歌で、古くから広く知られていたかも知れない。「火にも水にもわが無けなくに」は、「無けなくに」が「無し」を打消す「無けず（無からず）」のク語法で、火の中にも水の中にも私がいないことはないと、いることを強くいう。私はあなたと共に火の中にも水の中にもいますとは、何と強い愛の言上げだろう。「火の中、水の中」は、高橋虫麻呂の「菟原処女の墓を見る歌」に、最後まで残った二人の男が争う場として、弓矢を持って水の中にも火の中にも負けずに入ろうという表現があるのみで、安倍女郎の愛の表現は独自のものとして出色である。

豊前国の娘子大宅女《おほやけめ》の歌一首 未審姓氏

夕闇は道たづたづし月待ちて行かせわが背子その間《ま》にも見む

（巻四・七〇九）

「豊前国の娘子大宅女」は巻六に「豊前国の娘子の月の歌一首」（九八四）があり、「娘子、字《あざな》を大宅といふ。姓氏未詳」とあって、同一人に違いない。「豊前国の娘子」はもう一人、巻九に「抜気大首《ぬきのけたのおびと》が筑紫に任ぜらるる時に、豊前国の娘子紐児《ひものこ》を娶《ま》きて作る歌三首」（一七六七題詞）とある。「抜気大首」は伝未詳。訓み方も分らない。ヌキケノオホビトとも訓む。筑紫に赴任して豊前国の娘子紐児を妻にしたという。歌（一七六七）によれば豊前国田川郡の香春の郷に紐児の家があり、そこへ通っていたらしい。この「豊前国の娘子」とは豊前国に住む娘子である。大宅女は都に出て来ていた豊前国出身の娘子である。歌の相手は誰か分らないが、男が通っているとすれば、あるいは遊行女婦であったかと思われる（全註釈、全集、集成、新全集、釈注など）。中でも集成本は「家持と同席した時の宴席歌であろう」と推測している。

「夕闇」は旧暦の月の後半、日没後、月が出るまで暗闇であること。「夕闇は道たづたづし」は、その宵闇の間は道がまっ暗でたどたどしい、つまり道を行くのがおぼつかなくて心もとないという。それで、月の出るのを待っておいでなさい。その間こうしてお顔を見ていましょうというのである。下三句「月待ちて、行かせ、わが背子。その間にも見む」とは日常の語りことばで、素直な表現である。それがこの一首の魅力になっている。『総釈（石井庄司）』に「一首の調べがしつかりしてゐる。その中に、自ら愛情が溢れ、殊に第五句はいぢらしい女心がよく出てゐる」と言い、「誦すべき作」とある。『釈注』も「家持と同席した折の宴席歌」と認めながら、「男を引き留める歌として圧巻。甘えと媚《こび》の中に女のやさしい心根が充ちて」いると称賛している。

初二句の「夕闇は道たづたづし」は自ずからに生まれた表現であろう。「夕闇は」と夕闇を主語に歌い出し、その夕闇の中を行くのはあぶない、そのまっ暗な道を歩くのはあぶなくてたどたどしいというのである。それを一息に「夕闇は道たづたづし」と言ったのは、巧《たく》まずして、人の真似の出来ない独自の詩的表現になった。見事である。

この歌は『古今和歌六帖』に、

ゆふやみは道たどたどし月待ちてかへれ我せこそのまにもみむ

として収められ、『伊勢集』にもこの形で収載されている。『新勅撰和歌集』も同じである。『源氏物語』にも「空蟬」の巻に、

女どちのどやかなる夕闇の、道たどたどしげなるまぎれに、わが車にて率てたてまつる。

とあり、「夕闇の、道たどたどし」と用いられ、同じく「若菜」の下の巻に、

すこし大殿籠り入りにけるに、ひぐらしのはなやかに鳴くにおどろき給て、さらば道たどたどしからぬ程にとて、御衣などたてまつりなをす。月待ちてとも言ふなるものをと、いと若やかなるさましてのたまふはにくからずかし。その間にもとやおぼすと、心ぐるしげにおぼして、立ちとまり給。

と、日も暮れて、「道たどたどし」「月待ちて」「その間にも」の句が用いられ、この「夕闇の」の歌を作中人物が互いに心得て、見事な会話を交している。万葉の無名の娘子の一首が後代までかくも注目されていたのである。

笠縫女王の歌一首

あしひきの山下響《とよ》め鳴く鹿の言《こと》ともしかも我が心つま　(巻八・一六一一)

題詞の下に注記が「六人部王《むとべ》の女《むすめ》、母を田形皇女といふ」とある。笠縫女王は伝未詳。その父という六人部王は系統は分らないが、和銅三年（七一〇）正月に無位から従四位下に叙せられている。蔭位従四位下は親王の子に限られ、一位の嫡子も諸王の子もその蔭位は従五位下である。六人部王は天武天皇か天智天皇の皇子（親王）の誰かの子ででもあろうか。霊亀二年（七一六）八月志貴親王の葬事を監護し、養老五年（七二一）正月従四位上に進み、同七年（七二三）正月正四位下、神亀元年（七二四）二月聖武天皇即位により正四位上に昇叙せられた。神亀三年（七二六）九月播磨国印南野行幸の装束司となり、天平元年（七二九）正月十一日卒した。神亀のころ、「風流侍従」と称せられたという。侍従だったのである。

笠縫女王の母田形皇女は天武天皇の皇女で、その母は蘇我赤兄の娘、大蕤娘《おおぬのいらつめ》、穂積皇子と紀皇女の同母妹である。文武天皇の慶雲三年（七〇六）八月伊勢神宮の斎王に任じられた。時に三品とある。しかし翌四年六月十五日、文武天皇が崩御されたから、伊勢斎王は交替しただろう。六人部王との結婚はこの後であった。神亀元年（七二四）二月田形皇女も聖武天皇即位により二品を授けられ、同五年（七二八）三月五日薨じた。令の規定（「継嗣令」）によれば、四世王（皇玄孫）までは内親王をめとることができるが、六人部王が親王の子、皇孫（二世王）であった可能性は高いと思われる。

笠縫女王はその父と母の子であった。内親王の子であったから二世女王として高い地位を与えられたはずであるが、続日本紀には全く記されていない。

万葉集に笠縫女王の歌はこれ一首のみで、丹生女王の大宰帥大伴旅人に贈る歌（一六一〇）の次にあるので天平二年ごろか、それ以後の作と思われる。そして次の次、一六一三番歌が「賀茂女王の歌」とあって、左注に「右の歌、或は云はく、椋橋部女王の作といふ。或は云はく、笠縫女王の作といふ」とあり、もう一首数えられるかも知れない。賀茂女王が左大臣長屋王の娘であり、椋橋部女王は長屋王の不慮の死に挽歌一首（巻三・四四二）を捧げており、長屋王の愛人かと推測されるところから、笠縫女王も長屋王とゆかりのある人であろうかと言われている。

「あしひきの山下響め鳴く鹿の」は次句「言ともしかも」にかかる序詞になっている。山の麓まで響かせて鳴く鹿の声のようにである。その声のように「言ともしかも、我が心つま」という。「声」ではない、「言」という。笠縫女王が心中ひそかに夫と思い定めた人の「言」が「ともし」という。その思い人の言葉が「ともし」という。笠縫女王は遠く山の麓に響く鹿の鳴き声を聞いている。その声は妻を恋い求めて鳴く声である。聞く者の胸にしみる。自分の思い人直々の声を聞きたい。愛《いと》しい人の言葉が聞きたいのである。

この一首の、序詞から本文へのつながりは単純でなく、その序詞の叙景が実感をもって「言ともしかも」の感慨を生かしている。

石川大夫《いしかはのまへつきみ》、任を遷《うつ》されて京《みやこ》に上る時に、播磨娘子《はりまのをとめ》の贈る歌二首

絶等寸《たゆらき》の山の峰《を》の上の桜花咲かむ春へは君し偲《しの》はむ　（巻九・一七七六）

君なくはなぞ身装《よそ》はむ櫛笥《くしげ》なる黄楊《つげ》の小櫛《をぐし》も取らむとも思はず　（同・一七七七）

播磨娘子の歌である。石川大夫が遷任されて都へ上る時に贈った歌とあるから、石川大夫の任地で作られたので、その任国は播磨国だったのだろう。続日本紀、霊亀元年（七一五）五月二十二日の条に「従五位下石川朝臣君子を播磨守と為す」とあり、その石川君子は養老四年（七二〇）正月従五位上に進み、同年十月九日兵部大輔に任ぜられている。「石川大夫」はこの石川君子であろう。播磨からの上京はこの養老四年十月のことであろう。同五年六月には侍従に任ぜられ、神亀元年（七二四）二月正五位下になり、同三年正月従四位下に昇進した。この神亀年中「風流侍従」と称せられたと伝える。文芸をよくする風流（?）国守に、その土地の風流の女性である遊行女婦が親しんだに違いない。それが播磨娘子である。筑紫の児嶋が筑紫娘子（巻三・三八一、巻六・九六五、六六）、常陸国には常陸娘子（巻四・五二一）がいた。対馬の玉槻（巻十五・三七〇四・五）もそれだろう。巻一の清江娘子（六九）、越中の蒲生娘子（巻十八・四二三二、三七）もそうだった。（冒頭の女性作者一覧の遊行女婦はそれと明記されている者のみ数えた）

第一首の「絶等寸《たゆらき》の山」は二人の共通の思い出の桜の花の咲く山である。播磨国府のあった今の姫路市のあたりの山であろう。その「峰の上の桜」の咲く春になったら、その時にはあなた様も、私を思い出して下さるでしょうと、十月の冬の別れに際して、すぐにも忘れられてしまうだろうことを予測して、せめての願いを述べたものである。思いは複雑で、窪田空穂『評釈』には「共に愛《め》でたことのある国府付近の山の、春の桜に寄せていっているのは心細かく、気の利いていて、遊行婦《ママ》にふさわしい」とある。

第二首は愛する人との別れの歌として最高の作であろう。君なくして、何故にこの身を装いましょうか。あなた様がいらっしゃらなくては、わが身を装い化粧する意味がありませんという。それはあなたに見てもらうためだった。手箱の中の愛用のつげの櫛さえ手に取る気が起こらないという。よくぞ言ったものだ。女性は男に逢う時、どんな時でもちょっと櫛で髪をととのえる。それさえもしようと思わないという。無名の一遊行女婦の歌人としてその才のすばらしさ。埋もれた名女流歌人がここにもいた。

三　女王の存在

万葉集の女流歌人の中で名のある女性の最も多いのが「女王」である。万葉集の「女王」は、万葉第一期に属する額田王、井上王、鏡王女のあと、歌を残す女王が十八人、歌はないがその名を載せる女王が二人、合計二十人の名が知られる。

先ず巻一に、

誉謝女王《よざのおほきみ》の作る歌

流らふるつま吹く風の寒き夜《よ》にわが背の君はひとりか寝《ぬ》らむ　（巻一・五九）

がある。この誉謝女王の歌は、大宝二年（七〇二）十月の持統太上天皇の参河国行幸の時の歌の中の一首である。誉謝女王の「背の君」が行幸に供奉しているのか、あるいは女王自身が持統太上天皇に侍していて、夫を都に置いて行幸に供奉しているのか、いずれとも考えられる。誉謝女王の名は日本書紀に見えないが、続日本紀、慶雲三年（七〇六）六月二十四日の条に「従四位下与射《よざ》女王卒しぬ」とある。従四位下であった。その出自は分らない。

次に巻二に、

或書の反歌一首

哭沢《なきさは》の神社《もり》に神酒《みわ》据ゑ祈れども我が大君は高日知らしぬ

右の一首は、類聚歌林に曰く、「檜隈女王《ひのくまのおほきみ》の泣沢神社を怨むる歌なり」といふ。

（巻二・二〇二）

がある。左注に檜隈女王の歌とある。この歌は、持統天皇十年（六九六）七月十日太政大臣高市皇子が薨じた時、柿本人麻呂がその殯宮挽歌（巻二・一九九〜二〇一）を作った。その反歌に続いてこの一首がある。この題詞「或書の反歌一首」は「或本の歌一首」などと同じく、その直前の歌の異伝であることを示すと解される。この一首は人麻呂の殯宮挽歌の反歌にもされていたが、左注によれば、檜隈女王の作なのである。泣沢神社は飛鳥の香具山の西麓、埴安池を隔てて池畔にあった。式内社畝尾都多《うねおのつた》本《もと》神社となって、泣沢女神を祭神とする。そこに近く、高市皇子の宮があった。檜隈女王は、泣沢女神に神酒を捧げて皇子の病気回復を祈ったのに、その甲斐なくわが皇子は天に昇ってしまわれたと悲しみ怨んだという。『代匠記』は檜隈女王を高市皇子の妃とするが、高市皇子の妃は但馬皇女とも、また御名部皇女とも考えられ、檜隈女王は愛人であっただろうか。また「相模国封戸租交易帳」（正倉院文書）の天平七年（七三五）閏十一月十日の相模国司の解文に「従四位下檜前女王食封」が御浦郡氷蛭郷に四十戸とあり、続日本紀の天平九年二月に檜前女王の従四位上の叙位があるのを同一人とすると、高市皇子の薨年持統天皇十年から天平九年まで四十一年を経ているが、『釈注』はこれを高市皇子の娘と推測する。『古義』は檜隈女王と檜前女王を「姉妹などにや」とする。

その次に巻三には挽歌の部に、先に「珠玉の小品」の項で取り上げた、手持女王の河内王挽歌三首（巻三・四一七〜四一九）があり、また倉橋部女王の長屋王の死を悼む一首がある。

神亀六年己巳、左大臣長屋王の死を賜りし後に、倉橋部女王の作る歌一首

大君の命《みこと》恐《かしこ》み大荒城《おほあらき》の時にはあらねど雲隠《くもがく》ります　（巻三・四四一）

神亀六年（七二九）二月、左大臣長屋王が皇位をねらうが如き、国家を傾けようとする謀反の企てありと密告され、国軍を総動員して邸を包囲され、申し開き出来ず自尽させられ、その室吉備内親王も自経した。その葬儀は二人の身分にふさわしい儀礼をもって営まれたという。倉橋部女王の哀悼の一首はその葬儀のあとの作である。

天皇の仰せのままに、つまり勅断によって、まだ死ぬべき時ではないお年なのに亡くなってしまわ

れたと歌うことは、国家転覆の大罪人の死を悼む、大変勇気のいることではなかったか。こんな挽歌を公表することが、どんな場で、出来たのだろうか。倉橋部女王は伝未詳。長屋王との関係も全く分らない。ただ前出の巻八の一六一三番歌の題詞に「賀茂女王の歌」とあり、左注に「或は云はく、椋《くら》橋部《はしべ》女王の作といふ」とある。賀茂女王が長屋王の娘であるから、やはり椋橋部女王も長屋王と関係の深い女性であることからこの異説が生まれたのだろう。ここからはそれ以上のことは分らない。『万葉集歌人事典』（雄山閣、昭57・3）の「倉橋部女王」の項に、「夫の死に関する妻の挽歌や妻の死に関する夫の挽歌は多く、親の死に関する子女の挽歌の確実な例の見出せない万葉集のありかたからみると、長屋王の妻の一人であった可能性も充分考えられる」（曽倉岑）とあるのが確かな発言だろう。

次に巻三と並ぶ相聞の巻、巻四の「女王」は次の歌から始まる。

天皇、海上女王に賜ふ御歌一首

赤駒の越ゆる馬柵《うませ》の標結《しめゆ》ひし妹が心は疑ひもなし　（巻四・五三〇）

海上女王の和へ奉る歌一首

梓弓《あづさゆみ》爪引く夜音の遠音にも君が御幸《みゆき》を聞かくし好しも　（同・五三一）

巻四のこの二首の収載された順序は、前後の歌から養老年間と推定される。それは元正天皇の御代であるが、海上女王と相聞の「天皇」は聖武天皇で、その皇太子時代に当る。馬場の柵のように自分が堅く囲いをしたあなたの心は疑いもないと、聖武皇太子は海上女王の愛を信じている気持を歌い送り、海上女王は皇太子のありがたいその愛の歌にこたえたのである。

海上女王は右の題詞下に志貴皇子の女という注記があり、続日本紀によれば、養老七年（七二三）正月従四位下になり、聖武天皇の即位された神亀元年（七二四）二月には従三位に昇叙された。しかし享年は未詳。歌はこの一首しかない。

女王は高位の女性である。海上女王は志貴親王の子であるから、天智天皇の皇孫であり、二世王に当る。聖武天皇に皇太子時代から愛され、三位の位をいただいている。無名の歌人というには勿体ない。

女王および王は、大宝令の規定によれば、その「継嗣令」の第一条に、

凡そ皇の兄弟、皇子をば、皆親王と為《せ》よ。女帝の子も亦同じ。以外は並に諸王と為よ。親王より五世は、王の名得たりと雖も、皇親の限に在《あ》らず。

とある。「親王より五世」とは親王から計《かぞ》えるか、その子の世代から計えるか、両方の場合があるが、一般には親王を一世として計えるようである。親王・内親王を一世として、四世までが皇族の身分を認められるのである。皇孫・皇曾孫・皇玄孫までである。五世王は王・女王を名乗ることができるが、皇親ではない。続いて第四条に、

凡そ王、親王を娶《ま》き、臣、五世の王を娶くこと聴《ゆる》せ。唯し五世の王は、親王を娶くこと得じ。

とある。女王について言えば、内親王は四世王までとしか結婚が許されないが、四世までの皇親たる女王は五世王と結婚することが許されるが、臣下と結婚することは許されなかった。臣下と結婚しているのは皇親でない五世以下の女王である。

日本書紀に女王四人、姫王六人が見える。令制以前の女王たちである。最も古くは皇女と区別なく用いられ（履中天皇の皇女飯豊女王の場合など）、次には皇子の娘に当る人を女王または姫王と記している（皇極天皇の母吉備姫王、聖徳太子の娘上宮大娘姫王など）。そして万葉集にも登場する倭姫王（倭大后）、鏡姫王（鏡王女）、額田姫王（額田王）である。

続日本紀にはその名に女王を称する人は九十九人を数える。その最初の人は坂合部女王。文武天皇三年（六九九）正月二十八日に卒したとある。令制以前の女王であった。卒した時、浄広参位であった。浄広参位は令制の正五位下に相当する。令制以前の女王はこの一人。あとの九十八人は大宝以後に登場する令制による女王たちである。万葉歌人の女王たちは多くここに見られるはずであるが、その半ばはそこにない。万葉集にしか見られないのである。

万葉集の第二期以降の女王たち二十人をまとめておこう。それが無名の女流歌人たちである。

既出の五人の女王

1手持女王	3-417 418 419	持統八年四月の挽歌	令制以前　大宰帥河内王の妻
2檜隈女王	2-202	持統十年七月の挽歌	令制以前　高市皇子の妻の一人

3	誉謝女王	1-59		大宝二年十月の行幸供奉の夫を思う歌	従四位下	
4	海上女王	4-531		養老年間の聖武皇太子に奉和歌	従三位	志貴皇子の女（二世王）
5	倉橋部女王	3-441		神亀六年二月の挽歌	―	左大臣長屋王の妻の一人

巻四の海上女王以後の女王と巻八の女王

6	高田女王	4-537～542	8-1444	今城王に贈る	―	長皇子の曽孫（四世王）
7	丹生女王	4-553 554	8-1610	大宰帥大伴旅人に贈る	正四位上	
8	笠縫女王		8-1611	無題	―	六人部王の女、母は田形皇女（母方二世王）
9	賀茂女王	4-556 565	8-1613	大伴三依に贈る	―	長屋王の女（三世王）
10	山口女王	4-613～617	8-1617	大伴家持に贈る	―	
11	酒人女王	4-624題		聖武天皇が思ほす御歌	―	穂積皇子の孫（三世王）
12	八代女王	4-626		聖武天皇に献る	従四位下	
13	広河女王	4-694 695		無題	従五位下	穂積皇子の孫（三世王）
14	久米女王		8-1583	天平十年十月橘奈良麻呂の宴歌	従五位下	

伝未詳

15	沙弥女王	9-1763	無題（月の歌）	―	
16	児部女王	16-3821	尺度氏の娘子の愚を嗤笑する	―	

巻十八以降に登場

17河内女王	18-4059	左大臣橘諸兄宅肆宴に奏上する	正三位	高市皇子の女（二世王）
18粟田女王	18-4060	同　右	正三位	
19円方女王	20-4477	智努女王卒せし後に悲傷して作る	正三位	長屋王の女（三世王）
20智努女王	20-4477題	（円方女王の母か）	従三位	長屋王の妻の一人か

万葉の女王はまず挽歌の作者として登場している。右の第一グループの五人の中の三人である。その女王は次の通りである。

　太政大臣高市皇子の妻の一人

　左大臣長屋王（高市皇子の子）の妻の一人

　大宰帥河内王の妻

その挽歌は皇族・貴族・高官である人の死を悼む歌として残されているのだが、その三人の作者は女流歌人としては無名であり、その歌が残されたのは、その挽歌の対象が著名人であったか、その歌自体が注目されたかによるだろう。太政大臣高市皇子は人麻呂によって日本最大の長歌が献呈されたように、天武天皇の壬申の乱の勝利に貢献した人物で、のちに持統体制を支え、文武即位の下ごしらえをした、まさに時代の人であった。長屋王はその高市皇子の子で、聖武体制の準備と出発を成し遂げたが、藤原氏の陰謀に倒れた。この人も時代の注目の人であった。それぞれの挽歌一首が近親者として公的でなく私的に、ひそやかに詠まれたのだろう。大宰帥河内王は豊前国の鏡山に葬られたという遠隔の地での埋葬であったから、都から妻手持女王の挽歌が墓前に届けられるなどのことがあっただろうか。手持女王の歌は公開されてよい、あるいは公表を意図したかとさえ思われる見事な連作三首であった。

次が相聞歌の女王たちで、右の第一グループの五人の中の二人である。そして第二グループの最後の久米女王を除く全員八人である。合わせて十人（酒人女王は受け手）。万葉の女王はまず挽歌か相聞歌であった。それは当然だろう。いずれも愛の歌である。

「女王は高位の女性である」と先に言った。万葉の女王たちの記録にある位階は次の通りである。

正三位　3人
従三位　2
正四位上　1
正四位下　0
従四位上　1（檜前女王）
従四位下　2
正五位上　0
正五位下　0

従五位上　0
従五位下　2　不明　9
三位が五人も名をつらねているのは、女王がいかに高く遇されているかが分る。王・女王に蔭位の特典があることは先にも述べた。大宝令の「選叙令」に、
凡そ皇親に蔭せむことは、親王の子に従四位下、諸王の子に従五位下。其《それ》五世王は、従五位下。
とある。親王の子（三世王）と三世王以下との格差は大きい。その結果が右の通りである。
粟田女王が女王の中の最高位、正三位でありながらその出自が分らない。養老七年（七二三）正月、海上女王・智努女王ら七女王一緒に従四位下に叙せられたのが最初で、天平十一年（七三九）正月従四位上、同二十年（七四八）三月には正四位下から正四位上に、天平宝字五年（七六一）六月には光明皇太后の一周忌の斎会に奉仕した労によって従三位から正三位に一階進み、同八年（七六四）五月四日「正三位粟田女王薨ず」とある。最初の従四位下から従四位上に十六年かかっているが、その後は五年から七年くらいで一階ずつ順調に昇進し、亡くなる三年前に正三位に昇りつめた。
万葉集には巻十八巻頭にある、越中守大伴家持のところへ左大臣橘家の使者として田辺福麻呂が来た時、都の歌の披露として元正太上天皇の難波宮行幸の時の歌を伝誦した記録の中に、左大臣橘邸での肆宴の席で歌われた、河内女王と粟田女王の歌が並んであった。河内女王は高市皇子の娘で、粟田女王に同じ天平十一年正月に従四位下より従四位上になり、同二十年三月正四位下（粟田女王はこの時正四位上）、遅れて正四位上となり、天平宝字二年（七五八）八月従三位になった。正三位に昇っ

たのはいつか分らないが、粟田女王に遅れること十五年、宝亀十年（七七九）十二月二十三日、正三位で薨じた。この高市皇子の娘河内女王と殆ど同じかやや先んじた昇進を見せる正三位粟田女王が、天智・天武の皇子の誰かの娘であることは殆ど疑いない。

　万葉の女王の出自の分かる人を系図に作ってみよう。

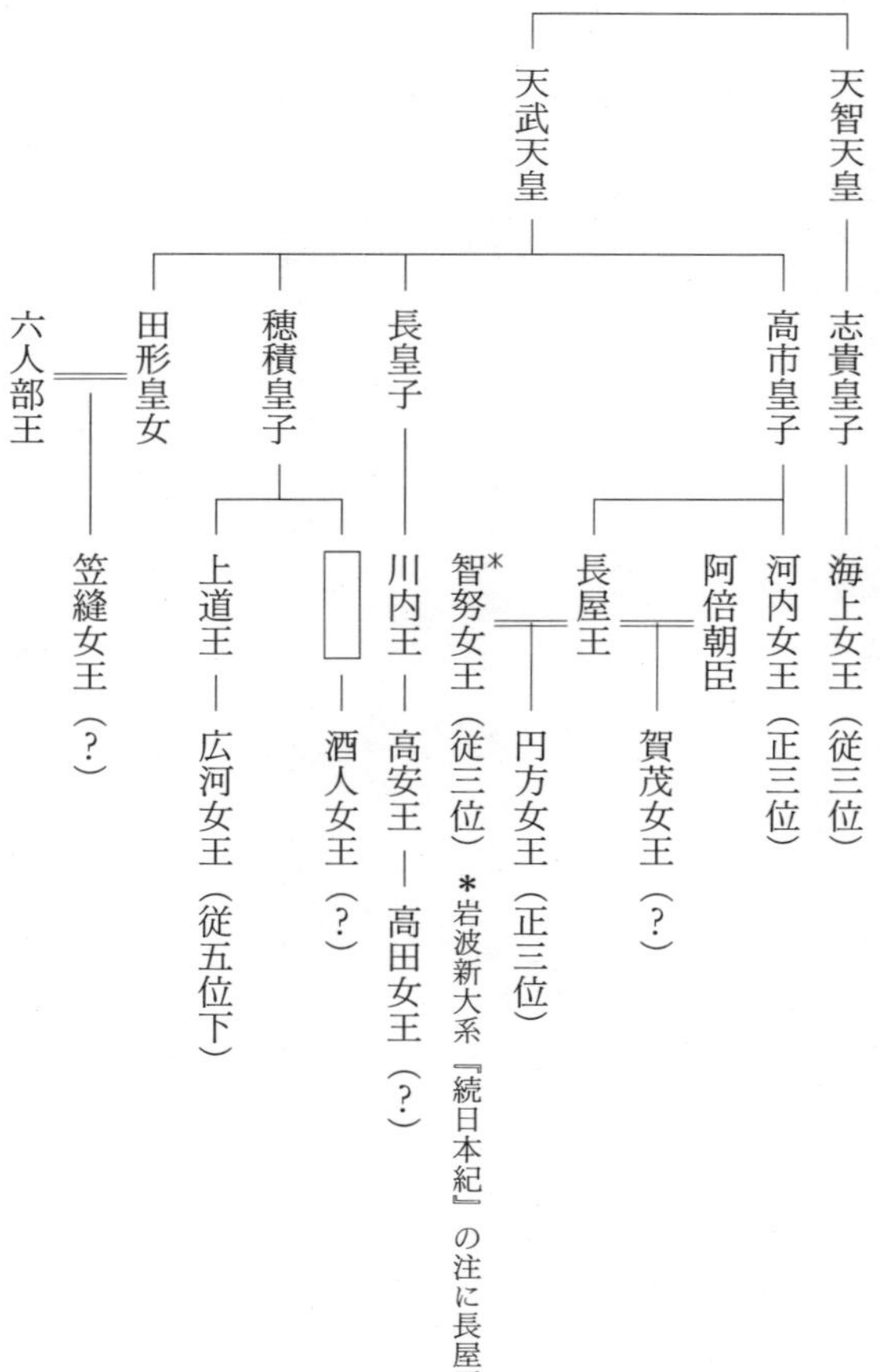

＊岩波新大系『続日本紀』の注に長屋王の妻妾かという。

栗田女王がこの系図の海上女王や河内女王と並ぶだろうと思われる。

また、先述した、母方で天武天皇の孫になる笠縫女王が続日本紀に全く見えないのだが、この皇孫女王はどんな位を授かるのだろうか。「万葉の女王」はまた新たな興味を抱かせる。

＊引用した万葉集の訓みおよび表記は、諸書を参考に私なりに決定した。

越中万葉にみえる無名歌人たち

針原孝之

一　越中万葉の作者未詳歌

万葉集二十巻の中で巻七・巻十・巻十一・巻十二・巻十三・巻十四の六巻については、「作者未詳歌巻」などと称されている。その他に巻中の作者未詳・不明（作者名の省略されているもの）の歌がある。ここでは越中万葉歌の作者未詳・不明歌について、どのような歌群の中にあるのか、どのような特色があるかを述べてみたい。

まず、「作主未詳」と記してある歌をみると、

①死にし妻を悲傷する歌一首并せて短歌作主未詳なり　（巻十九・四二三六〜四二三七題詞小注）

②天平五年、入唐使に贈る歌一首并せて短歌作主未詳なり　（巻十九・四二四五〜四二四六題詞小注）

であり、作者無記名のもの（作者名の省略されている）は、

③二十五日に、布勢の水海に往くに、道中馬の上にして口号ぶ二首　（巻十八・四〇四四・四〇四五）

④右の件の歌は、御船綱手を以て江を泝り、遊宴せし日に作る。伝誦する人は田辺史福麻呂これなり。　（巻十八・四〇六一・四〇六二）

⑤右の一首、山上臣の作。名を審らかにせず。或は云はく、憶良大夫の男、といふ。ただし、その正しき名未詳なり。　（巻十八・四〇六五）

⑥右、此の夕月光遅く流れ、和風梢く扇ぐ。即ち属目に因り、聊かにこの歌を作る　（巻十八・四〇七三）

⑦霍公鳥の喧くを聞きて作る歌一首　（巻十八・四一一九）

⑧能登国の歌三首　（巻十六・三八七八〜三八八〇）

⑨越中国の歌四首　（巻十六・三八八一〜三八八四）

であり、古歌として作者名は判明または不明であるが、「伝誦する」人名の判明しているものは、

⑩古歌一首大原高安真人の作年月審らかならず。ただし、聞きし時のまにまに、ここに記載す。　（巻十七・三九五二題詞）

右の一首、伝誦するは僧玄勝これなり　（巻十七・三九五二左注）

⑪石川朝臣水通が橘の歌一首　（巻十七・三九九八題詞）

右の一首、伝誦するは、主人大伴宿禰池主なりと云爾。　（巻十七・三九九八左注）

⑫高市連黒人が歌一首年月審らかならず　（巻十七・四〇一六題詞）

右、この歌を伝誦するは、三国真人五百国これなり。　（巻十七・四〇一六左注）

⑬太上皇、難波宮に御在しし時の歌七首　（巻十八・四〇五六〜四〇六二題詞）

右の件の歌は、御船綱手を以て江を泝り、遊覧せし日に作る。伝誦する人は田辺史福麻呂これなり。　（巻十八・四〇六一〜四〇六二左注）

⑭右の一首の歌、吉野の宮に幸しし時に、藤原皇后の作らせるなり。ただし年月未だ審詳らかならず

十月五日、河辺朝臣東人が伝誦するなりと云爾。　（巻十九・四二二四左注）

⑮右の二首の歌、三形沙弥、贈左大臣藤原北卿の語を承けて作り誦めるなり。これを聞き伝へたる者は、笠朝臣子君にして、また後に伝へ読む者は、越中国掾久米朝臣広縄これなり。　（巻十九・四二二七〜四二二八左注）

⑯太政大臣藤原家の県犬養命婦、天皇に奉る歌一首　（巻十九・四二三五題詞）

右の一首、伝誦するは掾久米朝臣広縄なり　（巻十九・四二三五左注）

⑰死にし妻を悲傷する歌一首并せて短歌作主未詳なり。　（巻十九・四二三六〜四二三七題詞）

右の二首、伝誦するは遊行女婦蒲生これなり。（巻十九・四二三六〜四二三七左注）

⑱右の件の歌、伝誦する人は越中大目高安倉人種麻呂これなり。ただし年月の次は、聞きし時のまにまにここに載せたり。（巻十九、四二四〇〜四二四七左注）

である。

このように作者名が不明のものをあげたが特記しておきたいのは、これらは宴席の場での出来事が多いことである。しかし、巻十六の能登国歌（三首）と越中国歌（三首）は例外である。

ここで言う能登国歌、越中国歌はかなり古い謡い物の形式をもって古謡または民謡風な歌として作者不明歌であることを示すのであろう。

二 「作主未詳」歌について

天平勝宝二年（七五一）の正月二日は、大雪が降って越中国守の館に四尺もつもった。翌日の三日、次官の内蔵忌寸縄麻呂の館で宴が開催された。四二三〇番歌から四二三七番歌までの一連の八首があるが、このことについて青木生子は、(注1)

作歌の内容において、家持の歌を冒頭に、すべて「雪」を詠みこんだ一連歌群（ただし最後の伝誦歌三首を除く）であることはいうまでもない。実は正月二日の家持歌四二二九も「雪」が詠まれ、さらには「天平勝宝三年」以前の四二二六、四二二七〜四二二八も「雪」の歌でもってこれに連接している。すなわち、十二月の「雪の日に作る歌」と題する家持の四二二六を先頭に、四二三四まで、文字どおり雪の歌のみが連続している。この歌群の中には、題詞や総題を欠いたり、作歌事情も異なる歌同士を、この場合内容的な「雪」の歌材によって連続させているのは、家持の自覚的に用いた歌群形成の手法ともとれ

と述べている。これは認められる見解であるが、伝誦歌三首のことについてふれていない。

ところがこのことについて渡瀬昌忠は(注2)一連の宴歌について、これは賓客側の家持・広縄と主人側の遊行女婦蒲生娘子、縄麻呂とが対座する四人構成の座をU字型に二巡する歌の場の典型的な例として論証している。それは、

(6)(四二三五〈歌番号筆者補足〉)に対して(7)(四二三六〈歌番号筆者補足〉)が歌われたのは、井上新考のいうように、(6)の「天雲をほろに踏みあだし鳴る神も」という歌が伝誦されたのを聞いて、(7)の「光る神鳴りはたをとめ」の伝誦歌を思い出して歌ったのであろう。(6)の「天雲を」「踏みあだし」に対して、(7)の「雲にたなびく」も素材的に対応する。こうした(6)と(7)との伝誦歌の素材の対応は、二人の伝誦者が2(内蔵縄麻呂〈人名筆者補足〉)と3(久米広縄〈人名筆者補足〉)とに対座していたところに生じたものにちがいない。(6)は県犬養命婦(三千代)という女性の歌を男性の広縄が伝誦したのに対して、(7)は亡妻を悲傷する男性の歌を女性の蒲生が伝誦した。この男女の対照も、やはり2と3との男女の対座から生まれたものであろう。

と推測しているのは首肯できる。

ところで四二三六・四二三七番歌は作主未詳の歌である。これは四二三〇番歌から四二三七番歌の一連の宴席歌の中の歌であることに注意しておきたい。

ところで四二三六番、四二三七番の長・短歌は次のような一組である。

死にし妻を悲傷する歌一首并せて短歌作主未詳なり

天地の　神はなかれや　愛しき　我が妻離る　光る神　鳴りはた娘子　携はり　共にあらむと　思ひしに　心違ひぬ　言はむすべ　せむすべ知らに　木綿だすき　肩に取り掛け　倭文幣を　手に取り持ちて　な放けそと　我は祈れど　まきて寝し　妹が手本は　雲にたなびく　（四二三六）

反歌一首

現にと　思ひてしかも　夢のみに　手本まき寝と　見ればすべなし　（四二三七）

右の二首、伝誦するは遊行女婦蒲生これなり。

この「死にし妻を悲傷する歌」の長歌は、三部構成で、第一段は「我が妻離る」までの四句で愛妻の死について述べる。第二段は「心違ひぬ」までの六句で第一段で述べたことを具体化し悲しい状況を述べる。第三段は「雲にたなびく」の終わりまで十一句、死を留めるために神に祈ったのに死んでしまった妻に対する悲しみを述べている。この歌は簡潔な調べの中に詠まれた亡妻挽歌である。おめでたい正月の酒宴の席でなぜ妻の死を悼む挽歌が歌われたのか、このことについて新考は「広縄がアマ雲ヲホロニフミアタシナル神モといふ歌を伝誦せしを聞きて蒲生がかねて聞き保てる此歌を思ひ出でて（此歌にもヒカル神ナリハタヲトメとあれは）伝誦せしならむ」と述べている。さらに久米常民は[注4]「挽歌が誦詠されるときには、それは挽歌本来の意味でなく、相聞歌の一種として取扱われたのであろう。」と述べている。これは死去した女性（妻）に対する哀惜の心情は、故郷にいる妻や恋人を残した任地にある地方官人の望郷思慕の気持ちをゆさぶったこととして受けとめられたのであろう。また、窪田空穂は[注5]「多分この時代に近い知識人の作で、古代信仰で貫いているのは、事の性質上、潜在している信仰の表面化したという範囲のものであろう」と興味深い見解を述べている。

◇　◇　◇

天平五年、入唐使に贈る歌一首并せて短歌作主未詳なり

そらみつ　大和の国　あをによし　奈良の都ゆ　おしてる　難波に下り　住吉の　三津に船乗り
直渡り　日の入る国に　遣はさる　我が背の君を　かけまくの　ゆゆし恐き　住吉の　我が大御
神　船舳に　うしはきいまし　船艫に　み立たしまして　さし寄らむ　磯の崎々　漕ぎ泊てむ
泊まり泊まりに　荒き風　波にあはせず　平けく　率て帰りませ　もとの朝廷に　（四二四五）

反歌一首

沖つ波　辺波な立ちそ　君が船　漕ぎ帰り来て　津に泊つるまで　（四二四六）

題詞にある「作主未詳」は天平五年（七三三）の歌の配列から見ると、天平勝宝三年であるから十

八年前の歌がこの位置におかれている。

実はこの歌（四二四五・四二四六）は四〇四〇番から四二四七番歌までの一連の歌の中にある。四二四七番歌の左注に「右の件の歌、伝誦する人は越中大目高安倉人種麻呂これなり。ただし年月の次は、聞きし時のまにまにここに載せたり。」とあり、この「右の件」の歌は四二四〇番から四二四七番をさすと考える。

また四二四〇番の題詞に「春日に神を祭る日に、藤原太后の作らす歌一首　即ち入唐大使藤原朝臣清河に賜ふ参議従四位下遣唐使」とある。

これは藤原清河が藤原氏として最初の遣唐大使に任命されたので光明皇后（清河は光明皇后の甥）をはじめ藤原一族が奈良の春日の地で遣唐使の平安を祈った。この時は光明皇后は国家的責任を背負った清河の渡唐に対して詠んだ歌が

大船に　ま梶しじ貫き　この我子を　唐国へ遣る　斎へ神たち　（四二四〇）

である。藤原清河は房前の第四子、天平十八年（七四六）従四位下、天平勝宝元年（七四九）参議、同二年九月遣唐大使を拝命、同四年三月拝朝閏三月に節刀を賜わり、その後入唐、当時四十六歳であった。この歌は天平勝宝三年入唐使等を餞する宴の歌であるから、入唐一年前の作となる。その一連の歌の中に天平五年の入唐使に贈る歌、四二四五、四二四六、四二四七番までの三首が入唐に関する

歌群の縁により伝誦されたのであろう。

四二四五番歌はどのように考えられるかについて窪田空穂は「一首の捉え方が大きく、しかも簡潔に扱われており、〈日の入る国に〉〈本の国家に〉など、その当時において国家意識の強く働いた語を用いている点は、当然男性の作と思わせる」と述べている。これに対して伊藤博は、(注6)「以上二首、妻の立場の歌だが某男性歌人の代作であろう」と述べている。一方、この歌には「作主未詳」と記されているが土佐に流された石上乙麻呂の詠と類似しているので全註釈・注釈は石上乙麻呂の作ではないかとみている。この見解に対して小島憲之は、(注7)

> 前者（四二四五）に〈作者未詳〉と注記する点より考へると、恐らく住吉の神に平安を祈ると云ったやうな広義の神唄或は船唄（或は海唄）があちこちに歌はれ、その類歌が天平五年入唐使の餞別歌として採用され、これとは別に乙麻呂事件の㈡《ママ》の歌にも採られたものではなかったか。云はば両者は兄弟関係に立つと云へる。全註釈・注釈などの如く、右の巻十九の長歌を乙麻呂自身の作かと述べるのは賛成しがたい。

と述べている。さらに『万葉集』（新編日本古典文学全集）頭注は(注8)「本来は共に一種の神事歌謡の常用句を利用したものであろう」と述べている。こうした種々の見解をみてくると、平安無事を祈る神への祈願の用語をこの歌の中にも用いたとみる方がよいように思う。

そこでなぜ四二四五・四二四六・四二四七番歌などがここに伝誦されたかについて考えると、すでに指摘されているように古歌の前にある、

あらたまの　年の緒長く　我が思へる　児らに恋ふべき　月近付きぬ　（四二四四）

と類似の歌をみることの出来る歌

天雲の　そきへの極み　我が思へる　君に別れむ　日近くなりぬ　（四二四七）

について比較する必要があろう。

四二四四番歌は藤原清河によって詠まれた。出航の時期が近づくにつれて、遣唐使としての心情を歌いあげている。しかし、まだ出航まで一年余りもあるのでゆとりある歌となっているが、「天平五年に入唐使に贈る歌」の一連の歌として伝誦した四二四七番歌を当然知っていてその歌を変容させて詠んだ。その歌の出所を知っていた越中の大目高安倉人種麻呂が、実はこの歌の基になっているのはこの歌であると種明かしのつもりで伝誦したのであろう。

すなわち、四二四四番の下三句が類似しており、四二四四番の「児らに恋ふべき」と歌うのは、四二四七番では「君に別れむ」とあるのを変容させ、四二四四番の五句目「月近付きぬ」と歌うのは、四二四七番の「日近くなりぬ」とあるのを変容させたものである。こうして清河を贈る餞宴の第二の場ともいうべき後半部で高安倉人種麻呂が伝誦したというのであろう。

また、四二四四番歌を大使藤原清河が「あらたまの　年の緒長く　我が思へる　児らに恋ふべき月近付きぬ」と歌って四二四二番からの一つの区切りをつけるために詠んだと理解できる。主人「大納言藤原家」は誰かについて仲麻呂説が通説であるが『万葉集』（新編日本古典文学全集）頭注(注9)は、ここは天平勝宝元年（七四九）大納言に任ぜられた藤原朝臣仲麻呂をさすかという。しかし、その兄の豊成もその前年に大納言になっており、大納言の定員が二人であることからも、二人のうちの一方に決することは困難。

と言って仲麻呂説に即座に賛成しがたいことを述べている。

三　作者無記名歌について

「越中三賦」の一つである「布勢の水海を遊覧する賦」は家持の代表的な作品の一つである。この布勢の水海は美しい景勝の地であり家持はずいぶん気に入ってたらしく記録のあるものだけでも四回訪れている。それは、

(1)　巻十七・三九九一・三九九二（天平十九年四月二十四日）
(2)　巻十八・四〇三六〜四〇四三（天平二十年三月二十四日）
(3)　巻十九・四一八七・四一八八（天平勝宝二年四月六日）
(4)　巻十九・四一九九〜四二〇二（天平勝宝二年四月十二日）

であるが、この中の(2)巻十八の四〇三六〜四〇四三までの布勢の水海遊覧行きの歌に続く二首（四〇四四・四〇四五）がある。それは、

二十五日に、布勢の水海に往くに、道中馬の上にして口号ぶ二首

浜辺より　我が打ち行かば　海辺より　迎へも来ぬか　海人の釣舟　（四〇四四）

沖辺より　満ち来る潮の　いや増しに　我が思ふ君が　み舟かもかれ　（四〇四五）

である。この歌に作者の署名がないが題詞に「二十五日に、布勢の水海に往くに、道中馬の上にして口号ぶ二首」とあるから、馬上から大きな声で歌う人、すなわち官人などの身分を推測してよいだろう。

家持周辺の人々にはこの布勢の水海は風光明媚な場所として受けとめられていたのであろう。この布勢の水海は古代のまま残っていないが現在の氷見市南方の十二町潟が名残としてある。

この第一首の四〇四四番歌は馬で出かけて行く時、はるか海上をながめつつ運よく布勢の水海への迎えの舟が来てくれることを望んでいる。歌の内容からみれば家持作であることが理解できる。諸注も家持作と認めている。

第二首は沖の彼方から舟がやってきたあの舟はまさしくあなたの迎えの舟であろうと詠んでいる。この第二首も家持作とみてよいだろう。しかし、『万葉集全注釈』(注10)は

この歌は前の歌に和したものと見るべく、さすれば田辺の福麻呂の作とするを至当とする。

とあって、田辺福麻呂作と述べている。

万葉集目録の四〇四四番歌には「二十五日に、大伴宿禰家持、布勢の水海に往くに、道中馬の上に

して口号ぶ二首」と日付の下に大伴家持の署名が記されている。伊藤博(注11)は家持作と認める意味で

「〈我が思ふ君〉と言い〈御船〉と言い、接待する側の客人への言葉と見るのが穏当であろう」と述べている。

また、この四〇四四、四〇四五番歌を含む一連の歌として、四〇五一番歌の左注に「前の件の十五首の歌は、二十五日に作る」とある。実際は四〇四四番から四〇五一番まで八首しかないので七首脱落が認められる。四〇四四、四〇四五番歌の題詞には「二首」とあるが、その他の題詞には歌数が記されていない。しかし万葉集目録には、四〇四六番の題詞に「水海に至りて遊覧する時に、各懐を述べて作る歌六首」と「六首」の歌数が記されている。

四〇五一番歌の左注にある「十五首」に問題があり、脱落説を考えざるを得ない。脱落した歌がどのような歌であったかはまったく不明である。

◇　◇　◇

巻十八の四〇五六番から四〇六五番歌までの十首の中、家持の追和歌四〇六三、四〇六四番歌の二首を除く八首は三月二十六日の久米広縄の館における宴において披露されたものであろうと伊藤博(注12)は述べている。さらに四〇五六番から四〇六二番歌までの七首が田辺福麻呂によって誦詠されたと推測している。しかし、四〇六二番の左注に

右の件の歌は、御船綱手を以て江を泝り、遊宴せし日に作る。伝誦する人は田辺史福麻呂これなり。

とあるので、「右の件」を四〇六一、四〇六二の二首とみる見方もある。(注13)

また、四〇六一、四〇六二番歌には作者名が記されていない。この二首の作者について伊藤博(注14)は「誦詠者福麻呂自身の作った歌であるがゆえに、署名がないのであろう。」と推測し、その理由を次のように述べている。

第一に考えられるのは、この二首が実質福麻呂自身の詠であったからであろう。これまでの歌の作者はすべて高貴な人びとばかりである。よって、身分の低い我が身に関する歌の披露は最後に廻したものと思われる。が、第二には「御船」の歌に始まって「御船」の歌に終わらせるという意図もあったのであろう。

この七首を四〇四五と四〇四六との間に位置せしめる場合、次の四〇四六番から四〇五一番歌へ「遊覧」の関係ですなおにかかわっていくと説明しているのは納得させられる。

しかし、四〇五六番歌からの一連の歌でみる時、四〇五七番歌の左注に「右の二首の件の歌は、御船江を泝り遊宴せし日に、左大臣の奏せると御製となり。」と記し、「右二首」とはっきり歌数を記している。また、四〇六〇番の左注に「右の件の歌は、左大臣橘卿の宅に在して、肆宴したまひし時の御歌と奏歌となり。」と記している「右の件」のさす範囲は四〇五八番から四〇六〇番までの三首をさす。そして四〇六二番の左注に「右の件の歌は、御船綱手を以て江を泝り、遊宴せし日に作る。伝誦する人は田辺史福麻呂これなり。」と記している。「右の件」のさす範囲は四〇六一、四〇六二番の二首である。「右の件」のことばが何回も使用されており「右の件」の範囲が理解できるのに、四〇六二番歌の左注の「右の件」だけを広い範囲に受けとめて七首とするのは疑問が生じる。

さらに四〇六三番の題詞に「後に橘の歌に追和する二首」（四〇六三、四〇六四）とある「後に」について伊藤博は、(注15)

時期はいつか。常識として歌稿保管の折と巻第十八編纂の折とが考えられる。が、わざわざ「後に」と冠した点を重視するならば、後者と見るのが自然。

と述べ、巻十八編纂時期に追和したと推測している。一方、『万葉集』（新編日本古典文学全集）頭注(注16)には、

福麻呂の伝誦した歌に影響されて家持が詠んだ歌。ただし三月二十六日饗宴当日の作でなく、二、三日後、恐らくこの巻冒頭の四〇三三以下の歌を整理・記入するに際して、追加したのであろう。

と述べている。

次に四〇六五番歌の題詞に「射水郡の駅館の屋の柱に題著せる歌一首」とある。射水郡の駅舎での朝、感懐を詠んだものであろう。舟を通しての望郷思慕の歌であり、駅舎の部屋の柱に記されていたという。この四〇六五番の左注に「右の一首、山上臣の作。名を審らかにせず。或は云はく、憶良大夫の男、といふ。ただし、その正しき名未詳なり。」とある。これは山上臣憶良の子息と記してあるが正確な名前は不明であるというのだ。「大夫」は四位、五位の人への尊称である。この歌を伝えた人の名前も記されていないし、誦詠された場も不明である。『万葉集』（新日本古典文学大系）脚注(注17)

は、

左注は、この歌が山上憶良に縁のある作とする所伝を記す。憶良の子息は早世した「古日」(九〇四)がそれかと推測されているにすぎない。越中での何かの宴で披露された古歌の一つだったのであろう。

と述べている。しかし、この歌について伊藤博は、(注18)

前の二首(四〇六三〜四〇六四)がはるか後の詠の割り込みであるからには、一首は元来、福麻呂誦詠歌七首にじかにつながっていたことが知られ、七首が誦詠された時にそれに対応するようにして披露された歌であることが明らかになる。

と述べてさらに、

舟に関する望郷歌としてこんな歌がここ越の国(射水郡)にもあるという次第で、見送る側から古歌の披露があるのは流れというものであろう。さような事情を考えると、一首を披露した人としては家持を措いては誰をも考えにくい。

と家持が伝誦したことを推測している。二首(四〇六三、四〇六四)を後の追和として除くと田辺福麻呂の古歌誦詠のあとに家持もまた古歌誦詠をして二人の対応が行われたことになる。自分たちの作品でなく、古歌をもって誦詠したことに宴席での一つの遊びの文学が展開されたと解することが出来るだろう。それが望郷歌を意味するものでもあった。

◇　◇　◇

四〇七〇番から四〇七二番までの三首は清見が奈良の都に帰る時、国守家持が開催した送別の宴での歌である。この中の四〇七〇番はなでしこが咲き出す前に帰京してしまう惜別の情を家持が詠んだ。次の四〇七一番も郡司以下子弟以上の諸人が多く集まっての会で家持作と記している。しかし、第三首目の四〇七二番は同じ会の詠であるかどうか問題がある。

ぬばたまの　夜渡る月を　幾夜経と　数みつつ妹は　我待つらむそ　（四〇七二）

右、此の夕月光遅く流れ、和風梢く扇ぐ。即ち属目に因り、聊かにこの歌を作る。

この四〇七二番歌には、作者名が記されていない。これは左注の文脈によって前の二首四〇七〇番、四〇七一番に続くと考えて家持作であるという考えがある。(注19)このことは万葉集目録には「大伴家持重ねて作る歌二首」とあり、この「重ねて」に注目すれば、三首（四〇七〇、四〇七一、四〇七二）を同じ場の詠と考えられるというのであろう。

次の四〇七三番歌は「古人の云はく」という題詞があり、「古人」の歌を思い出すという形で詠んでいる。それは、

月見れば　同じ国なり　山こそば　君があたりを　隔てたりけれ　（四〇七三）

である。この題詞に「古人の云はく」とある古人とは作者不明の古歌のことであるが、四〇七三番から四〇七五番までの三首は越前国掾大伴宿禰池主の作である。その中の第一首目の歌である。池主が思いをこめて詠んだ歌に類似している歌が巻十一の人麻呂歌集の二四二〇番歌にある。それは、

月見れば　国は同じぞ　山隔り　愛し妹は　隔りたるかも　（二四二〇）

である。この歌を「古人の云はく」という形で詠んだのであろうか。
　さて、池主の四〇七三番歌に対して越中国守大伴家持が答えた歌は、

あしひきの　山はなくもが　月見れば　同じき里を　心隔てつ　（四〇七六）

である。これには「古人の云はくに答へて」という題詞がある。この歌は、山がじゃまをしていることを嘆いているのであるが、同じ家持の若き日の歌に

一重山　隔れるものを　月夜よみ　門に出で立ち　妹が待つらむ　（七六五）

がある。池主の詠んだ「古人の云はく」歌は家持にとって心にしみる若き日の嘆きとして残っていた

ものと思われ、あえて池主の歌に答えて詠んだものであろう。

こうした池主と家持の歌のやりとりを見ると、池主が「古人の云はく」という題詞をつけて巻十一の作者未詳歌・人麻呂歌集中の歌を思い出して歌うと、家持も同じく「古人の云はくに答へて」という題詞をつけて自分の若き日の嘆きを詠んだ歌をもとに歌ったのであろう。こうして二人の間に「古人の云はく」という形で歌の贈答をするという遊びの文学が行われたと考えられる。

◇　◇　◇

天平二十年、掾久米広縄が朝集使となって上京し、その任が終わって帰任した時、家持は宴を開いた時の歌が巻十八・四一一六番から四一一八番にある。これは長歌と反歌二首がそえられているが、その後に

霍公鳥の喧くを聞きて作る歌一首
古よ　しのひにければ　ほととぎす　鳴く声聞きて　恋しきものを　（四一一九）

がある。この歌には作者名、日付が記されていないが、この歌のあとに閏五月二十八日の歌（四一二〇）が配列されているので、四一一九番は閏五月二十七日の歌とみてよい。この四一一九番について『万葉集』（新編日本古典文学全集）頭注[注20]は、
集宴散会後の作か。ただしこの日は太陽暦の七月二十日に当り、ほととぎすの声を聞いたという

のは空耳であろう。

と述べている。場所について何も記されていないので推測の域を出ないが、前の四一一六番の長歌の中に「恋ふるそら　安くしあらねば　ほととぎす　来鳴く五月の　あやめぐさ」と歌い、反歌(四一一八)で「年月経れば　恋しけれやも」と詠んで後の四一一九番で「ほととぎす　鳴く声聞きて恋しきものを」と詠んでいるのを考え合わせると、霍公鳥を回想し懐古の鳥として望郷の思いにかられる家持の一人姿が想像される。

また、作者名が記されていないのは、当然四一一六番から四一一八番までの連続の作者を考えての省略と考えられ、題詞を書くにとどまったのは、先の頭注に記された「作歌の場」の違いを述べたことを意味するのかも知れない。しかしその思いは集宴後も家持の心に永く継続していたのだろう。

四　伝誦歌について

天平十八年家持が越中国守として着任間もない八月七日の夜、国守の館で宴が開かれた。その時の歌は三九四三番から三九五五番まで十三首詠まれている。この一連の歌は前半九首と後半四首に二分してその宴席の場の展開を想像してみることができる。最初の三九四三番は新任国守の歌で始められている。以後池主と家持が贈答の形で詠んでいる。それも家持が三九四三番で「女郎花」を歌うと、池主も家持の使用した「女郎花」を詠みこんで歌う。さらに池主は「秋の夜」(三九四五)「霍公鳥鳴き」(三九四六)のことばを詠みこんで歌うと、家持も「秋風」(三九四七)と歌い、池主の使用した「霍公鳥」を

「雁」に置き換えて歌う。さらに家持が「天離る」「紐を解き」(三九四八)を歌の中に詠むと、池主もまた「天離る」「紐解き」(三九四九)を詠みこむ。このように二人の歌を見てくると、八月七日の宴席歌は家持と池主の贈答歌が中心になっている。それも前の歌で歌われたことばを用いながら、そのことばを自分の歌に詠みこむという尻取式贈答歌とでも名づけられる表現である。二人の親密感は充分に理解できる。これまで家持と池主の二人は贈答を詠んでいたが、後半部は僧玄勝が古歌として記憶していた大原高安真人の歌を口ずさむことから始まる。しかし、内容としては季節に合わない藤の花を歌っているが、これは前歌でおみなえしを歌ったのに対し、春のものである藤の花を歌ったものかと思われる。そしてこれまで都の妹をめぐる旅愁を歌いこむことを中心に展開していたので、越中の地名を歌うことをより重視して変化の合図をしたのではないだろうか。『万葉集全釈』(注21)は、

僧玄勝が越中の地名を詠み込んだ歌を、新任の国守に歌つて聞かせたとするのが妥当のやうに思はれる。

と述べている。この地名である「伊久里」がどのような場所であるのか詳しくは未詳だが、㈠越中(富田景周、森田柿園)㈡奈良の南とする(代匠記)㈢越後(万葉考、略解、古義、新考)などあるが、越中の中で「伊久里」を求めた方が僧玄勝の伝誦した歌と関わりがあるように思う。

「伊久里」については富田景周の『楢葉越枝折』に「砺波郡般若郷に井栗谷村」とある。森田柿園の『万葉事実余情』に「東大寺墾田砺波郡石栗庄地壱佰壱拾弐町」とあることから大原高安真人について、

高安が越中に下ることのあったことも十分考えられ、その折に作った歌が越中で伝誦されていたのだと思われる。

と橋本達雄(注22)は推測している。この「伊久里」は藤の花の名所であり、人々の多くがその地を訪ねることもあっただろう。それは藤波神社の藤が咲くと多くの人々が出かけると同様に聖なる土地とも考えられる。こうして最後に夜もふけてしまったので、土師宿禰道良の歌でもわかるように、今晩はすっかり時間が過ぎて遅いから次の機会にと「夜は更けぬらし」「二上山に月傾きぬ」と閉会の辞ともいうべき歌で締めくくったのであろう。

また、四二二四番の左注に「右の一首の歌、吉野の宮に幸しし時に、藤原皇后の作らせるなり。ただし年月未だ審詳らかならず。十月五日、河辺朝臣東人が伝誦せるなりと云爾。」とある。十月五日に此の歌を伝誦した河辺東人について『万葉集私注(注23)』は「官用か、八束の家の用かなどで越中に来ったものであらう」と述べているし、『万葉集』(新編日本古典文学全集)頭注(注24)は「河辺東人が越中に下り家持に逢った時に伝えたことをいうか。この当時、東人は正六位上程度の身分で、四十歳を少し出た年齢であったろう」と推測しているが、左注には何も記されていないのでその真意はわからない。

◇　◇　◇

四二二七番の長歌の冒頭「大殿の　このもとほりの　雪な踏みそね　しばしばも　降らぬ雪そ……」と反歌一首

ありつつも　見したまはむそ　大殿の　このもとほりの　雪な踏みそね　（四二二八）

には類似表現がある。それは長歌の冒頭三句「大殿の　このもとほりの　雪な踏みそね」は反歌の下三句とまったく同じ表現になっている。そして謡物特有の自由詩型を持っている。

左注には「右の二首の歌、三形沙弥、贈左大臣藤原北卿の語を承けて作り誦めるなり。これを聞き伝へたる者は、笠朝臣子君にして、また後に伝へ読む者は、越中国掾久米朝臣広縄これなり。」とある。左注をそのまま理解すると、最初に左大臣の言葉をうけて三形沙弥が誦詠した。これを聞いて笠朝臣子君が伝え、さらに越中で久米広縄が伝誦したのである。『万葉集』（日本古典文学全集）頭注(注25)は

底本（西本願寺本〈筆者補足〉）には「作誦」とあるが、元暦校本には「依誦」となっている。前者によれば、即席の自作歌を誦詠したことになるが、後者によると、その「依」は、そこで、の意の接続詞「因」のつもりで書いたと考えられ、三形沙弥は単に口誦歌を披露しただけとなる。

という。また『万葉集』（日本古典文学大系）頭注(注26)は、

三形沙弥は代作者であり、その最初の誦詠者である。それを聞いて記憶していたのが笠朝臣子君で、その誦詠を記憶して大伴家持に伝えたのが久米広縄である。大伴家持に至ってはじめて文字に記録されたわけである。このように、当時の歌は、はじめから書かれたものとは限らず、むしろ口から耳へ、耳から口へと伝わった。

と述べているのは、古代歌謡の発生にもつらなるもので、歌の伝誦のあり方が理解できる。

五　能登国歌と越中国歌

巻十六に「能登国の歌三首」と「越中国の歌四首」があるが、ともに作者名は記されていない。これらの歌はどのように理解すればよいのだろう。

梯立の　熊来のやらに　新羅斧　落とし入れ　わし　あげてあげて　な泣かしそね　浮き出づるやと　見む　わし　(三八七八)

梯立の　熊来酒屋に　まぬらる奴　わし　さすひ立て　率て来なましを　まぬらる奴　わし　(三八七九)

香島根の　机の島の　しただみを　い拾ひ持ち来て　石もち　つつき破り　洗ひ濯ぎ　辛塩にこごと揉み　高杯に盛り　机に立てて　母にあへつや　目豆児の刀自　父にあへつや　身女児の刀自　(三八八〇)

これら三八七八番、三八七九番に歌われている「熊来」や三八八〇番に歌われている「香島根の机の島」が能登国であることだけはっきりしている。歌は旋頭歌であるから短歌形式よりも古い型のものとして理解してよいだろう。

さらに三八七八番の左注に「右の歌一首」、三八七九番の左注に「右一首」とあるから、この三首は一連のものでなくそれぞれ独立した歌がここに集められたのである。

また、はやし言葉「わし」があって、上と下とが掛け合わせるようにして歌われたものであろう。

能登国は『続日本紀』[注27]の養老二年（七一八）五月二日の記事によれば、「越前国の羽咋、能登、鳳至、珠洲の四郡を割きて能登国を」設立したとある。

天平十三年（七四一）十二月になって越中国に併合されたが天平勝宝九歳〈天平宝字元年（七五七）〉に再び能登国として分立した。という。

能登国の歌三首がここに登録されるにいたったことについて伊藤博[注28]は、

七一八～四一の間か七五七年以降と見られる。『万葉集』の編纂に最も大きく与った大伴家持が越中守であった時代（七四六～五一年）は能登は越中の配下であった。家持がこの形で歌を集めここに登録したということは考えにくい……

当面三首のありようは、第三部を増補の部と見るのに加担し、その増補の時期が天平勝宝九歳（天平宝字元年）を下ることを推測させる。

として天平勝宝九歳以降のものと考えている。

ところで能登国の風物を詠んだ家持の歌が巻十七に九首ある。例えば

香島より　熊来をさして　漕ぐ船の　梶取る間なく　都し思ほゆ　（四〇二七）

である。天平二十年（七四八）の春、当時越中守であった家持が春の出挙のために諸郡を巡行した際に詠んだ九首属目歌の中の一首である。題詞には「能登郡にして香島の津より船発し、熊来村をさして往く時に作る歌」とある。能登郡の中で熊来は中心地として知られていたのであろう。そして能登の地は鳳至・珠洲などと共に越中国の所管であったことがわかる。

これらの能登国の三首は古くから伝えられた歌―古謡であったのだろうと大久間喜一郎[注29]は説いている。さらに「三八七二から七四までの三首は風俗の歌であった」と述べている。

この「能登国の三首」に続く「越中国の歌四首」について見ていきたい。

大野道は　繁道茂路　繁くとも　君し通はば　道は広けむ　（三八八一）

渋谿の　二上山に　鷲そ子産むといふ　翳にも　君がみ為に　鷲そ子産むといふ　（三八八二）

弥彦　おのれ神さび　青雲の　たなびく日すら　小雨そほ降る〈一に云ふ、「あなに神さび」〉　（三八八三）

弥彦　神の麓に　今日らもか　鹿の伏すらむ　裘着て　角つきながら　（三八八四）

「越中国の歌四首」とあるだけで、前の「能登国の歌三首」のように「右何首」という注記がないので、四首一連の歌と考えられる。内容から前二首（三八八一・三八八二）と後二首（三八八三・三八八四）の二組に区分できる。前の二首の関連については、まず三八八一番で第一句目の「大野道」は『全釈』では「越中国砺波郡大野於保乃」とあるのにより「大野」をその地、今の砺波市福岡町と見ている。そして越中の郡司たちの間に越中の国守を讃美する歌として扱われ広がっていたのだろう。

さらに三八八二番は旋頭歌で古風な歌として扱われ「渋谿」は国府近くにある景勝の地名であり「二上山」は国府近くの神聖な山である。この山に鷲がすんでおり、その鷲が徳をしのんで奉仕するような国守がこの越中におられるので私どもは誇りに思っているのであるという。いわば国守讃美である。

次に後半の二首、三八八三と三八八四番については、二首とも弥彦山は霊験あらたかな神々しい山であると崇拝している。三八八四の歌は万葉集に一首しかない仏足石歌である。前の旋頭歌もこの仏足石歌も古い謡い物である点で共通している。伊藤博は、(注30)

最も重要なことは、A(前二首、三八八一、三八八二〈歌番号筆者補足〉)は、越中を統括する「守」の讃美、B(後二首、三八八三、三八八四〈歌番号筆者補足〉)は、おそらくは越中を代表する「神」の讃美という点で、密着する。四首は、守にも神にも、越中は、等しく動物までもよろこんで奉仕する国なりという、越中の国風《くにぶり》を示す一まとまりの歌として、越中に流布していたのではなかろうか。

と述べている。こうした古い謡い物の歌が伝誦されており、弥彦神社の所属する越後の蒲原郡は大宝二年(七〇二)まで越中国に属していた。しかし、『続日本紀』にも記されている通り「大宝二年(七〇二)三月十七日の条には「分越中国四郡、属越後国」とあるから、この四首は大宝二年以前には越中国の国風を示す歌として歌われていたのだという。(注31)

六　おわりに

以上、越中歌について「作主未詳」の歌や作者名の無記名歌について検討しさらに左注に「伝誦する人」とあるのは、どのように理解したらよいかを考えてみた。また「能登国の歌」と「越中国の歌」にも作者名が記されていないので従来の説を紹介して、古歌謡が流布していたのであろうとする説に従った。このように越中における無名歌を四つに分類し、検討することによって宴席歌の中に表れる状況を考えてみたのである。

注1　『万葉集全注』巻十九　青木生子　有斐閣
2　「四首構成の場―U字型の座順」　渡瀬昌忠（『万葉集研究』五集）塙書房
3　『万葉集新考』井上通泰　国民図書
4　「万葉集の挽歌とその誦詠」（『万葉集誦詠歌』）　久米常民　塙書房
5　『万葉集評釈』窪田空穂　東京堂出版
6　『万葉集』伊藤博（『角川文庫』）
7　「口頭より記載へ」（『上代日本文学と中国文学』中）　小島憲之　塙書房
8　『万葉集』㈣新編日本古典文学全集　小島・木下・東野校注訳　小学館
9　注8に同じ
10　『万葉集全註釈』武田祐吉　角川書店

11 『万葉集釈注』巻十八　伊藤博　集英社
12 注11に同じ
13 注8に同じ
14 注11に同じ
15 注11に同じ
16 注8に同じ
17 『万葉集』㈣新日本古典文学大系　佐竹・山田・工藤他校注　岩波書店
18 『万葉集全注』巻十八　伊藤博　有斐閣
19 注18に同じ
20 注8に同じ
21 『万葉集全釈』(第五冊)鴻巣盛広　大倉広文堂
22 『万葉集全注』巻十七　橋本達雄　有斐閣
23 『万葉集私注』九　土屋文明　筑摩書房
24 注8に同じ
25 『万葉集』四　日本古典文学全集　小島・木下・佐竹　小学館
26 『万葉集』㈣日本古典文学大系　高木・五味・大野校注　岩波書店
27 『続日本紀』新日本古典文学大系　青木・稲岡・笹山・白藤校注　岩波書店
28 注11に同じ
29 「能登国の歌三首」(『万葉集を学ぶ』七巻)大久間喜一郎　有斐閣
30 注11に同じ

31　『万葉集総釈』高木市之助　楽浪書院

使用テキスト

＊『萬葉集』新編日本古典文学全集　小島・木下・東野校注訳　小学館。

歌わない萬葉びとたち

新谷秀夫

はじめに

高岡市の花は「カタカゴ」である。この花は、巻十九の巻頭を飾る大伴家持の越中時代を代表する歌群「越中秀吟」のなかで、つぎのようにうたわれている。

もののふの　八十娘子《やそをとめ》らが　汲《く》みまがふ　寺井の上の　堅香子《かたかご》の花　（四一四三）

しかし、このカタカゴはその後の和歌史のなかでうたわれることはなかった。例外的に鎌倉時代に成立した類題集『新撰六帖題和歌《しんせんろくじょうだいわか》』のなかで、つぎのように詠まれているのが確認できる。

妹《いも》がくむ寺井の上のかたかしの花咲くほどに春ぞなりぬる　（藤原家良《いえよし》）

誰か見む身をおく山に年経《ふ》とも世に逢ふことのかたかしの花　(藤原為家《ためいえ》)
小車《をぐるま》の諸輪《もろわ》に隠るかたかしのいづれも強き人ごころかな　(藤原知家《ともいえ》)
かつはまた岩にたとふるかたかしもつれなき人の心にぞ知る　(藤原信実《のぶざね》)
人ごころなべて思へばかたかしの花は開くる時もありけり　(藤原光俊《みつとし》)

しかし、じつはこれらの歌は平安時代の類題集『古今和歌六帖《こきんわかろくじょう》』の分類項目を歌題にして詠まれたものに過ぎない。したがって、五人の歌人たちがカタカゴの花を実見して詠んだとするにはいささか躊躇せざるをえない用例なのである。

『古今和歌六帖』で『萬葉集』の家持歌は、「もののふの八十をとめらがふみとよむ寺井の上のかたかしの花」というように「堅香子」を「かたかし」と誤読した形で収載されている。したがって、さきの『新撰六帖題和歌』収載歌がいずれも「かたかし」と詠むのは当然のことなのである。

根は片栗粉となり、葉や花もおひたしとするカタクリは、まさに食用の植物である。雅を尊ぶはずの古典和歌の世界だからこそ食用の植物を歌の素材として避けたか、それとも家持のうたった「堅香子」がカタクリであると後世の歌人たちが判別できなかったか、どのような理由によるのか推測もままならないが、つぎに掲出するような近代短歌までカタカゴはまったくうたわれることはなかった。

かたくりの若芽摘まむとはだら雪片岡野辺にけふ児等《こら》ぞ見ゆ　(若山牧水《わかやまぼくすい》)

をさなくてわがふるさとの山に見し片栗咲けりみちのくの山に　（三ヶ島《みかじま》葭子《よしこ》）

春雨のふりつぐ中にみづみづしく一日閉ぢたるかたくりの花　（土屋《つちや》文明《ぶんめい》）

恋ほしめるわれをみちびきカタカゴの花も見せしむ春の谷道　（窪田《くぼた》章一郎《しょういちろう》）

『萬葉集』のなかでカタカゴの花を詠んだ歌はさきに掲出した家持歌たった一首にしか過ぎない。しかし、越中で家持によってうたわれたため、カタカゴは『萬葉集』を代表する花のひとつとなったと言っても過言ではなかろう。

さて、『無名の万葉集』と題する本集において唐突にカタカゴについてふれたのは、越中萬葉のなかでも数多く確認できる、つぎのような人物に着目してみたいと考えたからである。

墾田地《こんでんぢ》を検察《けんさつ》する事に縁《よ》りて、礪波郡《となみのこほり》の主帳《しゆちやう》多治比部北里《たぢひべのきたさと》が家に宿る。ここに忽《たちま》ちに風雨起り、辞去すること得ずして作る歌一首

荊波《やぶなみ》の　里に宿借り　春雨に　隠《こも》り障《つつ》むと　妹《いも》に告《つ》げつや　（巻十八・四一三八）

二月十八日に、守大伴宿禰家持作る。

この歌の題詞にみえる「多治比部北里」という人物は、『越中国官倉納穀交替記《えっちゅうのくにかんそうのうこくこうたいき》』に天平勝宝三年越中国某郡の主帳として記載されている「外大初位蝮部《たじひべ》北理」と同一人物であろうと推測されてい

る。このように、他文献においてもその存在を確認しうる「多治比部北里」だが、『萬葉集』のなかでは家持が宿泊した家の主としてのみ登場し、歌を一首も残していない。北里が実際のところ作歌の心得があったかどうかは推測もままならないが、この北里のように歌が残っていない登場人物が『萬葉集』にはそれなりに確認しうる。本稿では、このような登場人物、つまり萬葉の時代に生き、記録されてはいないが作歌した可能性も考えうる《歌わない萬葉びと》について調査し、その様態についていささか卑見を提示したいと考える。

一　『萬葉集』にみえる《歌わない》登場人物たち

本館の大久間喜一郎名誉館長が編集者のひとりとなっている『万葉集歌人事典』（雄山閣刊　昭和五十七年初版　以下、たんに『事典』と略称する）をもとに、『萬葉集』にみえる《歌わない》登場人物たちについて調査した一覧を末尾に付した。

『事典』は、「万葉集にみられる人名・神名・伝承上の人物などを掲げ、見出し語とした」と凡例に記されているように、たんに歌人たちのみを掲出するのではなく、『萬葉集』に登場する人物を網羅している点で意義深い。とくに、『萬葉集』に歌を残しているいわゆる萬葉歌人と歌が残されていない登場人物を、［歌数］と［所在］という形で区別して記載する点に価値を見出し、今回の調査にあたり利用することとした。ただし、若干区別のミスや認定に対する疑問も存したので、稿者の判断によって訂正しつつあらためて抽出したのが、末尾の一覧である。この抽出作業を経て得たデータから

まず、

・明日香川原宮《あすかのかはらのみや》に天《あめ》の下治《したをさ》めたまひし天皇の代《みよ》　天豊財重日足姫《あめとよたからいかしひたらしひめ》天皇　（巻一・七の標目）

・難波高津宮《なにはのたかつのみや》に天の下治めたまひし天皇の代　大鷦鷯《おほさざき》天皇、諡《おくりな》を仁徳天皇といふ　（巻二・八五の標目）

・小墾田宮《をはりだのみや》に天の下治めたまひし天皇の代。小墾田宮に天の下治めたまひしは豊御食炊屋姫《とよみけかしきやひめ》天皇なり。諱《いみな》は額田、諡は推古　（巻四・四一五題詞の細注）

などの用例を除外し、その上で、以下の三つの場合について、それぞれの理由から本稿で問題としたい《歌わない》登場人物から除外した。

まず、『事典』が見出し語として掲出していた「織女（たなばたつめ）」・「彦星」という七夕歌に見えるふたりの人物である。ふたりの立場になってうたわれたと思しい歌も存することを鑑みて、《歌わない》と判別するのにやや躊躇があることが理由のひとつである。実際にふたりが歌ったとは到底考えられないが、あくまでも単純に《歌わない》という点に注目したい本稿の主旨からすると、いささか用例としては問題が存することとなる。また、次節であらためてふれることではあるが、伝説・伝承上の人物であるという点をも鑑みて除外した。同様な観点から、巻五の旅人と房前のあいだで交わされた「梧桐《ごとう》の日本琴《やまとごと》一面」をめぐる贈答のなかにみえる「琴娘子《ことをとめ》」の用例も除外してある。

つぎに、

・右、門部王《かどべのおほきみ》、出雲守《いづものかみ》に任ぜらるる時に、部内の娘子《をとめ》を娶る。未《いま》だ幾《いく》だもあらねば、既に往来を絶《た》つ。月を累《かさ》ねて後に、更に愛する心を起す。仍《よ》りてこの歌を作り、娘子に贈り致す。

（門部王　巻四・五三六の左注）

・神亀《じんき》元年甲子《かふし》の冬十月、紀伊国《きのくに》に幸《いでま》せる時に、従駕《じゅうが》の人に贈《おく》らむがために、娘子に誂《あとら》へられて作る歌一首

（笠金村　巻四・五四三の題詞）

・二年乙丑《いっちう》の春三月、三香原《みかのはら》の離宮《とつみや》に幸せる時に、娘子を得て作る歌一首

（笠金村　巻四・五四六の題詞）

・高安王《たかやすのおほきみ》、包める鮒《ふな》を娘子に贈る歌一首　（巻四・六二五の題詞）

・大伴宿禰家持が娘子に贈る歌二首　（巻四・六九一の題詞）

・大伴宿禰家持、娘子が門《かど》に至りて作る歌一首　（巻四・七〇〇の題詞）

・大伴宿禰家持が娘子に贈る歌七首　（巻四・七一四の題詞）

・大伴宿禰家持が娘子に贈る歌三首　（巻四・七八三の題詞）

・大伴宿禰家持、娘子が門に至りて作る歌一首　（巻八・一五九六の題詞）

・河内《かふち》の大橋《おほはし》を独《ひと》り行《ゆ》く娘子を見る歌一首

（高橋虫麻呂　巻九・一七四二の題詞）

・娘子を思ひて作る歌一首

（田辺福麻呂　巻九・一七九二の題詞）

にみえる「娘子」の用例である。この点についてはあらためて別の機会に論じたいと考えているが、

これらのなかには実在する人物であるかどうか疑問を感ずる用例が存することに稿者は注目している。もし架空の人物であったとしたら、次節でふれる伝説・伝承上の人物と同様に論ずることもできよう。ただ、なんら具体的描写のない「娘子」たちをここで用例として抽出したならば、たとえば、

春の苑《その》　紅《くれなゐ》にほふ　桃の花　下照《したで》る道に　出《い》で立つ娘子《をとめ》　（巻十九・四一三九）
もののふの　八十《やそ》娘子らが　汲《く》みまがふ　寺井の上の　堅香子《かたかご》の花　（巻十九・四一四三）

などのような、歌中にみえる「娘子」もまた《歌わない》用例として抽出可能となることも看過できない。『事典』が歌中にみえるこのような「娘子」を用例抽出しないことにはなんらかの基準が存していたと思われるが、本稿では題詞・左注にみえる「娘子」のみを抽出することは避けた。

同じように、たんに「娘子」として登場する家持の「放逸《ほういつ》せる鷹を思ひ、夢《いめ》に見て感悦《かんえつ》して作る歌一首」（巻十七・四〇一一〜四〇一五）の左注の用例も、具体的な記述が存するが、それはあくまでも伝説めいた内容であり、さきの七夕歌にみえるふたりの登場人物同様に除外した。したがって、この家持歌の用例と近しい状況にある巻十六の三八〇三番歌題詞に登場する「壮士《をとこ》」、三八〇六番歌左注に登場する「壮士」も除外した。

最後に、巻五にみえるつぎのような用例を除外した。

・山上憶良の「日本挽歌」（七九四〜七九九）に付された序　↓　維摩大士、釈迦能仁

・山上憶良の「子等《こら》を思ふ歌」（八〇二〜八〇三）の序　↓　釈迦能仁、羅睺羅

・吉田宜《よろし》の天平二年七月十日の書簡（八六四の前）

　↓　泰初、楽広、張（張敞）、趙（趙高漢）、松（赤松子）、喬（王子喬）

・山上憶良の「沈痾自哀文《ちんあじあいぶん》」

　↓　楡柎、扁鵲、華他、秦の和、（秦の）緩、葛稚川、陶隠居、張仲景、晋の景公（晋の医）緩、徐玄方の女、馮馬子、難達、任徴君、孔子（宣尼）、鬼谷先生魏文（文帝）、神農、帛公

・山上憶良の「俗道《ぞくだう》の仮合即離《けがぶそくり》し、去り易《やす》く留《とど》み難《がた》きことを悲嘆する詩一首」の序

　↓　釈（釈迦）、慈（弥勒）、周（周公）、孔（孔子）

いずれも日本国外の人物であり、本稿で問題とする《萬葉びと》とするには躊躇する用例である。同様に、巻十六の「高宮王《たかみやのおほきみ》、数種の物を詠む歌二首」（三八五五〜三八五六）の歌中にみえる「波羅門《ばらもん》」（三八五六）も除外した。

以上の除外作業を経て、『事典』が掲出した見出し語のなかから本稿が《歌わない》登場人物として抽出したものが末尾の一覧である。約一五〇を数える登場人物が、のべにして約二五〇例確認できた。

これら《歌わない》登場人物たちを大まかに分類すると、

A　作歌事情などの説明のなかで登場する人物　（末尾付表の備考欄に「A」と記した）

B　その歌の作者についての説明のなかで登場する人物　（右と同様に「B」と記した）

C　神をふくむ伝説・伝承上の人物　（右と同様に「C」と記した）

ということになるが、とくに歌中にうたわれた人物で、右の三種ではうまく分類できない人物については、末尾付表の備考欄に「【※】」を付した。末尾の表はあくまでも《歌わない》登場人物である。そこで、このなかから本稿の主旨である《歌わない萬葉びと》を絞り込んでみたい。

二　歌われた伝説的な人物たち

つぎに掲出した登場人物たちは、いずれも神もしくは神話伝説的な人物である。それゆえに、本稿の主旨である《歌わない萬葉びと》の範疇には属さないと言っても誤りないであろう。

㋐三諸の神＝3例　［巻二・一五六、巻九・一七七〇、巻十三・三二二七］

㋑天照らす日女の尊＝2例　［巻二・一六七、巻十八・四一二五］　㋒天の探女＝1例　［巻三・二九二］

㋓大汝と少彦名＝4例　［巻三・三五五、巻六・九六三、巻七・一二四七、巻十八・四一〇六］

㋔息長足日女尊＝4例　［巻五・八一三題、八一三、八六九、巻十五・三六八五］

㋕八千桙の神＝2例　［巻六・一〇六五、巻十・二〇〇二］　㋖志賀の皇神・1例　［巻七・一二三〇］

㋗竜田彦＝1例［巻九・一七四八］
㋘葛城の襲津彦＝1例［巻十一・二六三九］
㋙大久米主＝1例［巻十八・四〇六四］
㋚田道間守＝1例［巻十八・四一一一］
㋛阿須波の神＝1例［巻二十・四三五〇］
㋜鹿島の神＝1例［巻二十・四三七〇］

（凡例）・歌番号に波線を付した用例はいずれも歌中にあらわれる場合である。
・題詞にみえる場合は歌番号のあとに「題」、左注の場合は「左」と記載する。なお、題詞などの細注はその由を記す。
・以下、箇条書きによる一覧は、この基準に従う。

㋔に唯一題詞にみえる用例（巻五・八一三）が存する以外は、すべて歌中の用例になるという特徴がある。さらに、

㋝仁徳天皇＝3例［巻二・八五題、九〇左、四八四題］
㋞八田皇女＝1例［巻二・九〇左］
㋟允恭天皇＝1例［巻二・九〇左］
㋠久米の若子＝2例［巻三・三〇七、四三五］
㋡葛飾の真間の手児名＝9例［巻三・四三一題、四三一、四三二、四三三、巻九・一八〇七題、一八〇七、一八〇八、巻十四・三三八四、三三八五］
㋢仙柘枝＝2例［巻三・三八五題、三八五左］
㋣松浦の仙媛＝1例［巻五・八六五題］
㋤松浦佐用姫＝9例［巻五・八六八、八七一題、八七一、八七二、八七三、八七四、八七五、八八三題、八八三］
㋥大伴佐提比古郎子＝1例［巻五・八七一題］
㋦蓬莱の仙媛＝1例［巻六・一〇一六左］

㋤上総の末の珠名娘子＝2例［巻九・一七三八題、一七三八］
㋨水江の浦島子＝2例［巻九・一七四〇題、一七四〇］　㋩宇治若郎子＝1例［巻九・一七九五題］
㋪（葦屋の）菟原処女＝6例［巻九・一八〇一題、一八〇一、一八〇二、一八〇九題、一八〇九、一八一〇］
㋫小竹田壮士＝1例［巻九・一八〇三］　㋬千沼壮士＝3例［巻九・一八〇九、一八一一、巻十九・四二一一］
㋭菟原壮士＝2例［巻九・一八〇九、巻十九・四二一一］　㋮桜児＝1例［巻十六・三七八六題］
㋯縵児＝3例［巻十六・三七八八題の細注、三七八九、三七九〇］　㋰竹取の翁＝1例［巻十六・三七九一題］
㋱稲置娘子＝1例［巻十六・三七九一］　㋲明日香壮士＝1例［巻十六・三七九一］
㋳舎人壮士＝1例［巻十六・三七九一］

などの、いわゆる伝説・伝承上の人物と目される用例もまた、さきの用例同様に《歌わない萬葉びと》の範疇には属さないと考えるべきかと思う。これらにもまた、歌中の用例が偏在するという特徴を指摘しうる。さらに、このことから注目しなければならないのは、つぎの二例であろう。

Ⓐ吉備津采女＝3例［巻二・一二七題、一二八、一二九］
Ⓑ荒雄＝7例［巻十六・三八六〇、三八六一、三八六二、三八六三、三八六四、三八六五、三八六九］

いずれも実在した可能性のある人物と思しいが、Ⓐについて新編全集本が頭注で「人麻呂の活躍した藤原宮時代には既に伝説的存在であったと思われる」と解説することは看過できない。同様にⒷの用例についても、いまだ定説とは言えないだろうが、伊藤博氏『釋注』が詳細に論じたように、ある種伝説的な存在となっていた可能性の高い人物と考えうる。そこで、この二例についても《歌わない萬葉びと》の範疇から除外したい。したがって、Ⓑをめぐる物語的な状況説明に登場する「宗形部津麻呂」(三八六九の左注)も除外の対象とする。

さて、ここまでに《歌わない萬葉びと》から除外してきた用例の多くが、歌中に登場する人物に偏在することに注目すべきであろう。このことをめぐる坂本信幸氏のつぎのような指摘に着目したい。

概して地名による人名はそれだけ個性的でなく、伝説的世界のものが多いようであり、…(中略)…歌中に詠み込まれる人名はだいたいが一・二人称であり、㈭、㈬の特殊なものを置けば、一番多いのが伝説的世界の人名であり、地名による人名と共に、ほとんどが一般性を持った人名であると言える。

(「『諸弟らが練の村戸』試案—歌と人名—」『萬葉』96 昭52・12)

なお、引用文中の㈭とは坂本氏が「悪口・ひやかしの相手」と分類された用例で、巻十六のいわゆる戯笑歌に集中する。同様に㈬は「家持の氏族意識によるもの」と分類された用例である。

坂本氏によるこの論考のなかですでに指摘されていることをふまえると、本稿のいう《歌わない萬葉びと》の範疇から除外できるものとして、さらにつぎのような人物たちを抽出しうる。

Ⓒ諸弟＝2例［巻四・七七三、七七四］　Ⓓ倍俗先生＝1例［巻五・八〇〇序］

Ⓔ古老＝1例〔巻五・八一三序〕
Ⓕ住吉の波豆麻の君＝1例〔巻七・一二七三〕
Ⓖ伊勢の海の海人の島津＝1例〔巻七・一三二二〕
Ⓗ照左豆＝1例〔巻七・一三二六〕
Ⓘ埴科の石井の手児＝1例〔巻十四・三三九八〕
Ⓙ陸奥の香取娘子＝1例〔巻十四・三四二七〕
Ⓚ乎久佐男＝1例〔巻十四・三四五〇〕
Ⓛ乎具佐受家男＝1例〔巻十四・三四五〇〕
Ⓜ左和多里の手児＝1例〔巻十四・三五四〇〕
Ⓝ鎌麻呂＝1例〔巻十六・三八三〇〕
Ⓞ尺度氏＝2例〔巻十六・三八二一、三八二二左〕
Ⓟ角のふくれ＝1例〔巻十六・三八二一〕
Ⓠ鳴りはた娘子＝1例〔巻十九・四二三六〕

さきに引用した坂本氏の論考はⒸを人名と考えないことを論じたものであるが、いまだ人名と考える向きもあり、いささか問題は残ることは確かである。しかし、いまは坂本氏の論考に従いたい。Ⓝについては、諸注釈の多くが鎌の擬人化として特定な人名とは考えないことに注目すべきであろう。Ⓓは特定の人物に対する表現のようにも感ずるが、Ⓔとともに曖昧性を有する広義の意味での伝承世界の人物として除外したい。それ以外の人名についても、特定な人物と考えるよりは、「東国地方の伝説的美女」（Ⓙ・Ⓜなどについての坂本氏の指摘）などのように、さきに掲出した㋡「葛飾の真間の手児名」のような伝説・伝承上の人物と考えるべきか、もしくは固有名詞ではないと考えられる人物も存する。したがって、

Ⓡ住吉の弟日娘＝1例［巻一・六五］　Ⓢ土形娘子＝1例［巻三・四三八題］
Ⓣ出雲娘子＝3例［巻三・四二九題、四二九、四三〇］
Ⓤ豊前国の娘子紐児＝2例［巻九・一七六七題、一七六七］

なども除外しておく。新編全集本の頭注はⓇを「遊女」、Ⓤを「遊行女婦」かと推測することに注目し、曖昧性を有する広義の意味での伝承世界の人物として扱いたい。また、さきの坂本氏がⓉをⒶに近しいものと考えてられていることも看過できず、Ⓢも同様に解しておく。

いずれにしろ、ここに掲出した歌中に登場する用例（Ⓐ～Ⓤ）はいささか問題をふくむものばかりであり、のちに論ずる用例とは一線を画するものであろう。その点で、本稿で言うところの萬葉の時代に生き、記録されてはいないが歌を詠んだ可能性も考えうる《歌わない萬葉びと》としては除外しておくのが穏当ではないかと考える。

そこで、末尾に付した一覧表から本節で除外したものをのぞいた登場人物たちについて、あらためて考えてみたい。

三　記録された《萬葉びと》たち

じつは、前節で除外した登場人物たち以外にも、やや問題をふくむ用例が存する。

①

a　当麻真人麻呂《たぎまのまひとまろ》が妻の作る歌　（巻一・四三題詞）

b　三方沙弥《みかたのさみ》、園臣生羽《そののおみいくは》が女《むすめ》を娶《めと》りて、未《いま》だ幾《いくばく》の時も経《へ》ねば、病《やまひ》に臥《ふ》して作る歌三首　（巻二・一二三題詞）

c　伊勢国に幸《いでま》せる時に、当麻麻呂大夫《だいぶ》の妻が作る歌一首　（巻四・五一一題詞）

②

a　右の一首、上丁那珂郡《じやうていなかのこほり》の桧前舎人石前《ひのくまのとねりいはさき》が妻《め》の大伴部真足女《おほともべのまたりめ》　（巻二十・四四一三左注）

b　右の一首、豊島郡《としまのこほり》の上丁椋椅部荒虫《くらはしべのあらむし》が妻の宇遅部黒女《うぢべのくろめ》　（巻二十・四四一七左注）

③

a　大伴宿禰《すくね》、巨勢郎女《こせのいらつめ》を娉《よば》ふ時の歌一首　大伴宿禰、諱《いみな》を安麻呂《やすまろ》といふ。難波朝《なにはのみかど》の右大臣大紫《だいし》大伴長徳《ながとこ》卿《きやう》の第六子にあたり、平城朝《ならのみかど》に大納言兼大将軍に任ぜられて薨《こう》ず　（巻二・一〇一題詞の細注）

b　巨勢郎女の報《こた》へ贈る歌一首　即《すなは》ち近江朝《あふみのみかど》の大納言巨勢人卿の女《むすめ》なり　（巻二・一〇二題詞の細注）

c　右の三首、七月二十日に高橋朝臣の作る歌なり。名字《みやうじ》未だ審《つばひ》らかならず。ただし、奉膳《かしはでのかみ》の男子《をのこ》といふ。　（巻三・四八三左注）

d　右、大伴坂上郎女の母石川内命婦《いしかはのないみやうぶ》と安倍朝臣虫麻呂《あへのあそみむしまろ》の母安曇外命婦《あづみのげみやうぶ》とは、同居の姉妹、同気《どうき》の親《しん》なり。これによりて郎女と虫麻呂とは、相見ること疎《うと》からず、相語らふこと既に密《こま》かなり。聊《いささ》かに戯歌《ぎか》を作りて問答をなせり。　（巻四・六六七左注）

e　広河女王《ひろかはのおほきみ》の歌二首　穂積皇子《ほづみのみこ》の孫女《めうまご》、上道王《かみつみちのおほきみ》の女なり　（巻四・六九四題詞の細注）

f　笠縫《かさぬひの》女王の歌一首　六人部《むとべの》王の女、母を田形皇女《たがたのひめみこ》といふ　（巻八・一六一一題詞の細注）

g　賀茂《かもの》女王の歌一首　長屋王の女、母を阿倍朝臣《あへの》といふ　（巻八・一六一四題詞の細注）

①・②・③いずれも歌の作者についての注記のなかにみえる《歌わない》登場人物の用例である。①については、「〜が（の）妻（女）」という形そのものが作者表記と考えると、本稿の趣旨からは除外しうる用例となる。②は、それぞれの作者について「〜が（の）妻の〜」と重複説明している用例である。①・②いずれも、その妻なり女なりの歌が『萬葉集』に記録されたために名を残すこととなった人物であり、たんに歌の作者を補足説明するために登場した感は否めない。したがって《歌わない萬葉びと》の範疇に属させるには根拠が希薄であると感ずるのである。同様な用例として、

碁檀越《ごのだんをち》、伊勢国《いせのくに》に行きし時に、留《とど》まれる妻が作る歌一首　（巻四・五〇〇題詞）

の「碁檀越」をふくめておきたい。記載の様態は異なるが、その意味するところは①や②と同じいと考えられるからである。

③は、c・dを除く五例がいずれも題詞に付された細注にみえる用例であることは注目に値しよう。これもまた①・②同様に、作者を補足説明するなかで登場した人物であることに変わりない。ただしcの「奉膳」を具体的な人物をイメージしたものとしてではなく、たんなる職掌を示したものだとすれば、用例として除外しうる。dをふくめ、残る用例がいずれも家持周辺の人物、もしくは家持が編纂に関与していた可能性も考えられている歌巻に偏在する細注であることは看過できない。しかしながら、さきの①・②同様③もまた、たんに作者を補足説明するために登場しただけの《歌わない

萬葉びと》の範疇に属させるには根拠が希薄な人物たちであると言っても過言ではなかろう。同様な用例として、

・右の歌、伝へて云《い》はく、…（中略）…ここに大舎人巨勢朝臣豊人《おほとねりこせのあそみとよひと》、字《あざな》は正月麻呂《むつきまろ》といふものと、巨勢《こせ》斐太《ひだの》朝臣　名字《みやうじ》忘れたれど、島村大夫《しまむらだいぶ》の男《こ》なり　との両人、並《とも》にこれそれの顔黒き色なり。…

（巻十六・三八四五左注の細注）

・右、吉田連老《よしだのむらじおゆ》といふものあり、字は石麻呂《いしまろ》といふ。所謂《いはゆる》仁敬《じんけい》の子なり。…

（巻十六・三八五四左注）

の「島村大夫」と「仁敬」をふくめておきたい。さらに、

④ a　山部宿禰赤人が故太政大臣《すぎにしだいじやうだいじん》藤原家の山池《しま》を詠む歌一首　（巻三・三七八題詞）

b　京《みやこ》の丹比《たぢひ》の家《いへ》に贈る歌一首　（巻十九・四一七三題詞）

c　右の一首、京の丹比の家に贈る。　（巻十九・四二一三左注）

d　太政大臣藤原家の県犬養命婦《あがたいぬかひのみやうぶ》、天皇に奉る歌一首　（巻十九・四二三五題詞）

という用例についてもまた、根拠が希薄な用例として除外しておく。いずれも「〜（の）家」という

記述になっている点で共通する。a・dいずれも藤原不比等本人を示していると考えることも可能ではあるが、dはさきの①・②の用例に近しい用例と考えられ、aは個人というよりもまさに「家」を問題とする表現であり、いずれも除外しておきたい。さらに、b・cについても誰か特定の人物を示していることは間違いないが、「〜の家」という記述の曖昧性から除外しておくのが穏当と思われる。

さて、具体的に《歌わない萬葉歌人》の検討にうつる前に、もうひとり除外しておかなければならない登場人物がいる。巻一の七番歌左注と八番歌左注および一二番歌左注に登場する斉明天皇である。いずれも異伝として歌の作者である旨が記されている。じつは『事典』はいまひとりを《歌わない》登場人物として見出し語に掲出している。そのこととともにいま少し考えてみたい。

天皇、宇智《うち》の野に遊猟《みかり》する時に、中皇命《なかつすめらみこと》、間人連老《はしひとのむらじおゆ》に献《たてまつ》らしむる歌　（巻一・三題詞）

『事典』はこの歌を、疑問符付きではあるが「中皇命」の歌として認定しており、その結果として《歌わない》登場人物として「間人連老」を掲出する。近年の注釈書類の大半がこの歌を間人連老が中皇命の代わりに作った歌と解していることをふまえてか、解説のなかで「老を代作歌人として捉えるのが妥当であろうが、代作のありようについては検討の余地がありそうである」と記している。

代作のありようについていまここで論ずるつもりはないが、額田王の歌（巻一・七、八）や中皇命の歌（巻一・一〇〜一二）をめぐって斉明天皇作であるという異伝があることは無視できない。

右の一首、或《ある》は云《い》はく、吉野の人味稲《うましね》、柘枝仙媛《つみのえやまびめ》に与ふる歌なり、といふ。ただし、柘枝伝《しゃしでん》を見るに、この歌あることなし。　　　　　　　　　　（巻三・三八五左注）

の「味稲」を『事典』は作者と認定する。この左注はあくまでも異伝注記であり、その上いささか疑問を呈する物言いである。さきの三例いずれもについて斉明天皇を実作者として認定しようというのではないが、たとえ異伝であるにしろ作者としての記述が存することを鑑みると、本稿で言うところの萬葉の時代に生き、記録されてはいないが歌を詠んだ可能性も考えうる《歌わない萬葉びと》としてはあえて除外しておくのが穏当ではなかろうか。

本節でとりあげた人物たちは、単純に除外するにはやや問題が残る人物たちである。最後に掲出した「斉明天皇」や「味稲」などのように歌を詠んだ可能性も十分考えうる人物も存するが、その記載の様態を鑑みると、次節で取り上げたい人物たちとは一線を画するように感ずる。この点から、これらの人物たちは《記録された萬葉びと》たちと言っても過言ではなかろう。

さて、『萬葉集』にみえる歌わない登場人物たちから、それぞれに問題となる人物を除外してきた。残った人物がまさに《歌わない萬葉びと》ということになるはずである。そこで、それらの人物について分類を試みながら、いささか検討を加えてたい。なお、これまでの三節においてさまざまな観点から除外してきた登場人物については、それぞれふれた節をローマ数字で末尾付表の最下段に記載しておいた。そして、その結果抽出できた登場人物は、その人物の冒頭に「★」を付している。

四《歌わない萬葉びと》たち

さて、残った登場人物についてだが、家持をめぐる人物たちとそれ以外とでは、いささか異なる様態を示しているように感ずる。そこで、まず大きくふたつに分類した上で検討を加えてみたい。

Ⅰ・家持をめぐる人物以外の用例　（なお、歌人の冒頭に付した「＊」は重出例であることを示す）

A作歌事情などについての説明に登場する人物

①＊十市皇女［巻一・二二題、二二左］

②＊三輪朝臣高市麻呂［巻一・四四左、巻九・一七七二題］

③三野連（名闕）［巻一・六二題］　④津守連通［巻二・一〇九題、一〇九］

⑤因幡の八上采女［巻四・五三五左］　⑥酒人女王［巻四・六二四題］

⑦忍坂王［巻八・一五九四左］　⑧田口朝臣家守［巻八・一五九四左］

a宴席と明記された説明に登場する人物

①＊三輪朝臣高市麻呂［巻九・一七七〇題］

B歌を献ぜられた人物（挽歌の対象となった人物もふくむ）

①＊十市皇女［巻二・一五六題、一五八左］

②忍壁皇子［巻二・一九四題、巻三・二三五左、巻九・一六八二題］

③泊瀬部皇女［巻二・一九四題、一九五左］　④明日香皇女［巻二・一九六題］

⑤新田部皇子［巻三・二六一題、巻十六・三八三五題］

⑥河内王［巻三・四一七題］　⑦石田王［巻三・四二〇題、四二三題、四二五左］

⑧丈部竜麻呂［巻三・四四三題］　⑨大伴君熊凝［巻五・八八四題、八八六題］

⑩大唐大使（多治比広成）［巻五・八九六左］　⑪古日［巻五・九〇四題、九〇四］

⑫三野の王［巻十三・三三二七］

C伝誦歌を伝えた人物

①建部牛麻呂［巻五・八一四左］　②平群文屋朝臣益人［巻十二・三〇九八左］

D特殊な用例

①安見児［巻二・九五題、九五（2例）］　②巨勢斐太朝臣［巻十六・三八四四、三八四五左］

II家持をめぐる人物の用例

A作歌事情などについての説明に登場する人物

①坂上家の二嬢［巻三・四〇七題］　②＊大伴胡麻呂［巻四・五六七左］

③＊佐為王［巻六・一〇一四左］　④大伴郎女［巻八・一四七三左］

⑤多治比部北里［巻十八・四一三八題］

⑥佐佐貴山君［巻十九・四二六八題（「命婦」として重出）］

⑦坂本朝臣人上［巻二十・四三二七左］
⑧藤原朝臣宿奈麻呂［巻二十・四三三〇左、四四九一左］
⑨布勢朝臣人主［巻二十・四三四六左］
⑩茨田連沙弥麻呂［巻二十・四三五九左］
⑪息長真人国嶋［巻二十・四三七二左］
⑫田口朝臣大戸［巻二十・四三八三左］
⑬県犬養宿禰浄人［巻二十・四三九四左］
⑭（信濃国の防人部領使）［巻二十・四四〇三左］
⑮上毛野君駿河［巻二十・四四〇七左］
⑯安曇宿禰三国［巻二十・四四二四左］
⑰磐余伊美吉諸君［巻二十・四四三二左］
⑱淡海真人三船［巻二十・四四六七左］
⑲＊大伴宿禰古慈悲［巻二十・四四六七左］

a 宴席と明記された説明に登場する人物

①大伴道足宿禰［巻六・九六二題、九六二左］
②＊佐為王［巻六・一〇〇四左、一〇〇九左、一〇一三題］
③＊安積皇子［巻六・一〇四〇題］
④藤原豊成朝臣［巻十七・三九二二題、三九二六左］
⑤大伴牛養宿禰［巻十七・三九二六左］
⑥邑知王［巻十七・三九二六左］
⑦小田王［巻十七・三九二六左］
⑧林王［巻十七・三九二六左、巻十九・四二七九題］
⑨小田朝臣諸人［巻十七・三九二六左］
⑩小野朝臣綱手［巻十七・三九二六左］
⑪高橋朝臣国足［巻十七・三九二六左］
⑫太朝臣徳太理［巻十七・三九二六左］
⑬秦忌寸朝元［巻十七・三九二六左］

⑭楢原造東人［巻十七・三九二六左］　⑮清見［巻十八・四〇七〇左］
⑯平栄［巻十八・四〇八五題］
⑰秦忌寸石竹［巻十八・四〇八六題、四一三五題、巻十九・四二三五左］
⑱安努君広島［巻十九・四二五一題］　⑲紀飯麻呂朝臣［巻十九・四二五七題］
⑳＊大伴宿禰古慈悲［巻十九・四二六二題］
㉑＊大伴胡麻呂［巻十九・四二六二題、四二六二左］
㉒高麗朝臣福信［巻十九・四二六四題］　㉓山田御母［巻二十・四三〇四題］

B歌を献ぜられた人物（挽歌の対象となった人物もふくむ）
①理願［巻三・四六〇題、四六一左］　②家持の亡ぎにし妾［巻三・四六二題］
③＊安積皇子［巻三・四七五題］　④丹比県守［巻四・五五五題］
⑤南右大臣家の藤原二郎（継縄）［巻十九・四二一六左］
⑥藤原二郎の慈母［巻十九・四二一六左］
⑦阿倍朝臣老人の母［巻十九・四二四七題］　⑧水主内親王［巻二十・四四三九左］
⑨智努女王［巻二十・四四七七題］

C伝誦歌を伝えた人物
①高橋安麻呂［巻六・一〇二七左］　②玄勝［巻十七・三九五二左］
③三国真人五百国［巻十七・四〇一六左］　④笠朝臣子君［巻十九・四二二八左］

⑤高安倉人種麻呂［巻十九・四二四七左］　⑥大伴清継［巻十九・四二六三左］
⑦山田史土麻呂［巻二十・四二九四左］

D特殊な用例

①＊佐為王［巻十六・三八五七左］　②吉田連老［巻十六・三八五三、三八五四左］
③山田史君麻呂［巻十七・四〇一四、四〇一五左］　④尾張少咋［巻十八・四一〇六題］
⑤佐夫流児［巻十八・四一〇六、四一〇八］　⑥先妻［巻十八・四一一〇題］

右の分類を表にまとめてみると、つぎのようになる。

	A	a	B	C	D	計
I	8名（11例）	1名（1例）	12名（21例）	2名（2例）	2名（5例）	25名（40例）
II	19名（21例）	23名（31例）	9名（10例）	7名（7例）	6名（9例）	59名（78例）

（「計」の数値が上記の合計と合致しないのは、分類に重出する人物が存するからである）

一瞥して明白なように、IIの家持をめぐる人物の用例がIの倍以上となっている。それは、とくにaとCの増加による。逆にIに比してIIが減少するのはBの用例である。Aも増加しているが、防人歌を家持に提出したというやや特別な状況下での登場人物たち（⑦〜⑰）を除外すると、大きな変動はないと言える。

さて、まずⅠの様態の特徴は、王族とそれにかかわる人物たちに集中するという点にある。十市皇女（A①・B①）にはじまり、忍壁皇子（B②）、泊瀬部皇女（B③）、明日香皇女（B④）、新田部皇子（B⑤）、河内王（B⑥）、石田王（B⑦）、酒人女王（A⑥）、忍坂王（A⑦）、三野の王（B⑫）と王族は十名を数える。そして、大津皇子の恋の逸話に登場する津守連通（A④）、安貴王の恋の相手としての因幡の八上采女（A⑤）、「天皇の私物で、諸臣には近づくことのできない存在」（新編全集本の頭注）である采女を娶った喜びをうたった藤原鎌足の歌に登場する安見児（D①）、紀皇女と高安王の悲恋を伝えた平群文屋朝臣益人（C②）の4名の「かかわる人物」をもふくめると、半数以上を占めることとなる。また、内容的には、

相聞　5例　安見児（D①）、津守連通（A④）、因幡の八上采女（A⑤）、酒人女王（⑥）
　　　　　　平群文屋朝臣益人（C②）
挽歌　10例　十市皇女（B①）、忍壁皇子（B②）、泊瀬部皇女（B③）、明日香皇女（B④）
　　　　　　河内王（B⑥）、石田王（B⑦）、丈部竜麻呂（B⑧）、大伴君熊凝（B⑨）
　　　　　　古日（B⑪）、三野の王（B⑫）

という相聞・挽歌の用例が多くみられるという特徴がある。つぎに示したIIの家持をめぐる人物の様態と比較してみると、その意味するところが明白となろう。

相聞　2例　大伴胡麻呂（A②）、丹比県守（B④）
挽歌　6例　理願（B①）、家持の亡ぎにし妾（B②）、安積皇子（B③）
　　　　　　南右大臣家の藤原二郎とその慈母（B⑤と⑥）、智努女王（B⑨）

このIIの相聞の用例のうち、B④「大宰帥大伴卿《だざいのそちおほともきやう》、大弐《だいに》丹比県守卿の民部《みんぶの》卿に遷任《せんにん》するに贈る歌一首」は相聞に分類されてはいるがIの相聞とは趣が異なり、用例として除外できるように感ずる。II全体の数値に占める相聞・挽歌に分類できる用例数の低さを鑑みると、Iの特徴として相聞・挽歌の比率の高さを指摘できるのではなかろうか。

ちなみにIの用例の大半を占める王族十例のうち五例（B②の忍壁皇子、B③の泊瀬部皇女、B④の明日香皇女、B⑤の新田部皇子、B⑦の石田王）が柿本人麻呂にかかわる歌に登場するという特徴も存するが、このように王族の用例が多く、相聞・挽歌に分類しうる用例が半数以上を占めるという特徴は、Iに分類した歌の多くが萬葉第一期・第二期の歌であることによることはまちがいない。

さて、IIの様態の特徴であるが、まず家持の越中時代とそれ以前・それ以後に分類してみると、つぎのような結果が得られた。

	越中以前	越中時代	越中以後
A	4名（①～④）	1名（⑤）	14名（⑥～⑯）
a	14名（①～⑭）	4名（⑮～⑱）	5名（⑲～㉓）
B	4名（①～④）	3名（⑤～⑦）	2名（⑧～⑨）
C	1名（①）	4名（②～⑤）	2名（⑥～⑦）
D	2名（①～②）	4名（③～⑥）	
計	22	16	22

一瞥して明白なように、越中以前の用例はaに偏在し、越中以後はAに偏在する。ちなみに越中時代の特徴としてCを挙げることができよう。

さて、まず越中以前の様態について考えてみたい。ここに分類できる人物のうち、a④～⑭の十一名は、いずれも巻十七の三九二二～三九二六番歌の左注に（④のみ題詞にも）あらわれる人物である。ただし、その左注には、つぎのように記されていることに注目しなければならないであろう。

（a④～⑭をふくむ十八名の人物を列挙したあとに）

右の件の王卿等《わうきやうら》は、詔《みことのり》に応《こた》へて歌を作り、次《つぎて》に依《よ》りて奏す。登時《そのとき》記さずして、その歌漏《も》り失《う》せたり。ただし秦忌寸朝元は、左大臣橘　卿《たちばなきやう》謔《たはぶ》れて云《い》はく、「歌を賦《ふ》するに堪《あ》へずは、麝《じや》を以《もち》てこれを贖《あか》へ」といふ。これに因《よ》りて黙已《もだを》り。

この文章から鑑みると、ａの④から⑭の十一名はいずれもこのとき歌を詠んだことはまちがいないようである。偶然「登時記さずして、その歌漏り失せ」てしまったという状況になり、この人物たちは《歌わない萬葉びと》となってしまったのである。ただし左注の末尾から鑑みると、⑬「秦忌寸朝元」のみはまったく歌わなかった可能性が存し、除外対象ともなりうる。しかし、⑬をふくめたこの十一名こそが、まさに本稿で言うところの萬葉の時代に生き、記録されてはいないが歌を詠んだ可能性も考えうる《歌わない萬葉びと》としてもっともふさわしい人物ということはまちがいない。

越中時代の様態の特徴を示すＣ「伝誦歌を伝えた人物」については以前、歌を残した人物をふくめて家持とのかかわりについていささか論じたことがあるので、そちらを参考願いたい（拙稿「『新しき年の初め』の家持―「伝誦」という視点―」本集2『伝承の万葉集』所収　平11・3）。

さて、家持が越中に赴任したことによって、Ｃ「伝誦歌を伝えた人物」をふくめてじつに多くの《歌わない》登場人物が『萬葉集』に名を残すこととなった。彼らがすべて萬葉歌人となり得た可能性もあるが、逆にまったく歌の心得など持ち得なかった可能性もあろう。しかしながら、『萬葉集』に記録されるほどではなくとも、それなりに歌らしきものを詠むことなど造作ないことではなかったかと推測したい。

特殊な用例（Ｄ）に分類した三名、つまり「放逸《ほういつ》せる鷹を思ひ、夢《いめ》に見て感悦《かんえつ》して作る歌一首」（巻十七・四〇一一～四〇一五）に登場する③と、「史生《ししやう》尾張少咋を教へ喩《さと》す歌一首」とその関連歌（巻十八・四一〇六～四一一〇）に登場する④～⑥などのやや物語めいた内容のなかで記録された人物を除くと、本稿冒頭で引用した「多治比部北里」（A⑤）や、家持が越中離任の際に餞別の宴席を催した射水郡大領「安努君広島」（a⑱）など、歌を残していてもおかしくはないと思われるのである。とくに、

・同じ月の九日に、諸僚、少目《せうさくわん》秦伊美吉石竹《はだのいみきいはたけ》が館《むろつみ》に会ひて飲宴《いんえん》す。ここに主人《あろじ》百合《ゆり》の花縵《はなかづら》三枚を造り、豆器《とうき》に畳《かさ》ね置き、賓客《ひんかく》に捧げ贈る。……

（巻十八・四〇八六の題詞）

・我《わ》が背子《せこ》が　琴《こと》取るなへに　常人《つねひと》の　言ふ嘆きしも　いやしき増すも

（巻十八・四一三五）

右の一首、少目秦伊美吉石竹が館の宴に守《かみ》大伴宿禰家持作る。

・右の一首、同じ月十六日に、朝集使《てうじふし》少目秦伊美吉石竹に餞《せん》する時に、守大伴宿禰家持作る。

（巻十九・四二二五の左注）

と三度登場する「秦伊美吉石竹」（a⑰）は、百合の花縵を来客に贈答したり、みずから琴を演奏したり（この点については、拙稿「響かぬ楽の音―家持がうたわなかった「音」―」本集5『音の万葉集』所収　平14・3を参照）など、風流な行動が家持によって記録されている点を鑑みると、歌の心得があったと言っても過言ではなかろう。

最後に、越中以後の様態の特徴であるAの多くは、さきにもふれたが家持に防人歌を提出した人物たち（A⑦〜⑰）である。それを除くと、aの用例と同数になり、それほど特徴的な状況ではなくなる。防人歌を提供したというだけで、彼らは『萬葉集』に名を残すこととなったわけだが、彼らもま

た歌の心得があった可能性をまったく否定できるわけではないと考えたい。

さいごに

さて、『事典』が見出し語として掲出した『萬葉集』の登場人物から、《歌わない》登場人物を抽出し、その中から、萬葉の時代に生き、記録されてはいないが歌を詠んだ可能性も考えうる《歌わない萬葉びと》と思しい人物を抽出してきた。たしかに、このなかのどれだけの人物に歌の心得があったかは推測もままならない上に、前節で掲出した巻十七の用例のような明白な形で『萬葉集』に記載されている用例はほとんどないため、あくまでも希望的観測に過ぎないことは否めない。その点で、本稿が最終的に抽出した《歌わない萬葉びと》も、三節で問題とした《記録された萬葉びと》に過ぎないであろう。

そのような本稿で言うところの《歌わない萬葉びと》の多くは、たった一度だけ『萬葉集』に登場するに過ぎない。そのなかにあって、前節で取り上げた「秦伊美吉石竹」のように、何度か『萬葉集』に登場する人物が少しく存する。

i 十市皇女　4例［巻一・二二題、二二左、巻二・一五六題、一五八左］
ii 三輪朝臣高市麻呂　3例［巻一・四四左、巻九・一七七〇題、巻九・一七七二題］
iii 忍壁皇子　3例［巻二・一九四題、巻三・二三五左、巻九・一六八二題］

iv石田王　3例［巻三・四二〇題、四二三題、四二五左］
v大伴胡麻呂　4例［巻四・五六七左、巻十九・四二六二題、四二六三左］
vi佐為王　5例［巻六・一〇〇四左、一〇〇九左、一〇一三題、一〇一四左、巻十六・三八五七左］

十市皇女は、言わずと知れた萬葉を代表する女流歌人額田王を母とする天武天皇の皇女である。大友皇子の妃となり、壬申の乱の悲劇の中心に身を置いた人物である。そのような人物であるにもかかわらず《歌わない萬葉びと》として『萬葉集』に記録されているにすぎない。もし彼女の歌が残されていたならば…と思いたくなるのは稿者だけではないだろう。

三輪朝臣高市麻呂については、やや問題が存する。本稿では『事典』に従って巻九の用例を認めたが、一七七二番歌の題詞にみえる「大神大夫《おほみわだいぶ》」は高市麻呂ではないとする考えもあり、「古集」所収歌の一七七〇番歌にいたっては高市麻呂が詠んだ歌だとする考えもある。もし後者の説を支持すれば、本稿の対象として除外しなければならない。いまは『事典』に従っておくが、問題が残る人物ではある。

忍壁皇子の三例はいずれも人麻呂の献歌の対象としてである（ただし、巻九は人麻呂歌集歌）。天武天皇十年に川島皇子らとともに、帝紀および上古の諸事を記定し、文武天皇四年には藤原不比等らと律令の撰定にも尽力した人物であるが、『萬葉集』では《歌わない萬葉びと》なのである。

伝未詳の石田王は、亡くなった時に丹生王と山前王が挽歌を詠んだために『萬葉集』に記録された人物である。また、大宰府で病に倒れた大伴旅人が遺言するために呼び寄せた甥の胡麻呂は、その後入唐副使としていま一度『萬葉集』に登場するが、まったく《歌わない》。

最後の佐為王は、のちに橘佐為となる橘諸兄の弟である。息子である橘文成が歌詠みであること(一〇一四の左注細注)を鑑みると歌の心得があってもおかしくない人物であるが、彼もまた《歌わない萬葉びと》として登場する。

このように、本稿が《歌わない萬葉びと》として抽出してきた人物たちの多くは、たんに『萬葉集』に記録されたに過ぎない人物であるかもしれない。しかしながら、その中にあって萬葉歌人たり得る可能性を有する人物、もしくは歌人たり得る資格を有すると言うべきか、そのような人物がかすかながらも存することについて述べてきた。本集のテーマは『無名』である。しかしながら、本稿が問題としてきた《歌わない萬葉びと》はすべて「名」を有する。なぜこのような人物に注目したのかについて、最後にまとめておきたい。

『萬葉集』中でいくつか確認できる「藤原宮の御井《みゐ》の歌」(巻一・五二〜五三)の左注「右の歌、作者未詳なり」や「五年戊辰《ぼしん》、大宰少弐《だざいのせうに》石川足人《たるひと》朝臣遷任《せんにん》し、筑前国の蘆城《あしき》の駅家《やくけ》に餞《せん》する歌三首」(巻三・五四九〜五五一)の左注「右の三首、作者未詳なり」のような注記は、いずれも作者を明確化しようとしながらなし得なかった結果を記録したものであろう。これと同じい注記が、三節で検討したような用例である。逆に、作者や作歌事情などをまったく問題とせず、歌そのものを内容などから分類した作者未詳歌巻にみえる

・右の七首は、藤原卿の作なり。未《いま》だ年月を審《つばひ》らかにせず。（巻七・一一九五の左注）

・右の二首、ただし、或《あ》るひと云《い》はく、この短歌は防人が妻の作る所なり。……（巻十三・三三四五の左注）

などの注記は本来存在すべきものではない。おそらくこれらの注記は『萬葉集』の編纂に大きく関与した家持の意識の反映とみるべきであり、それと同じい意識で、本稿で問題としてきた《歌わない萬葉びと》が『萬葉集』に記録されたのだと稿者は考えている。このような家持の意識がなければ、おそらく本稿で問題としてきた登場人物の多くは記録されることもなかったであろう。その点で彼らは「無名」であったはずなのだ。それが記録されたことにより「有名」となった。『無名』と題する本集のアンチテーゼ的発想で、有名になった無名の人物、つまり『萬葉集』における《歌わない萬葉びと》を取り上げてみた次第である。末尾に付したデータを提供することに主眼をおいたものとなってしまい、まだまだ論じなければならない問題も散見しているが、ご教示・ご叱正をお願いする次第である。

参考文献

・坂本信幸氏「「諸弟らが練の村戸」試案」―歌と人名―』（『萬葉』96　昭52・12）

・橋本四郎氏「万葉集のことば―親族語彙・人名・地名など―」（『橋本四郎論文集　万葉集編』角川書店

刊　昭61・12　初出は昭57・11）

・駒木敏氏「万葉歌における人名表現の傾向」（『和歌の生成と機構』和泉書院刊　平11・3　初出は平6・6）

・近藤健史氏「「字」の諸相―万葉人の呼び名をめぐる環境について―」（『万葉人の表現とその環境』日本大学文理学部刊　平13・11）

使用テキスト（なお、適宜引用の表記を改めたところがある）

萬葉集　↓　小学館刊『新編日本古典文学全集』　その他　↓　角川書店刊『新編国歌大観』

【付表】『萬葉集』にみえる《歌わない》登場人物たち　一覧表

巻	歌番号	記載場所	記載されている登場人物	備考	
一	七	左注	(斉明)天皇	Aか	III
	八	左注	(斉明)天皇	Aか	III
	一二	左注	(斉明)天皇	Aか	III
	二二	題詞・左注	★十市皇女	A	
	四三	題詞	当麻真人麻呂	B	III
	四四	左注	★三輪朝臣高市麻呂	A	
	六二	題詞	★三野連(名闕)	A	
	六五	歌中	住吉の弟日娘	Cか【※】	II

二	八五	題詞	(仁徳)天皇	A	II
	九〇	左注	(仁徳)天皇、八田皇女、(允恭)天皇	A	II
	九五	題詞・歌中	★安見児	【※】	
	一〇一	題詞細注	大伴長徳	B	III
	一〇二	題詞細注	巨勢人	B	III
	一〇九	題詞・歌中	★津守連通、歌中は「津守」	A	
	一二三	題詞	園臣生羽	B	III
	一五六	題詞	★十市皇女	A	
		歌中	三諸神	C	II
	一五八	左注	★十市皇女	A	
	一六七	歌中	天照らす日女の尊	C	II
	一九四	題詞	★泊瀬部皇女、忍坂部皇子	A	
	一九五	左注	★泊瀬部皇女		
	一九六	題詞	★明日香皇女	A	
	二一七	題詞	吉備津采女	Cか	II
	二一八	歌中	志賀津の児		
	二一九	歌中	大津の児		
三	二三五	左注	★忍壁皇子	A	
	二六一	題詞	★新田部皇子	A	
	二九二	歌中	天の探女	C	II

三〇七	歌中	久米の若子	C	II
三五五	歌中	大汝、少彦名	C	II
三七八	題詞	故太政大臣藤原(家)	A	III
三八五	題詞	仙柘枝	C	II
	左注	柘枝仙媛	C	II
四〇七	題詞	★坂上家の二嬢	A	
四一七	題詞	★河内王	A	
四二〇	題詞	★石田王	A	
四二三	題詞	★石田王	A	
四二五	左注	★石田王	A	
四二八	題詞	土形娘子	Cか	II
四二九	題詞・歌中	出雲娘子、歌中は「出雲の児」	Cか	II
四三〇	歌中	出雲の児		
四三一	題詞・歌中	葛飾の真間の娘子 歌中は「葛飾の真間の手児名」	C	II
四三二	歌中	葛飾の真間の手児名		
四三三	歌中	手児名		
四三五	歌中	久米の若子	C	II
四四三	題詞	★丈部竜麻呂	A	
四六〇	題詞	★理願	A	

	四六一	左注	★理願		
	四六二	題詞	★(家持の)亡ぎにし妾	A	
	四七五	題詞	★安積皇子	A	
	四八三	題詞	奉膳	B	III
四	四八四	題詞	皇兄(仁徳天皇)	A	II
	五〇〇	題詞	碁檀越	A	III
	五一一	題詞	当麻麻呂	B	III
	五三五	左注	★因幡の八上采女	A	
	五五五	題詞	★丹比県守	A	
	五六七	左注	★(大伴)胡麻呂	A	
	六二四	題詞	★酒人女王	A	
	六六七	左注	安曇外命婦	B	III
	六九四	題詞細注	上道王	B	III
	七七三	歌中	諸弟	【※】	II
	七七四	歌中	諸弟		
五	八〇〇	序	倍俗先生	Cか	II
	八一三	題詞	古老、息長足日女命(神功皇后)	C	II
		歌中	足日女神の尊	C	II
	八一四	左注	★建部牛麻呂	A	
	八六五	題詞	松浦の仙媛	C	II

巻	番号	所在	名		
	八六八	歌中	佐用姫の児	C	II
	八六九	歌中	足日女神の命	C	II
	八七一	題詞・歌中	大伴佐提比古郎子、松浦〈佐用姫〉 歌中は「松浦佐用姫」	C	II
	八七二	歌中	佐用姫		
	八七三	歌中	松浦佐用姫		
	八七四	歌中	松浦佐用姫		
	八七五	歌中	松浦佐用姫		
	八八三	題詞・歌中	松浦佐用姫、歌中は「佐用姫」	C	II
	八八四	題詞	★大伴君熊凝	A	
	八八六	序	★大伴君熊凝	A	
	八九六	左注	★大唐大使（多治比広成）	A	
	九〇四	題詞・歌中	★古日	A	
六	九六二	題詞・左注	★大伴道足宿禰	A	
	九六三	歌中	大汝、少彦名	C	II
	一〇〇四	左注	★佐為王	A	
	一〇〇九	左注	★佐為王	A	
	一〇一三	題詞	★橘少卿（橘佐為）	A	
	一〇一四	左注	★少卿（橘佐為）	B	
	一〇一六	左注	蓬萊の仙媛	C	II

	一〇二七	左注	★高橋安麻呂	A	
	一〇四〇	題詞	★安積親王	A	
	一〇六五	歌中	八千桙の神	C	II
七	一二三〇	歌中	志賀の皇神	C	II
	一二四七	歌中	大穴道、少御神	C	II
	一二七三	歌中	住吉の波豆麻の君	Cか【※】	II
	一三二二	歌中	伊勢の海の海人の島津	Cか【※】	II
	一三二六	歌中	照左豆	Cか【※】	II
八	一四七二	左注	★大伴郎女(旅人の妻)	A	
	一五九四	左注	★忍坂王、田口朝臣家守	A	
	一六一一	題詞細注	田形皇女	B	III
	一六一三	題詞細注	阿倍朝臣	B	III
九	一六八二	題詞	★忍壁皇子	A	
	一七三八	題詞・歌中	上総の末の珠名娘子、歌中は「末の珠名」	C	II
	一七四〇	題詞・歌中	水江の浦島子	C	II
	一七四八	歌中	竜田彦	C	II
	一七六七	題詞・歌中	★豊前国の娘子紐児、歌中は「紐児」	【※】	
	一七七〇	題詞	★大神大夫(三輪朝臣高市麻呂)	A	
		歌中	三諸の神	C	II
	一七七二	題詞	★大神大夫(三輪朝臣高市麻呂)	A	

	一七九五	題詞	宇治若郎子	A	II
	一八〇一	題詞・歌中	葦屋の処女、歌中は「葦屋の菟原処女」	C	II
	一八〇二	歌中	小竹田壮士、菟原処女		
	一八〇七	題詞・歌中	葛飾の真間の娘子 歌中は「葛飾の真間の手児名」	C	II
	一八〇八	歌中	手児名		
	一八〇九	題詞	菟原処女	C	II
		歌中	葦屋の菟原処女、千沼壮士、菟原壮士		
	一八一〇	歌中	葦屋の菟原処女		
	一八一一	歌中	千沼壮士		
十	二〇〇二	歌中	八千桙の神	C	II
十一	二六三九	歌中	葛城の襲津彦	C	II
十二	三〇九八	左注	★平群文屋朝臣益人	A	
十三	三二二七	歌中	三諸の神	C	II
	三三二七	歌中	★三野の王	A	
十四	三三八四	歌中	葛飾の真間の手児名	C	II
	三三八五	歌中	葛飾の真間の手児名	C	II
	三三九八	歌中	埴科の石井の手児	Cか【※】	II
	三四二七	歌中	陸奥の香取娘子	Cか【※】	II
	三四五〇	歌中	乎久佐男、乎具佐受家男	Cか【※】	II

	三五四〇	歌中	左和多里の手児	Cか【※】	II
十五	三六八五	歌中	足日命(神功皇后)	C	II
十六	三七八六	題詞	桜児	C	II
	三七八八	題詞細注	縵児	C	II
	三七八九	歌中	山縵の児		
	三七九〇	歌中	玉縵の児		
	三七九一	題詞	竹取の翁	C	II
		歌中	稲置娘子、明日香壮士、舎人壮士		
	三八二一	歌中	坂門、角のふくれ	Cか	II
		左注	尺度氏		
	三八三〇	歌中	鎌麻呂	【※】	II
	三八三五	題詞・左注	★新田部親王	A	
	三八四四	歌中	★斐太の大黒	【※】	
	三八四五	左注	★巨勢斐太朝臣、島村大夫	B	III
	三八五三	歌中	★石麻呂	【※】	
	三八五四	左注	★吉田連老、仁敬	B	III
	三八五七	左注	★佐為王	A	
	三八六〇	歌中	荒雄	Cか	II
	三八六一	歌中	荒雄		
	三八六二	歌中	荒雄		

	三八六三	歌中	荒雄			
	三八六四	歌中	荒雄			
	三八六五	歌中	荒雄			
	三八六九	歌中	荒雄			
		左注	宗形部津麻呂			
十七	三九二二	題詞	★藤原豊成朝臣	A		
	三九二六	左注	★藤原豊成朝臣、大伴牛養宿禰、邑知王 小田王、林王、小田朝臣諸人 小野朝臣綱手、高橋朝臣国足 太朝臣徳太理、秦忌寸朝元、楢原造東人			
	三九五二	左注	★玄勝	A		
	四〇一四	歌中	★さ山田の翁	A		
	四〇一五	左注	★山田史君麻呂			
	四〇一六	左注	★三国真人五百国	A		
十八	四〇七〇	左注	★清見	A		
	四〇八五	題詞	★平栄	A		
	四〇八六	題詞	★秦伊美吉石竹	A		
	四〇九四	歌中	大久米主	C		II
	四一〇六	題詞	★尾張少咋	A		
		歌中	大汝、少彦名、★左夫流	C	【※】	II

	四一〇八	歌中	★左夫流児		【※】	
	四一〇一	題詞	★先妻		【※】	
	四一一一	歌中	田道間守	C		II
	四一二五	歌中	天照らす神	C		II
	四一三五	左注	★秦伊美吉石竹	A		
	四一三八	題詞	★多治比部北里	A		
十九	四一七三	題詞	京の丹比の家	A		III
	四二一一	歌中	千沼壮士、菟原壮士	C		II
	四二一三	左注	京の丹比の家	A		III
	四二一六	左注	★南右大臣家の藤原二郎（藤原継縄）（その）慈母	A		
	四二二五	左注	★秦伊美吉石竹	A		
	四二二八	左注	★笠朝臣子君	A		
	四二三五	題詞	太政大臣藤原（家）	A		III
	四二三六	歌中	鳴りはた娘子	Cか	【※】	II
	四二四七	題詞	★（阿倍朝臣老人の）母	A		
		左注	★高安倉人種麻呂			
	四二五一	題詞	★安努君広島	A		
	四二五七	題詞	★紀飯麻呂朝臣	A		
	四二六二	題詞	★大伴古慈斐宿禰、（大伴）胡麻呂	A		

		左注	★大伴胡麻呂宿禰		
	四二六三	左注	★(大伴)清継		
	四二六四	題詞	★高麗朝臣福信	A	
	四二六八	題詞	★佐々貴山君、命婦	A	
	四二七九	題詞	★林王	A	
二十	四二九四	左注	★山田史土麻呂	A	
	四三〇四	題詞	★山田御母	A	
	四三二七	左注	★坂本朝臣人上(遠江国の防人部領使)	A	
	四三三〇	左注	★藤原朝臣宿奈麻呂(相模国の防人部領使)	A	
	四三四六	左注	★布勢朝臣人主(駿河国の防人部領使)	A	
	四三五〇	歌中	阿須波の神	C	II
	四三五九	左注	★茨田連沙弥麻呂(上総国の防人部領使)	A	
	四三七〇	歌中	鹿島の神	C	II
	四三七二	左注	★息長真人国島(常陸国の防人部領使)	A	
	四三八三	左注	★田口朝臣大戸(下野国の防人部領使)	A	
	四三九四	左注	★県犬養宿禰浄人(下総国の防人部領使)	A	
	四四〇三	左注	★(信濃国の防人部領使)	A	
	四四〇七	左注	★上毛野君駿河(上野国の防人部領使)	A	
	四四一三	左注	桧前舎人石前	B	III
	四四一七	左注	椋椅部荒虫	B	III

四四二四	左注	★安曇宿禰三国（武蔵国の防人部領使）	A	
四四三二	左注	★磐余伊美吉諸君	A	
四四三九	左注	★水主内親王	A	
四四六七	左注	★淡海真人三船、大伴古慈斐宿禰	A	
四四七七	題詞	★智努女王	A	
四四九一	左注	★藤原宿奈麻呂朝臣	A	

万葉の時代の日本と渤海

川﨑　晃

はじめに

『万葉集』には遣唐使や遣新羅使を送別する歌が多く収載されている。山上憶良の「大唐《だいたう》に在《あ》りし時に、本郷《くに》を憶《おも》ひて作る歌」（巻一・六三）を唯一例外として、他は送別・離別・旅立ち・旅愁の歌である。とりわけ巻十五には遣新羅使の歌が一四五首も収載されており、一大歌群をなしている。目録や題詞を参照すると天平八年（七三六）の遣新羅使を送別する際の贈答歌、及び旅愁・旅情歌などで、古歌が含まれている。

一方、渤海関連の歌は巻二十にただ一首、天平宝字二年（七五八）二月十日の「内相《ないしやう》の宅《いへ》にして渤海大使小野田守《たもり》朝臣等に餞《せん》する宴の歌」（巻二十・四五一四）が見えるのみである。この歌は終焉歌の二首前の位置を占める。

管見によれば、これまで右の歌について本格的に論じた論考はほとんど無いように思われる。そこで、本稿では文献史学の立場から、長屋王執政期及び藤原仲麻呂執政期の渤海関係の若干の問題に触れ、併せてこの歌に考察を加えてみたい。

一　渤海使の来朝をめぐって

（一）　渤海の誕生

七世紀後半、「古代東アジア三十五年戦争」と呼ぶべく大動乱は、最終的には唐の勢力を排除した新羅による朝鮮半島の統一をもって一応の終息をみせた。[注1]しかし、朝鮮半島北部では、六九八年（日本・文武二）に[注2]高句麗の中心であった桂婁《けいろう》に拠って、大祚栄《だいそえい》が高句麗・靺鞨《まっかつ》を糾合して震《しん》国（『旧唐書』は「振国」と表記）を建国し、新たな胎動を始めた（以下、『旧唐書』渤海靺鞨伝、『新唐書』渤海伝による）。

七〇六年、唐の中宗が振国を招慰すると、震国王の大祚栄は次子大門藝《だいもんげい》を質（人質）として唐に止まらせて応えた。また、七一二年に即位した玄宗は翌七一三年に大祚栄を渤海郡王に冊封した。ここに震国は新たに渤海国として史上に登場することになる。

八世紀の日本の外交は、唐、新羅、そして新たに渤海が加わって展開する。渤海では七一九年に大祚栄が死去すると大武藝《だいぶげい》が渤海王となったが、七二六年に渤海東北部の勢力、黒水靺鞨《こくすいまっかつ》が渤海に無断で唐との通交をはかると、挟撃を恐れた大武藝は大門藝に黒水靺鞨の討伐を命じた。しかし、これに反対する大門藝と大武藝とが対立し、大門藝が唐に難を避けたことから、七三二年には渤海と唐が武力衝突し、宗主国である唐の命による新羅の渤海への出兵という事態に至った。この緊張した事態は七三七年の大武藝の死去まで続く。渤海が日本に初めて使節を送ってきたのは唐との緊張を背景とした神亀四年（七二七）のことである。

8世紀の東アジア

（二）渤海使の来朝

さて、黒水靺鞨と唐との通交に端を発し、渤海と唐との緊張が高まると、渤海は唐の冊封下にある新羅を背後から牽制するために日本に使者を派遣した。神亀四年、渤海使高斉徳《こうせいとく》らが出羽国に来着するが、日本では右大臣（贈太政大臣）藤原不比等亡きあと、政局の中心には左大臣長屋王があった。『続日本紀』は渤海使来朝の経緯を次のように記している。

(ア)『続日本紀』神亀四年九月庚寅［二十一日］条

渤海郡王の使の首領高斉徳《かうせいとく》等八人、来りて

出羽国《いでは》に着く。使を遣して存問《ねぎら》ひ、兼ねて時服《じぶく》を賜ふ。

(イ)『続日本紀』神亀四年十二月丙申［二十九日］条

使を遣して高斉徳らに衣服・冠《かがふり》・履《くつ》を賜ふ。渤海郡は旧《もと》、高麗《こま》国なり。淡海朝廷七年（六六八）冬十月に、唐将李勣《りせき》伐ちて高麗を滅しき。その後、朝貢久しく絶えたり。是に至りて渤海郡王、寧遠《ねいゑん》将軍高仁義《かうじんぎ》ら二十四人を遣して朝聘《でうへい》せしむ。而るに蝦夷の境に着きて、仁義以下十六人並に殺害《ころ》されて、首領斉徳ら八人僅かに死ぬることを免れて来《いた》れり。

また、渤海使のもたらした国書には渤海が日本に使者を派遣した事情が次のように記されている。

(ウ)『続日本紀』神亀五年正月甲寅［十七日］条

其の詞《ことば》に曰はく、「武藝い啓《まう》す。山河域《さかひ》を異にして国土同じからず。延《ほの》かに風猷《ふういう》を聴きて、但《ただ》、傾仰《けいかう》を増す。伏して惟《おも》みれば、大王、天朝（唐王朝）の命を受けて、日本、基を開き、奕葉《えきえふ》光を重ねて、本枝百世《ほんしはくせい》なり。武藝忝《かたじけな》くも列国に当りて濫りに諸蕃を摠《す》ぶ。高麗《こま》の旧居《きうきよ》に復《かへ》りて、扶《ふ》餘《よ》の遺俗《ゐしよく》を有《たも》てり。但し、天崖《てんがい》の路阻《みちへだ》たり、海漢《かいかん》悠々《はる》かなるを以て、音耗《いむかう》通はず、吉凶問ふことを絶《た》てり。親仁《しんじん》結援せむこと、庶《ねが》はくは前経《せんけい》に叶へ、使を通はして隣《となり》を聘《と》ふこと今日より始めむことを。謹みて寧遠《ねいゑん》将軍郎将《らうしやう》高仁義、游《いう》将軍果毅都尉《くわきとゐ》徳周《とくしう》、別将舎航《しやかう》ら廿四人、状《ふみ》を齎《もた》らし、并せて貂《てう》の皮三百張を附《さず》けて送り奉《たてまつ》る。土宜《くにつもの》賤《いや》しきと雖も、用《もち》て献芹《けんきん》（物を贈る）の誠を表さむとす。皮幣《ひへい》（贈物）珍《めづ》らかに非ず。還《かへ》りて掩口《えむこう》の誚《せめ》を慚《は》づ。生理（人生）限り有り。披瞻《ひたむ》（心を開く）期《ご》せず。時、音徽《いむくゐ》（音信）を嗣ぎて永く隣好を敦《あつ》くせむ」といふ。

(ウ)によれば、渤海の大武藝は後述するように「親仁結援（仁に親しみ援を結ぶ）せむこと」を願って、高仁義《こうじんぎ》ら二十四人に「状」（国書）と方物である「貂《テン》の皮三百張」を持参させて日本に派遣した。しかし、(ア)、(イ)にあるように、蝦夷の境で仁義ら十六人は殺害され、わずかに斉徳ら八人が出羽国に来着したという。また、(ウ)の渤海側の説明「高麗の旧居に復りて、扶餘の遺俗を有てり」にもとづき、日本側では(イ)に「渤海郡は旧、高麗国なり」とあるように、渤海を高句麗の再興（後身）と考え、渤海の意志とは別に朝貢の再開ととらえている点が注意される。(イ)の記事は遠来の渤海が天皇の徳を慕い、艱難辛苦の末たどり着いたという誇張が含まれるのではないかと危惧されるのであるが、高斉徳らが命からがら来朝したことは方物の山陵・神社などへの奉献記事が見えないことからも誤りなかろう。

(三)「渤海使」習書木簡

ところで、長屋王の邸宅は平城京左京三条二坊一・二・七・八坪の四町を占める。邸宅の敷地の東方は東二坊坊間路で限られている。この東二坊坊間路の両端には南北に側溝が走っているが、西側の溝（SD 4699）、つまり長屋王邸側の溝から数点の木簡が検出されている。[注3] これらの木簡は長屋王邸内から廃棄されたものと考えられる。

さて、この西側側溝から出土した木簡の一つに次のようなものがある。[注4]

①］易阪府　府交
］遣交易
□　交易　交易
］渤海使䂻
　　　　　交易
易　交易　交易

②「天天天天
天天天天
天地天天地」　（80）×85×7

右の木簡の①面には耳が大きく描かれ、「府」、「渤海使」、「交易」などの文字が習書されている。②面には多数の耳が小さく描かれており、『千字文』の冒頭かと思われる「天」、「地」の習書がなされている。

この溝から出土した紀年木簡は養老六年（七二二）、神亀四年（七二七）、神亀六年（七二九）、天平元年（七二九、二点）、天平三年（七三一）であり、およそ養老六年から天平三年の間の木簡であり、長屋王の右大臣の時期から没後にかけてのものである。

習書木簡（奈良文化財研究所　提供）

養老六年（七二二）から天平三年（七三一）の間で渤海使が関係するのは、神亀四年（七二七）に初めて来朝した渤海使である。神亀五年六月に派遣された送渤海客使（遣渤海使）引田《ひきた》朝臣虫麻呂《むしまろ》の帰国した天平二年をも含む期間であるが、長屋王邸、及びその跡地が渤海使に関わるのは、やはり神亀四年の渤海使来朝に関わるとみるのが穏当であろう。

酒寄雅志氏はこの木簡を長屋王と渤海との間に交易が行われた証とされ、(注5)佐藤信氏は長屋王、ないし長屋王邸が交易などを含む外交儀礼に関与した可能性を指摘されている。(注6)そこで改めて「渤海使」、「交易」などと習書された木簡について検討してみたい。

（四）長屋王執政期の対新羅・渤海外交

対新羅外交　はじめに長屋王執政期の外交政策をみておこう。まず対新羅外交では、『懐風藻』の題詞に「新羅の客《まらひと》を宴す」とあるものが一〇首あるように、長屋王は邸宅（「長王宅」、「宝宅」）に新羅使を招いて饗宴を行っている。対新羅外交を長屋王が主導したことを端的に物語っているが、交易が行われたかは確認のすべがない。

新羅との交易で想起されるのは正倉院蔵「鳥毛立女屏風《とりげりつじょのびょうぶ》」の裏打紙に転用された反古《ほご》文書である天平勝宝四年（七五二）六月付の「買新羅物解《ばいしらきぶつげ》」のことである。東野治之氏は「買新羅物解」は新羅使来朝の際に行われる交易で、貴族たちがあらかじめ希望する購入品目と予定価格（代価）とを、大蔵省、もしくは中務省内蔵寮《くらりょう》に提出した申請書であり、天平勝宝四年には活発な交易が行われていたことを明らかにされた。[注7] 対象となった品々、香料・薬物・顔料・染料・金属・器物・調度品などから、貴族たちの舶来品に対する憧憬がうかがわれる。

それでは、このような使節来朝時の交易はいつ頃まで遡るのであろうか。かつて末松保和氏は新羅使の人数に着目され、天平十年（七三八）以降になると新羅使の人数が増大するのは通商が重要視されたためであろうと指摘されている。[注8] 規模に相違はあるにしても奈良時代を通じて交易が行われたことが推測されるが、この点を補う史料として「長屋王家木簡」の顔料木簡が注意される。

「長屋王家木簡」には顔料の価格相場の調査を命じた木簡が二点ある（『平城京木簡』一・一四二号・一五三号）。[注9] 別に検討したように調査の対象となった朱沙《しゅさ》、金青《こんじょう》、白青《びゃくじょう》などの顔料はいずれも高価な顔料であり、新羅使来朝の際の交易で購入するための価格調査であったとみられる。「長屋王家木簡」はほぼ和銅三年（七一〇）から霊亀三年（七一七）の間に収まり、その間の新羅使の来朝は和銅七年（七一四）に限られることから、顔料木簡は交易が和銅年間に遡って副次的に行われていた傍証となる。[注10] この木簡から長屋王が新羅外交に積極的に関わり、新羅使との交易にも関わっていたことがうかがえる。

新羅使のもたらす貢納品や交易品は、皇族・貴族層に共通する舶来の奢侈品に対する欲求を満たすものであった。長屋王主導の対新羅外交の基本姿勢は朝貢とそれにともなう交易を重視するものとみられ、軍事的対応はみられず、新羅征討論などは入り込む余地のないものであった。

対渤海外交　次に長屋王執政期の対渤海外交をみてみよう。神亀四年（七二七）に来朝した渤海使高斉徳らは、翌神亀五年正月三日には朝賀の儀に参列し、同十七日には渤海王の国書と方物を献上後、五位位上の官人との宴に列席している。また、三月三日の節会には文人を集め、曲水の宴が催されている。この記事には渤海使の参席は記されていないが、文人を召した詩賦の宴である、恐らく渤海使も招かれたと推測される。このように朝廷の儀礼、賜宴に渤海使が列席していることはうかがえるが、帰国までの間に長屋王が邸宅に渤海使を招いて饗宴したことは確認できない。しかし、長屋王の新羅使への対応から考えると邸宅へ渤海使を招いて饗宴した可能性は大きいと思われる。こうした意味で『懐風藻』の長屋王に関わる「春」の詩は新羅使の来朝とも重なるが、注意される。木簡に描かれた耳はあるいは渤海使の耳を描写したものであろうか。

さて、そこで「渤海使」、「交易」などと書かれた習書の意味であるが、長屋王の渤海との交易への関心は読みとれるが、そこから交易が行われたとみるのは如何なものであろうか。石井正敏氏も指摘されているが、(注11)はじめ二十四人で出発した渤海使は、蝦夷の境で十六人が死亡、高斉徳ら八名のみが来着・入京している。また、渤海の国書によると、「貂の皮三百張」を送ったとあるが、命からがら入京した渤海使が果たしてこの信物を無事に届けることができたのであろうか。ましてや交易品があったとすればその品々は無事であったのだろうか。想像をたくましくすれば、私的な贈答・交易はあったかもしれないが、むしろ国交開始による今後の交易が話題とされ、そうした交易交渉の微証が習書木簡といえないだろうか。

ところで、前に触れたが、渤海使が持参した渤海王大武藝の国書には「親仁《しんじん》結援せむこと、庶《ねが》はくは前経《せんけい》に叶へ、使を通はして隣《となり》を聘《と》ふこと今日より始めむことを」とあった。このうちの「親仁結援」の「援」字については「授」とする諸本があり、岩波新日本古典文学大系『続日本紀』は「結授」と「授」字をとっている。「援」、「授」紛らわしい文字である。この点について石井氏は文脈からの理解を重視すべきとされ、「結援」の語が『春秋左氏伝』や『国語』魯語に出典をもち、国家の危急に備える意があることを指摘され、「援」字、すなわち「結援」を妥当とされている。首肯されるべき見解であろう。(注12)

渤海の国書が意味することは重大である。「結援」には軍事援助の意があるという。つまり、渤海使は緊迫した渤海と唐との関係、渤海と新羅との対立などの諸情報をもたらし、さらには軍事援助の要請を行っているのである。このような重大事を前に朝廷内で紛議があったことが推測されるが、どのような議論があったか『続日本紀』は一切語らない。聖武天皇が高斉徳らの帰国に際して渤海郡王に与えた璽書《じしょ》にもこのことについて一切触れず、国交の開始を述べている(『続日本紀』神亀五年四月壬午[十六日]条)。結果として長屋王政権は送渤海客使を派遣したが、渤海との国交の開始を告げ、朝貢を要求するとともに、併せて情勢を確認するためのものであった。

神亀五年(七二八)二月十六日、引田虫麻呂が送渤海客使に任命され、六月に辞見、その後天平二年(七三〇)八月二十九日に帰国、(注13)九月二日には渤海郡王の信物を献上している(『続日本紀』)。虫麻呂の報告は石母田正氏が指摘するように渤海と唐の開戦前夜の情勢であったと推測される。(注14)しかし、長屋王はこのような虫麻呂の報告を聞くことはなかった。この間の神亀六年(七二九)二月十二日、長屋王は謀叛の疑いで自尽していたからである。

長屋王の変と外交問題　さて、引田虫麻呂が渤海に出発した神亀五年（七二八）の九月、聖武天皇と光明子との間に生まれ皇太子とされた某王（基王とも）が、突如一歳にも満たないうちに亡くなる。この幼い皇太子の死を契機とする皇位継承問題が、長屋王の変の直接の引き金になったことはほぼ諸説一致するところである。聖武天皇との間に藤原氏の血統を失った藤原武智麻呂は光明子立后を画策するが、これに大きく立ちはだかることが予測される長屋王、そして皇位継承者としても有力候補である長屋王とその子息の膳部王らを排除する行動に向かわせたと推測される。長屋王の変が起こるのは虫麻呂の帰朝報告がなされる一年前の神亀六年（七二九）二月のことであるが、長屋王の変がこのような対外問題をはらんだ時期に起こされている点にも注目したい。

　長屋王が自尽した翌三月に藤原武智麻呂は大納言となり国政を主導し、八月には光明子立后を実現する。遣渤海使引田虫麻呂が帰国したのは翌天平二年（七三〇）八月のことである。その一年後の天平三年八月には、まったく異例の諸司の推挙による参議の選出があり、藤原四子が揃って参議となり、九月には大納言の武智麻呂が大宰帥《そち》を兼任し、十一月二十二日には畿内惣管《そうかん》、諸道に鎮撫使《ちんぶし》を置いた。虫麻呂の帰朝報告に対応する体制とみてよかろう。さらに注意されるのは十二月十日に気比《けひ》神宮に「従三位料二百戸」を賜っていることである（『新抄格勅符抄《しんしょうきゃくちょくふしょう》』大同元年牒神封部）。日本海に臨む北陸の要衝敦賀に鎮座する気比神宮は神功皇后の征韓後、息子の応神天皇が参拝したと伝える（神功皇后十三年紀、仲哀記）。神階の初見記事であるが、このような措置がとられたのは国家安穏を祈願する国防上の理由のみならず、その背景には対新羅強硬論があったと思われる。武智麻呂の気比神宮への関心が高いことはつとに知られるところで、武智麻呂は夢告により気比神宮寺を建立したという（『家伝下・武智麻呂伝』）。

長屋王の変、光明子立后後の虫麻呂の帰朝報告に対する対応策であり次元が異なるが、渤海使のもたらした国書をめぐる朝廷内の論議を推測するには充分足るであろう。

ところで、『続日本紀』には次のような記事がある。

渡嶋《わたりのしま》津軽《つがる》の津司《つのつかさ》従七位上諸君鞍男《もろきみのくらを》ら六人を靺鞨国に遣して、その風俗を観《み》しむ。

（『続日本紀』養老四年正月丙子［二十三日］条）

養老四年（七二〇）当時、政界を主導していたのは右大臣藤原不比等である。養老元年（七一七）出発、二年に帰国した遣唐使が新たな情報をもたらしたのであろうか。諸君鞍男らを靺鞨国に派遣した年の九月に不比等は亡くなる。この靺鞨国が渤海国をさすのか靺鞨諸族のいずれかをさすのか議論があるが、不比等が中華を標榜する律令国家の実現に腐心し、死の直前まで海外情勢についての情報を入手しようとしていたことが推測される。

天平二年九月二日、虫麻呂らは渤海郡王の信物を献上しているが、この信物は二十五日には山陵六所に献上され、その際に不比等の墓も祭られている。

使を遣して渤海郡の信物《しんぶつ》を山陵《みさざき》六所に献らしむ。并せて故太政大臣藤原朝臣の墓を祭らしむ

（『続日本紀』天平二年九月丙子［二十五日］条）

日本では渤海を高句麗の後身として、その来朝を入貢とみなしたが、中華を標榜する日本にとって、渤海の入貢は王化思想の実現、すなわち天皇の徳を慕って入朝する朝貢国が増加することであり、きわめて慶ばしいことであった。

朝貢品は山陵や神社に奉献されたが、山陵に献上された例を奈良時代以前に限って見ると

ア、新羅の貢物を大内山陵（天武陵）に献上

（『続日本紀』文武二年［六九八］春正月庚辰［十九日］条）

イ、唐国の信物を山科陵（天智陵）に献上

（『続日本紀』天平勝宝六年［七五四］三月丙午［十日］条）

の二例が知られる。渤海の信物を山陵六所に献ることは異例のことであり、高句麗の後身とみなす渤海の朝貢（朝貢国の増加）が如何に歓迎されたかを物語っていよう。ここで注意されるのは渤海が来朝したのは長屋王の執政期であることである。渤海の入貢は本来ならば長屋王の功績とみなされてよい。ここでわざわざ山陵のみならず「故太政大臣藤原朝臣」、すなわち藤原不比等の墓を祭っているのは、武智麻呂の策謀であり、渤海の入貢が長屋王以前に外交を領導し律令国家建設に生涯をかけた父、不比等の功績であることをあらためて知らしめるためであった。いわば父不比等の功績の長屋王からの奪還である。(注15)外交を主導する長屋王に対する藤原氏の反発の強さを示していよう。

長屋王の対渤海外交は対新羅外交と同様に、朝貢と交易を重視するものであったと推測される。軍事的視点に欠ける長屋王は渤海国書の「親仁結援」をみずからの権力強化の好機とは考えなかった。

国防政策を前面に打ち出し、権力集中をはかった武智麻呂の対応策とは対外的契機に対する認識に大きな相違があったのである。

長屋王の変は某王（基王）の死に端を発することは誤りないが、外交においても長屋王と藤原氏の対立は根深く、長屋王排除の要因の一つになったと思われる。

二　安史の乱と万葉終焉歌

（一）渤海大使らへの餞宴の歌

朝鮮半島を統一した新羅は、唐との関係修復につとめて頻繁に朝貢し、あるいは唐の命をうけて渤海へ出兵するなど関係の維持をはかり、七三五年には唐から大同江《だいどうこう》（浿江《ばいこう》）以南の領有を正式に認められた（『冊府元亀』巻九七五）。唐との緊張が続く間、新羅は日本に朝貢したが、関係が回復するとともに日本に従属する意義は失われていった。日本は新羅を朝貢国とみなしたが、唐との関係修復にともない新羅の外交方針に転換が生まれ、新羅が対等外交を要求するようになると、日本と新羅との関係は悪化した。

天平勝宝四年（七五二）閏三月、新羅王子金泰廉《きんたいれん》と貢調使が来朝した際に、日本は今後は国王がみずから来朝するか、国王の上表文を持参するように要求、翌七五三年（唐天宝十二載）には唐朝における朝賀で日本と新羅の使節が席次を争うといった対立が生まれ、その年に新羅に派遣された遣新羅使小野田守は使命を果たせず帰国するといった事態に至った。

天平宝字二年（七五八）、対新羅強硬論が高まる中、藤原仲麻呂は渤海へ専使の形をとって遣渤海使を派遣した。

　二月十日内相《ないしゃう》の宅《いへ》にして渤海大使小野田守朝臣等に餞《せん》する宴の歌一首

阿《あ》乎《を》宇《う》奈《な》波《は》良《ら》　加《か》是《ぜ》奈《な》美《み》奈《な》妣《び》伎《き》　由《ゆ》久《く》左《さ》久《く》佐《さ》　都《つ》々《つ》牟《む》許《こ》等《と》奈《な》久《く》　布《ふ》祢《ね》波《は》々《は》夜《や》家《け》無《む》

青海原　風波なびき　行くさ来さ　つつむことなく　船は早けむ　（巻二十・四五一四）

　右一首、右中弁大伴宿祢家持　未誦之〈未だこれを誦まず〉

題詞によれば、天平宝字二年二月十日、紫微《しび》内相藤原仲麻呂の邸宅（左京四条二坊にあり、田村第ともいう）で遣渤海大使に任命された小野田守らの送別の宴が催され、その時に大伴家持が作った歌である。遣渤海使の多くは渤海使（渤海が日本に派遣した使節）を送る形で派遣されているが、この折りの遣使は単独の遣使（専使）である。その目的は高まる新羅強硬論を背景に新羅征討の可能性を渤海に探ることにあったと思われる。仲麻呂邸で大使小野田守らの餞宴が開かれているのは仲麻呂が遣渤海使派遣の主導的立場にあったことを物語っていよう。

右の餞の歌は何故か誦まれなかった。左注の脚注に〈未誦〉とあることから、仲麻呂から披露する機会を与えられなかったと解されている。(注16)

この歌には類同の歌句を用いた歌がある。

海若《わたつみ》の　いづれの神を　祈らばか　行《ゆ》くさも来《く》さも　船の早けむ　（巻九・一七八四）
住吉《すみのえ》に　いつく祝《はふり》が　神言《かむごと》と　行《ゆ》くとも来《く》とも　船《ふね》は早けむ　（巻十九・四二四三）
大船を　荒海《あるみ》に出《い》だし　います君　つつむことなく　はや帰りませ　（巻十五・三五八二）

前二首は入唐使に贈った歌であり、後の一首は遣新羅使に贈った歌である。しかし、右の家持歌が斬新な感を与えるのは冒頭の「青海原　風波なびき」にあろう。家持の歌として精彩を放つ歌句「阿《あ》乎《を》宇《う》奈《な》波《は》良《ら》」は『万葉集』中の唯一例である。類同の歌句として、山上憶良の「青波に　望みは絶えぬ」（巻八・一五二〇）の影響も指摘されているが、[注17] 祝詞に「青海原住物者、鰭〈能〉廣物・鰭〈能〉狭物（青海《あをみ》の原に住む物は、鰭《はた》の広物《ひろもの》・鰭の狭物《さもの》）」（祈年祭、春日祭、広瀬大忌祭、龍田風神祭、平野祭、久度・古関、鎮火祭、道饗祭、鎮御魂齊戸祭、崇神遷却）、「青海原者、棹柁不干（青海の原は、棹柁《さおかじ》干さず）」（祈年祭、六月月次祭）などと頻出する「青海原」の語が注意される。あるいは漢詩文に見える、青海原を意味する「蒼海」、「蒼溟」の語の影響も考えられよう。「蒼海」の語は、例えば『文選』巻五呉都賦李善注に「魏武蒼海賦」とある。また『万葉集』左注にも「館之客屋居望蒼海（館の客屋《かくおく》に居つつ蒼海《さうかい》を望み」（巻十七・三九五六左注）と用いられており、「蒼海」の語は家持、もしくは家持周辺で用いられた語であった。[注18]

家持は祈年祭の祝詞などにある「青海原」の語や漢詩文に見られる「蒼海」の語からヒントを得て、遣渤海使の無事の帰国を予祝するによりふさわしい歌句を案出したことが推測される。

(二) 小野田守と小野淡理

小野田守 小野田守は餞宴のあった二月以降、時期は不明だが、この年遣渤海使として渤海にわたり、九月十八日に聖武天皇の弔問使、渤海大使楊承慶《ようしょうけい》ら二十三人をともなって無事帰国、越前に安置(滞在)し、十月には従五位上に昇叙されている(『続日本紀』)。

さて、この小野田守の経歴を見ると、天平十九年(七四七)正月二十日に正六位上から従五位下に昇叙、天平感宝元年(七四九)閏五月に大宰少弐に任ぜられ、同年九月の「大宰府牒案」に大宰少弐従五位下とあり(『大日古』24・六〇四)。また天平勝宝五年(七五三)二月九日に遣新羅大使、帰国後の翌六年四月五日に再び大宰少弐、同八歳五月三日に聖武太上天皇御大葬の山作司、同六月九日「東大寺図端書」に左少弁従五位下とある(『大日古』4・一一六)。さらに天平宝字元年(七五七)七月十二日には刑部少輔となっている。そして、右述のように同二年遣渤海大使として渡海、九月に帰国した。帰国後、十月二十八日に従五位上に昇叙、十二月十日には安史の乱の詳細な報告である「唐国の消息」を淳仁天皇に奏している。このような経歴を見ると外交官を輩出した小野朝臣の伝統を負い、外交に手腕を発揮したことがうかがえる。

前に触れたが天平勝宝五年に遣新羅使として渡海し、目的を果たさず帰国したのはこの小野田守であった。「彼《か》の国、礼を闕《か》く。故《ゆゑ》に田守、使《つかひ》の事を行はずして還帰《くわんくゐ》す」（『続日本紀』天平宝字四年九月癸卯［十六日］条）、あるいは『三国史記』新羅本紀に「秋八月、日本国使至。慢而無礼。王不見之。乃還（日本国使至る。慢《みだり》にして礼無し。王之《これ》に見《まみ》えず。乃《すなは》ち還《かへ》る）」（景徳王十二年八月条）とあるように、新羅を朝貢国とみなし、宗主国的立場を固持する硬派の外交官であった。

選叙木簡　ところで、平城宮の式部省跡推定地から出土した選叙木簡に次のようなものがある。

依遣高麗使廻來天平寶字二年十月廿八日進二階叙

（遣高麗使の廻り来るに依り天平宝字二年十月廿八日二階を進め叙す。）

（『平城宮発掘調査出土木簡概報』4・十二頁下、『平城宮木簡』四・三七六七号）

右の木簡の意は、遣高麗使の帰国により二階特進させるというものであるが、『続日本紀』にこれに対応する同日の記事がある。

遣渤海大使従五位下小野朝臣田守に従五位上を授く。副使正六位下高橋朝臣老麻呂《おいまろ》に従五位下。其の餘六十六人各差《しな》有り。（『続日本紀』天平宝字二年（七五八）十月丁卯［二十八日］条）

この日大使小野田守、副使高橋老麻呂以下六十六名の位階を進めたという。選叙木簡に見える「遣高麗使」とは「遣渤海使」のことであり、木簡と『続日本紀』の記事が見事に符合する。しかし、叙位の内容をみると、田守は従五位下から従五位上の一階の昇進で木簡と合致せず、副使の高橋老麻呂の場合は正六位下から従五位下の進二階で木簡と合致している（『続日本紀』同年同月条）。

遣渤海使の帰国後の叙位はほとんどが一階の昇叙であるが、高麗《こま》朝臣大山の場合は使命途中で卒したためか従五位下から正五位下へと二階昇進している（『続日本紀』天平宝字六年十二月乙卯［十一日］条）。また、遣唐使の例では、天平五年度の遣唐使（帰国後の天平八年の叙位）では、副使従五位上の中臣名代《なしろ》が従四位下（三階）、判官の田口養年富《やねほ》、紀馬主が正六位上から従五位下（一階）と一律ではない（『続日本紀』天平八年十一月戊寅［三日］条）。また、宝亀八年度の遣唐使の場合も、帰路遭難死した副使従五位上小野石根《いわね》は従四位下（三階）、副使従五位下大神末足《おおみわすえたり》は正五位下（二階）、判官正六位上小野滋野《しげの》は従五位下（一階）、同従六位上大伴継人は従五位下（三階）、録事正六位上上毛野《かみつけの》大川は外従五位下（一階）となっており（『続日本紀』宝亀十年四月辛卯［二十一日］条）、帰国後の叙位は必ずしも一律の叙位とはなっていない。

既に指摘されているように、この木簡は帰国後の叙位に際して、二階特進のグループの見出しの役割を果たしているのであろう。(注19)

また、もう一点、同じ式部省跡推定地から

外従初上物部浄人〈年卅一／遠江國敷知［荒玉］郡人〉□□［字カ］□□［字カ］遣高麗使敍位

（『平城宮木簡』五・六二一八）

と記された木簡が出土している。天平宝字二年十月二十八日の遣渤海使への叙位により「外従初上」に叙されたという意と思われる。「従初上」は大初位に対する「従」で、外少初位上のことかと思われる。いずれの木簡にも「高麗使」とあるのが注意される。(注20)ともあれ、ここでは十月二十八日の遣渤海使への叙位が『続日本紀』と木簡との符合により保証されることを確認しておく。

田守・淡理同一人物説　さて、家持と田守との関係で注意されるのは『万葉集』巻五の梅花の宴での次の歌である。

霞立《かすみた》つ　長き春日《はるひ》を　かざせれど　いやなつかしき　梅の花かも　小野氏淡理　（巻五・八四六）

右の歌は天平二年（七三〇）正月十三日、大宰帥大伴旅人宅の梅花の宴での歌三十二首中の最後の一首である。作者は小野氏淡理、官職名は不明である。この小野氏淡理を小野朝臣田守の別表記とする説がある。[注21] 名前の表記に限れば、旅人が「淡等」と表記していることを勘案すれば首肯できよう。「淡理」と表記したのは本人か、編者か不明であるが、旅人の「淡等」という表記が影響している可能性が高い。

そこで次にこの田守・淡理同一人物説の可能性を探ってみよう。梅花の宴三十二首のうち、官職名を記さず、氏を省略していないのは、末尾の四首の土師氏御道《みみち》（巻五・八四三）、小野氏国堅《くにかた》（同八四四）、筑前掾門氏石足《いわたり》（同八四五）、小野氏淡理（同八四六）のうち、筑前掾門氏石足を除く三人である。

このうちの小野氏国堅は「正倉院文書」に散見する小野朝臣国堅（国方とも記される）と同一人と思われる。天平九年（七三七）十二月十五日の写経司解とみられる文書の自署が初見で（『大日古』24・六八）、その後、天平十年七月六日写経司解には「史生・无位」とある（『大日古』24・六三）。翌天平十一年四月頃、大初位上になったらしく（『大日古』7・二六二）、同年九月三十日には写経司史生・大初位上（「写経司月食帳案」、『大日古』7・二八五）、天平十五年十月には写経所の令史《さかん》（『大日古』2・三四一）、天平十六年閏正月にも令史として『起信論疏』を出蔵させており（「起信論疏及雑物出蔵注文」『大日古』8・四二八）、同年四月十六日「写経所大般若経本奉請文」にも令史（『大日古』8・四五八）、天平十八年十一月十二日「造物所自所々来帳」にも令史（9・二〇八）とある。[注22] 国堅は天平二年には無位であり、のちに写経司の史生となっているので雑任からスタートして官人への道をたどったことが知られる。

また、土師御道は「土師宿祢水道《みみち》、筑紫より京《みやこ》に上る海路《うみつぢ》にして作る歌二首」（巻四・五五七題詞）とある土師宿祢水道と同一人物とすれば、都の恋人への激しい思いを歌っているので中央の人であることは誤りない。上京した時期がはっきりしないが、恐らくは梅花の宴以後のことであろう。また巻十六には「大舎人《おほとねり》土師宿祢水通《みみち》、字志婢麻呂《しびまろ》」（三八四五左注）とあり、これをまた同一人物とみれば大舎人から官人への道をたどったことになる。内六位〜八位以上の嫡子（軍防令47内六位条）であったと思われる。梅花の宴出席者の「少監土（土師）氏百村《ももむら》」の子とすると大宰少監は従六位上相当であり、その余地はあろう。このように土師御道を土師宿祢水道（通）と同一人物とすることが許されるならば、御道もまた天平二年には出身以前であった可能性が高い。

山田英雄氏は末尾四人について何らかの理由で参加できなくて、のちに歌を提出したか、あらかじめ作った歌を提出したために、出席者と区別して、受けとった順に掲載したとされている。[注23] しかし、それにしてもなぜ筑前掾門氏石足（巻五・八四五）だけは出席者と同様の記載型式をとるのか納得しがたい。

上述したように小野田守は天平十九年（七四七）正月二十日に正六位上から従五位下に昇叙している。淡理と田守が同一人物とすると、田守は天平二年には七〜八位クラスであったはずである。それにもかかわらず官名を記していない。

このように見てくると官名を記さず、氏の省略のない三人は下級官人、微官ではなく、従来から指摘されているように天平二年正月の梅花の宴の時点では出身以前、二十一歳以下の若者で、私的な随伴者として梅花の宴の末席に加えてもらったとするのが穏当ではなかろうか。(注24) 田守が梅花の宴の出席者である「少弐小野大夫」、すなわち小野老の子であったとすると、(注25) 老は天平元年三月従五位上、天平三年正月正五位下、天平五年三月正五位上、天平六年従四位下となっており（『続日本紀』）、田守は八位〜七位のスタートとなる。梅花の宴から十七年間の記録の空白があるが、淡理と田守は同一人で、淡理は田守の若き姿と解する余地があろう。

小野田守が小野淡理と同一人とみることが許されるならば、遣新羅使送別の宴から二十八年前、十三歳ほどの家持と若き田守は大宰府で出会っていた可能性もある。

(三) 安史の乱と万葉終焉歌

ところで、前年天平宝字元年（七五七）七月には奈良麻呂の変があり、その年八月には孝謙の譲位、淳仁即位という政治状況が生まれる。周知のようにこの背景には仲麻呂が聖武の遺詔により皇太子とされた道祖王《ふなと》を廃し、亡男真従《まより》の未亡人粟田諸姉《あわたのもろあね》を室として私邸田村第に住まわせていた大炊王《おおい》（淳仁）を皇太子とする暗躍があった。

奈良麻呂の変では同族の大伴胡麻呂《こまろ》が杖下に死去したのをはじめ、大伴池主《いけぬし》も以後は史料に見えないことからすると同じ道をたどったとみられる。家持もきわめて危険な立場にあったと思われるが、仲麻呂暗殺計画がすすめられたさなかの六月十六日に兵部大輔（正五位下相当）に任命されている（『続日本紀』）。そして十二月十八日までには右中弁となっている（巻二十・四四九〇左注）。右中弁は正五位上相当官であり、従五位上であった家持にとっては二階上の官職であり優遇策といえよう。しかし、何より注意されるのは右中弁は仲麻呂の直属の官であるという点である。家持の右中弁任命は仲麻呂が家持を自派に取り込んだものであろう。家持はみずからの意志に拘わらず、仲麻呂により取り込まれ、身動きできぬ状態に置かれたといってよい。

ところが家持は天平宝字二年（七五八）六月十六日に因幡守に左遷される（『続日本紀』）。仲麻呂は奈良麻呂の変により反対派を一掃し、大炊王の即位に向かうが、危機を脱した仲麻呂は大伴氏の結束を分断するために利用した家持を今度は遠ざけたのであろう。

さて、小野田守は天平宝字二年九月に帰国、十月二十八日に帰京して叙位を受け、十二月十日に安史の乱の詳細な報告である「唐国の消息」を淳仁天皇に奏上した。朝廷はすぐさま大宰府に対応策を講ずるように勅命をくだしている。

『続日本紀』は「唐国の消息」の奏上を十二月十日のこととしているが、十月二十八日の遣渤海使の叙位以前に行われた可能性もある。(注26) 孝謙の譲位、淳仁の即位、それに続く大嘗祭といった事態があるにせよ、事の重大さからして大嘗祭の終わるのを待つということがあるのだろうか。まして、小野田守の渤海派遣が専使の形で行われ、その背景に新羅征討論があったとするならば、(注27) 外交を主導した仲麻呂（恵美押勝）への報告は必ずやあったはずである。

家持の因幡赴任は少なくとも大原今城《いまき》の宅で餞の宴を催した七月五日以降のことになる（巻二十・四五一五題詞）。田守の帰国といわばすれ違いであるが、「唐国の消息」の奏を十二月十日としても、遅くも十二月末までには確実に家持のもとに唐の内乱の報がもたらされていたと思われる。家持が文物を通して憧憬した世界帝国唐で起きた内乱の報の衝撃はいかばかりであったろう。

周知のように天平宝字三年（七五九）正月、因幡国庁で家持は新年の賀歌をよんだ。

　三年春正月一日に、因幡国の庁にして、饗《あへ》を国郡の司等に賜ふ宴の歌一首

新《あらた》しき　年の始めの　初春の　今日降る雪の　いやしけ吉事

（巻二十・四五一六）

家持は高まる対外的緊張を背景に雪降りしきる日本海に臨む因幡の地でこの歌をよんだ。新たに赴任した地での最初の正月、馴染まぬ属僚たちを前に新たな臣従関係を確認する儀礼の場での寿歌である。家持はこの歌にどのような思いを込めていたのであろうか。家持の胸中には、みずからを体制に封じ込め、利用した仲麻呂への敵愾心はもとより、権力の栄枯盛衰の感慨や緊迫した国際情勢への不

安が入り交じっていたことは想像に難くない。

この点はあまり重視されてこなかったが、看過できない点である。遣渤海大使らへの餞宴歌が置かれていることにより、終焉歌は東アジアの緊迫した国際情勢を背負うこととなり、因幡国庁での元日拝賀の儀式には張りつめた緊張感がみなぎり、寿歌が一層際立つものとなっているのである。

遣渤海大使らへの餞宴歌は仲麻呂の新羅征討計画を論ずる際に必ずや触れられることはあったが、家持や万葉終焉歌との関わりについては見過ごされてきた。万葉終焉歌は仲麻呂の専権のみならず、内乱による唐の一時的滅亡状態というショッキングな国際的大変動を背景に理解される必要があろう。そして、このことはまた二十巻本『万葉集』終焉歌としての位置づけにも及ぶ問題かと思われる。

日本と渤海の外交関係は延喜十九年（九一九）の渤海使の来朝まで続くが、万葉の時代の終焉をひとまず因幡国庁で新年の賀歌のよまれた天平宝字三年（七五九）とするならば、神亀四年（七二七）の渤海使の来朝からそれまでの間に、渤海使（渤海の派遣した遣日本使）の派遣が四回、日本からの遣渤海使の派遣が三回行われている。本稿ではこのような万葉の時代の日本と渤海の関係史の中に、これまであまり採り上げられることの無かった遣渤海大使らへの餞宴歌を位置づけ、そのもつ意味をあらためて問い直したものである。諸賢のご批正を切望するものである。

注1　拙稿「東アジア情勢から見た大化改新」（『歴史読本』四七四号、一九八八）

2 『類聚国史』巻第一九三、殊俗部・渤海上、延暦十五年四月戊子［二十七日］条

3 以下、渤海使習書木簡については、奈良県教育委員会『平城京左京二条二坊・三条二坊発掘調査報告―長屋王邸・藤原麻呂邸の調査―』一九九五、一三六頁）による。

4 a『平城宮発掘調査出土木簡概報』23（一九九〇年十一月）二十頁上段。

b奈良国立文化財研究所編『平城京　長屋王邸宅と木簡』（吉川弘文館、一九九一）。

①面一行目「皈」字をbでは「瓺」（かめの意）と判読されているが、aにあるように「皈」の字（瓦の意）ではないだろうか。

5 酒寄雅志「渤海王権と新羅・黒水靺鞨・日本との関係」（『アジア遊学』六、勉誠出版、一九九九年七月）、同『渤海と古代の日本』（校倉書房、二〇〇一）一二二頁

6 佐藤　信「奈良時代の『大臣外交』と渤海」（『日本と渤海の日本史』山川出版社、二〇〇三）。

7 東野治之「鳥毛立女屏風下貼文書の研究」（『正倉院文書と木簡の研究』塙書房、一九七七）。この反故文書が裏打紙のみならず画紙本紙の一部分にも用いられていたことは、杉本一樹「鳥毛立女屏風本紙裏面の調査」（『正倉院年報』第十二号、一九九〇）参照。

8 末松保和「日韓関係」（岩波講座『日本歴史』一九三三、のち『日本上代史管見』一九六三、自家版）

9 ①・○以大命宣　黄文万呂 国足　朱沙□□［者カ］

・○朱沙矣価計而進出　別采色入筥今　（『平城京木簡』一・一四二号）

②・○朱沙　金青　白青　右三□□□丹□

・○其価使解　附春日□□□［川原カ］　（『平城京木簡』一・一五三号）

10 拙稿「長屋王家の色彩誌」（高岡市万葉歴史館論集7『色の万葉集』笠間書院、二〇〇四）を参照されたい。
11 石井正敏『日本渤海関係史の研究』（吉川弘文館、二〇〇一）二四頁、及び二七五頁注3。
12 石井正敏「第一回渤海国書の解釈をめぐって」注11前掲書所収、二九三〜二九九頁。
13 天平三年二月二十六日付「越前国正税帳」に、天平二年度の加賀郡の支出項目として「送渤海郡使人使等（渤海郡使人を送る使らの）食料五十石」があり、年度から引田虫麻呂らが帰国に際して加賀郡内の宿泊施設に滞在したと推測される。近年、金沢市畝田・寺中遺跡で「津司」、「津」、「天平二年」と書かれた墨書土器が出土し、河北潟と日本海を結ぶ大野川河口付近に宿泊施設があった可能性が大きくなった。和田龍介「畝田・寺中遺跡」（『木簡研究』二二号、二〇〇〇）、藤井一二「天平期における加賀郡『津』と遣渤海使」（続日本紀研究会編『続日本紀の諸相』塙書房、二〇〇四）など参照。
14 石母田正『日本の古代国家』（岩波書店、一九七一）第一章第四節「第二の周期　天平期」参照。
15 佐藤信氏は新しく開かれた渤海との外交関係をめぐって不比等の功績を高く評価するとともに、藤原四子の外交的立場の補強をしようとしていたとみている（注6前掲書）。
16 窪田空穂『萬葉集評釋』第十一巻（東京堂出版、一九八五）三九一頁、澤瀉久孝『萬葉集注釋』巻第二十（中央公論社、一九六八）、伊藤博『萬葉集釋注』十（集英社、一九九八）など参照。
17 中西進『大伴家持』（第六巻、角川書店、一九九五）三五一頁。
18 「蒼海」は舒明紀九年是歳条にも見える。また『倭名抄』は「蒼溟」を「阿乎宇奈波良」（箋注）、「阿乎宇三波良」（元和古活字本）とする。通用とされる「滄海」の語は『日本書紀私記（乙本）』神代上に「安遠（乎）宇奈波良」、『同（丙本）』神功に「安乎宇奈波良」とあり、『芸文類聚』巻八水部上・海水をはじめ、駱賓王「霊穏寺詩」など多く見る。

19　東野治之「成選短冊と平城宮出土の考選木簡」（『正倉院文書と木簡の研究』塙書房、一九七七）

20　「高麗」の呼称は渤海を高句麗の後身とする認識にもとづくが、仲麻呂執政期に特にこの称が盛行したとされる（金子修一「日本から渤海に与えた国書に関する覚書」（『日本と渤海の日本史』山川出版社、二〇〇三）。なお、式部省関係の木簡に「靺鞨」と書かれた習書があるが（『平城宮木簡』五・七八四五）、同時期の木簡であれば、渤海ではなく靺鞨諸族のいずれかを指すことになろうか。

21　武田祐吉『増訂　萬葉集全註釋』五（角川書店、一九五七）

22　『大日本古文書』は天平十六年頃の「先一切経遺紙散用注文」に「近江小（少）掾小野朝臣」とあるのを国堅のこととしている（『大日古』24・二八八）。武田祐吉注21前掲書や『国司補任』もこれに従うがこれにはいささか疑問がある。というのは国堅が近江少掾にあったとされる天平十六年であるが、右に述べたように、閏正月に国堅は令史として『起信論疏』を出蔵させており、同年四月十六日にも同じく写経所の令史であることが確認される。かりに兼任としても少掾の相当位は従七位上であり、国堅の大初位上からすると六階上のポストとなる。国堅の写経司、写経所の官歴からすると「近江少掾」は異例の抜擢となる。国堅以外の「小野朝臣」を考えるべきで、小野田守もその候補の一人とされてよい。

23　山田英雄「万葉集梅花宴歌の作者について」（『万葉集覚書』岩波書店、一九九九）

24　武田祐吉注21前掲書、澤瀉久孝『萬葉集注釋』巻第五（中央公論社、一九六〇）、伊藤博『萬葉集釋注』三（集英社、一九九六）、井村哲夫『萬葉集全注』巻第五（有斐閣、一九八四）など参照。

25　小野老の子としては、後に遣唐使となり帰国に際して遭難死した従四位下小野石根が知られるが（『続日本紀』宝亀十年二月乙亥［四日］条）、従五位下となった時期は天平宝字元年（七五七）であり、田守の天平十九年（七四七）よりすれば年下である。ちなみに石根の唐名は揖寧《ゆうねい》（東野治之『遺唐使船』朝日新聞社、一九九九）。

26　新日本古典文学大系『続日本紀（三）』（岩波書店）補注21・二五は「唐国の消息」の奏上を叙位以前とみている。

27　河内春人「東アジアにおける安史の乱の影響と新羅征討計画」（『日本歴史』五六一号、一九九五年二月）、濱田耕策『渤海国興亡史』（吉川弘文館、二〇〇〇）、石井正敏「初期日本・渤海交渉における一問題」注11前掲書（第三部第三章）を参照。

＊『大日古』は『大日本古文書』の略。

＊『万葉集』は新編日本古典文学全集『萬葉集』（小学館）によったが、一部表記を改めた。

＊『続日本紀』は新日本古典文学大系（岩波書店）によった

（付記）本稿の骨子をパネルディスカッション「万葉の時代と国際環境」（平成十六年十二月十一日）において述べた。

編集後記

本書の書名『無名の万葉集』については各方面からいろいろなご意見をいただいた。要は読者に「無名」ではわかりにくいというのだ。『万葉集』中の言葉でいえば「作者未詳」、『古今和歌集』では「詠み人知らず」ということになるのだが、「作者未詳」としてしまうと考察の対象がきわめて限られてしまう。

今回の企画では、作者未詳の歌、事跡（伝）を史上に残さぬ名も無き作者とその歌、歌数の少ない歌人、一般にあまり知られていない歌人や歌などを採りあげ、そこに新たな光を照射したかった。そうした視角を生かすべく思案の結果生まれたのが『無名の万葉集』という書名であるが、馴染みのないわかりにくい題名であったろうか。

今回も国文学・歴史学で第一線に立つ先生方のご協力を得て、見過ごされてきた歌、まさしく無名の作者の掘り起こしなどをしていただいたが、新たな発見があれば幸いである。この歌が、あるいはこの歌人が、果たして無名といえるかどうか、随分と苦しまれた先生もおられる。ご多忙にもかかわらずご執筆いただいた先生方に深く感謝申し上げたい。また、この度も編集の労をお取りいただいた笠間書院・大久保康雄氏に厚く御礼申し上げる。

来年度、第九冊目は『道の万葉集』と題し、万葉に詠まれたさまざまな「道」を探ってみたい。昨年四月、当館の第二代館長に、大伴家持研究にその名を知られた小野寛先生をお迎えしての第二冊目になる。どうかご期待ください。

平成十七年三月

「高岡市万葉歴史館論集」編集委員会

＊　＊　＊

写真掲載にあたり、奈良文化財研究所のご協力をいただきました。記して感謝申し上げます。

執筆者紹介（五十音順）

遠藤《えんどう》 宏《ひろし》 一九三六年東京都生、東京大学大学院博士課程満期退学、成蹊大学教授。文学修士。『古代和歌の基層 万葉集作者未詳歌論序説』（笠間書院）、『日本古典文学大事典』（明治書院、共編）ほか。

大久間喜一郎《おおくまきいちろう》 一九一七年東京市生、國學院大學文学部卒、明治大学教授・高岡市万葉歴史館館長を経て、現在、同館名誉館長。文学博士。『古代文学の源流』（おうふう）、『古代文学の構想』（武蔵野書院）、『古代文学の伝統』（笠間書院）、『古事記の比較説話学』（雄山閣出版）、『古代歌謡と伝承文学』（塙書房）、『言葉をさかのぼる』（短歌新聞社）ほか。

小野《おの》 寛《ひろし》 一九三四年京都市生、東京大学大学院修了、駒澤大学名誉教授。高岡市万葉歴史館館長。『新選万葉集抄』（笠間書院）、『大伴家持研究』（笠間書院）、『孤愁の人大伴家持』（新典社）、『万葉集歌人摘草』（若草書房）、『上代文学研究事典』（共編・おうふう）ほか。

川﨑《かわさき》 晃《あきら》 一九四七年東京都生、学習院大学大学院修士課程修了、高岡市万葉歴史館学芸課長。『遺跡の語る古代史』（共著・東京堂）、「聖武天皇の出家・受戒をめぐる臆説」（『政治と宗教の古代史』所収、慶應義塾大学出版会）ほか。

佐藤《さとう》 信《まこと》 一九五二年東京都生、東京大学大学院博士課程中退、東京大学教授。博士（文学）。『日本古代の宮都と木簡』（吉川弘文館）、『古代の遺跡と文字資料』（名著刊行会）、『出土史料の古代史』（東大出版会）ほか。

新谷秀夫《しんたにひでお》 一九六三年大阪府生、関西学院大学大学院修了、高岡市万葉歴史館主任研究員。『万葉集一〇一の謎』（共著・新人物往来社）、「藤原仲実と『萬葉集』」（「美夫君志」60号）、「『次点』の実体」（「高岡市万葉歴史館紀要」10号）ほか。

関《せき》 隆司《たかし》 一九六三年東京都生、駒澤大学大学院修了、高岡市万葉歴史館研究員。『西本願寺本万葉集（普及版）巻第八』（おうふう）、「大伴家持が『たび』とうたわないこと」（「論輯」22）ほか。

田中夏陽子《たなかかよこ》 一九六九年東京都生、昭和女子大学大学院修了、高岡市万葉歴史館研究員。「有間皇子一四二番歌の解釈に関する一考察」（「日本文学紀要」8号）ほか。

東城《とうじょう》敏毅《としき》　一九七〇年香川県生、國學院大学大学院修了、群馬工業高等専門学校助教授。『万葉民俗学を学ぶ人のために』（共著・世界思想社）、「防人歌『駿河国・上総国歌群』の成立」（「美夫君志」第68号）ほか。

橋本《はしもと》達雄《たつお》　一九三〇年新潟県生、早稲田大学大学院博士課程修了、専修大学名誉教授。文学博士。『万葉宮廷歌人の研究』『万葉集の作品と歌風』『万葉集の時空』（以上、笠間書院）『大伴家持作品論攷』（塙書房）ほか。

針原《はりはら》孝之《たかゆき》　一九四〇年富山県生、東洋大学大学院博士課程修了、二松学舎大学文学部教授。博士（文学）。『大伴家持研究序説』（桜楓社）、『越路の家持』（新典社）、『家持歌の形成と創造』（おうふう）、『万葉集歌人事典』（共編・雄山閣出版）ほか。

柳澤《やなぎさわ》朗《ろう》　一九五七年長野県生、東京大学大学院修士課程修了、信州短期大学助教授。「無乏と乏」（『日本上代文学論集』塙書房）、「光る・見る・うつくし」（『ことばが拓く古代文学史』笠間書院）ほか。

高岡市万葉歴史館論集 8
無名《むめい》の万葉集《まんようしゅう》

平成 17 年 3 月 31 日　初版第 1 刷発行

編　者　高岡市万葉歴史館©
発行者　池田つや子
発行所　有限会社　**笠間書院**
〒 101-0064　東京都千代田区猿楽町 2-2-5
電話 03-3295-1331(代)　振替 00110-1-56002
印　刷　壮光舎
製　本　渡辺製本所
ISBN 4-305-00238-8